Sascha Gutzeit

Tot ist tot,
und Schnaps ist Schnaps

Sascha Gutzeit, geboren 1972, ist Sänger, Schauspieler, Autor und Entertainer. Seit 1993 macht er CDs mit eigenen Songs und schreibt auch Musiktheaterstücke, in denen er alle Rollen selber spielt – unter anderem die Krimikomödie *Der Mörder ist immer der Täter*. Er ist Mitgründer des *Vollplaybacktheaters*, nahm ein Duett mit Wolfgang Niedecken auf, komponierte Filmmusik, arbeitet als Sprecher und vertonte u.a. Kai Meyers Buchreihe *Die Sieben Siegel*.

Er liebt Tomate mit Mozzarella und isst nachts heimlich Nutella mit dem Löffel. Wenn er nicht gerade durch die Lande tourt, lebt er zusammen mit Frau und Hund in der Vulkaneifel. *Tot ist tot, und Schnaps ist Schnaps* ist nach der Grusel-Groschenromansatire *Doktor Schock* sein zweites Buch.

www.SaschaGutzeit.de

Sascha Gutzeit

Tot ist tot, und Schnaps ist Schnaps

KBV

Originalausgabe

www.kbv-verlag.de
E-Mail: info@kbv-verlag.de
Telefon: 0 65 93 - 998 96-0
Fax: 0 65 93 - 998 96-20
Umschlagfoto: © Christoph Müller
Umschlaggestaltung: Thorsten Anders
Szenenfotos: © Jan Wiesemann
Druck: Aalexx Buchproduktion GmbH, Großburgwedel
Printed in Germany
ISBN 978-3-95441-138-2

Für meinen Freund Gerhard.
Und für meine Tochter Greta.
Macht's gut da oben!

*»Ich zitiere mich gerne selber, wenn ich sage,
dass ein begangener Mord nichts anderes ist, als der gescheiterte
Versuch, einen Mord nicht zu begehen.«*

Kommissar Heinz Engelmann

Inhalt

Achtung, Achtung!

Jetzt passt mal auf, ich bin Polente
Ich ermittele knallhart, nicht nur al dente
und jeden, der dichthält wie Fensterkitt
den lass ich hochgehen wie Dynamitt
und löse alle Fälle, bis auf die, die man nicht lösen kann.

Achtung, Achtung!
Ich bin Kommissar Heinz Engelmann.

Wer braucht Sherlock Holmes und Kommissar Maigret,
wenn der Engelmann auf der Matte steht?
Hab keinen Lolli wie Kojak, hab 'ne Kippe am Zahn,
ich sauf wie Erik Ode und hab nie ein'n im Kahn
und löse alle Fälle, bis auf die, die man nicht lösen kann.

Achtung, Achtung!
Ich bin Kommissar Heinz Engelmann.

Mein Dienst ist so trocken, dass ich immer Cognac brauch
Und nach Feierabend trink ich Cognac natürlich auch
ich bin geschmeidig wie ein Geier,
der sich in die Lüfte schraubt
ich bin polizeier als die Polizei erlaubt!

Vergesst Poirot, Brunetti, Derrick und Wallander
Ich bin der coolste Bulle, der mit dem rosaroten Panda
Und ich muss mich auch nicht dumm stellen wie der Columbo
Denn ich bin von Natur aus so.

Also quatsch mich bloß nicht blöd von der Seite an,
bin nicht so sexy wie Miss Marple, doch ich arbeite dran
und ich stoße alle Gauner vor den Kopf wie Zinedine Zidane.

Achtung, Achtung!
Ich bin Kommissar Heinz Engelmann!

Die Leiche, die sich aus dem Anzug haute

»Dieser Fall war ein Fall für sich. Dass Mord kein Kinderteller war, wusste ich ja, doch wenn sich Tote selbstständig machen, dann hört der Spaß auf! Seltsame Enthüllungen, eine Beerdigung mit Zwischenfällen und Leichen, die ihr letztes Hemd hergaben, machten die Ermittlungen so spannend, dass ich fast vom Fleisch fiel.«

Kapitel 1

Ein markerschütternder Schrei schallte über den ganzen Friedhof. Es folgte ein dumpfes Poltern und Holz splitterte, als der Sarg zu Boden krachte. Schreibers Erwin hielt sich das Kreuz und die gesamte Trauergemeinde den Atem an.

Warum ausgerechnet der Erwin den Sarg mittragen musste, war allen ein Rätsel. Seit Jahr und Tag hatte er es doch ganz schlimm an der Bandscheibe. Aber er hatte drauf bestanden, denn die Ommi Schneider, deren Beerdigung das hier werden sollte, hatte ihn großgezogen wie einen eigenen Sohn, nachdem seine Eltern vor vielen Jahren bei einer Tretbootfahrt in Bad Ems von Möwen attackiert, gekentert und dann in den Untiefen der Lahn verschollen waren. Die beiden sind übrigens nie wieder aufgetaucht. Auch nicht aus dem Wasser. Jedenfalls hatte die Ommi den kleinen Erwin bei sich aufgenommen.

Vor fünf Tagen war die achtundneunzigjährige Dame dann beim Glühbirnewechseln friedlich eingeschlafen. Na gut, ganz so friedlich war das nicht gewesen, die Ommi war schon noch durch das ganze Wohnzimmer geflogen, weil sie statt der neuen Birne ihre Finger in die Fassung geschraubt hatte. Dabei hat sie dann selbige verloren – und ihr Leben auch.

Heute sollte nun also die Beisetzung sein, vormittags um elf Uhr auf dem hiesigen Friedhof direkt neben der Kirche.

Zusammen mit Krügers Volker, Bauers Jochen und Lischpers Uwe hatte Schreibers Erwin den Sarg geschultert gehabt und ihn, dem Pfarrer folgend und mit der Trauergemeinde im stillen Schlepptau, den Kiesweg entlang zu Ommi Schneiders letzter Ruhestätte tragen wollen. Bis Erwins böse Bandscheibe für einen Vorfall sorgte, der seinesgleichen suchte.

Als ihn der grässliche Schmerz durchzuckte, hatte Erwin sich schreiend gewunden und natürlich Besseres zu tun gehabt, als die Totenkiste länger festzuhalten. Entsprechend war der Sarg, Erwins Ecke voran, mit Karacho auf den Kiesweg gepoltert und hatte Krügers Volker, Bauers Jochen und Lischpers Uwe mit sich gerissen.

Doch das war ja alles nicht tragisch im Vergleich zu dem, was noch kam. Die Kiste, offenbar ein billiges Modell aus Nussbaumimitat, war im Zuge der abrupten Niederkunft kaputtgegangen. Die Trauergemeinde inklusive des Pfarrers war ruckartig stehen geblieben und stieß im Chor ein erschrockenes Raunen aus, denn in diesem Augenblick flog der Sargdeckel auf! Die Menge stob schreiend auseinander, und es gab ein ganz schönes Gedränge, weil der Friedhof rappelvoll war. Die meisten der hiesigen Einwohner waren nämlich zu Ommi Schneiders Beerdigung gekommen, denn zum einen war Hiesig ein kleines Nest, zum anderen hatte jeder die tote Ommi gekannt und fast jeder hatte sie lieb gehabt.

Ich bahnte mir meinen Weg durchs geschockte Getümmel, das nun entsetzt entgegengesetzt zum Friedhofsausgang drängte, und half Schreibers Erwin, der winselnd vor Rücken neben dem geknackten Sarg in den Holzsplittern kauerte wie ein kaputtes Klappmesser, in die stabile Seitenlage. Stöhnend hielt er sich mit der einen Hand die ausgeleierte Bandscheibe und mit der anderen deutete er auf den aufgesprungenen Sarg.

Mein Blick folgte Erwins Fingerzeig, und ich zuckte zügig zusammen! Du liebe Güte, wie war das denn möglich? Mit einem Schlag war mir völlig klar, warum sich die Trauerprozession vom Acker gemacht hatte …

Oh, da sind Sie ja schon, liebe Leser! Bitte entschuldigen Sie, dass ich mich Ihnen noch gar nicht vorgestellt habe.

Mein Name ist Engelmann. Kommissar Engelmann. Kommissar Heinz Engelmann, um genau zu sein, und ich bin Leiter der hiesigen Mordkommission. Ich habe ein schönes, heruntergekommenes Büro im Polizeipräsidium, durch dessen schmierige Fenster die vergilbte Sonne scheint, wenn ich meinen Dienst zeitig mit einem Cognac beginne, weil es für Kaffee meistens viel zu früh ist. Ich trage Hut und Trenchcoat, fahre einen rosaroten Panda und rauche gerne die eine oder andere Schachtel *Overstolz*, denn *Overstolz* schmeckt reif und würzig. Meine attraktive Assistentin, Polizeimeisterin Liesel Weppen, hilft mir meistens bei meinen Ermittlungen, wälzt Akten und reicht mir auch schon mal den nächsten Cognac an.

Hiesig ist, wie erwähnt, ein kleines Nest, in dem fast nie etwas passiert, doch *wenn* etwas geschieht, dann aber hallo! Gut und Böse liegen halt auch in einem Kaff wie diesem so dicht beieinander wie Paola und Kurt Felix. Und eh man sich versieht, laufen einem hier Mord, Totschlag und anderes Gelumpe über den Weg wie räudige Straßenkater, und ich gerate an Kriminalfälle, die spannender sind als das wahre Leben. Und bekloppter.

So wie der Fall, der just seinen Lauf nahm. Nämlich als ich auf dem Friedhof stand, in Ommi Schneiders Sarg starrte und mich doch sehr wundern musste! Denn die Ommi Schneider lag gar nicht drin! Nur ihr leeres Totenhemd war noch da und wurde nun vom Wind erfasst und aus dem Sarg geweht. Es wirbelte durch die Luft, und ich konnte das Leinenleibchen der Ommi bis rauf zur hiesigen Kirchturmspitze flattern sehen.

Schreibers Erwin bekam von dem Schauspiel allerdings nichts mit, er war auf dem Kiesweg in stabiler Seitenlage vor lauter Erschöpfung eingepennt. Es war wohl alles etwas viel für ihn gewesen, aber kein Wunder, der Erwin wurde ja jetzt auch schon bald dreiundachtzig.

Mein kriminalistischer Spürsinn sagte mir, dass ich glaubte, aus dem Augenwinkel einen Schatten zu sehen, also riss ich den Kopf herum.

Der Pfarrer stand unweit des aufgesprungenen Sarges, kreidebleich und reglos wie eine katholische Vogelscheuche. Hätte ich nicht gewusst, dass dieser Mann Gottes lebte, wäre ich fest davon ausgegangen, er wäre tot. Offenbar hatte er das schauderhafte Schauspiel auch verfolgt und blickte fassungslos zur Kirchturmspitze empor, wo der Wind das Totenhemdchen der Achtundneunzigjährigen wie eine Piratenflagge gehisst hatte.

Ich persönlich hatte allerdings keine Zeit, so blöd rumzustehen, denn als Kripobeamter wusste ich genau, dass nun gehandelt werden musste! Also verpasste ich dem Mann eine ordentliche Backpfeife und hielt ihm meine Zehnerkarte fürs Freibad hin, da ich meinen Dienstausweis mal wieder zu Hause vergessen hatte. »Ich bin's, Kommissar Engelmann von der Schmiere!«

»Ja wo ist denn die Ommi hin?«, fragte der Pfaffe tonlos.

»Das will ich ja gerade herausfinden, verdammte Hacke!«, rief ich. »Ich muss die Fahndung einleiten. Dürfte ich bei Ihnen mal schnell telefonieren?«

Der greise Geistliche machte ein Gesicht wie Buster Keaton. »Nee, mein Sohn, schon vor Jahren haben wir beim Ausheben eines Grabes versehentlich die Leitung gekappt. Aber der nächstgelegene Apparat ist beim Fleischmann gleich um die Ecke.«

Ich rannte los, über den Friedhof, durch das gusseiserne Törchen und hinaus auf die Straße.

* * *

Da in Hiesig alles sehr nah beieinander lag, sprang ich schon nach einer Minute durch die Ladentür von der Metzgerei Fleischmann. »Tach auch!«, rief ich schon, als die Ladenglocke noch bimmelte.

Ein Mann so um die Mitte fünfundvierzig mit schütterem Haar polierte gerade einen Schinkenhobel und sah zu mir auf. »Hallo, äh … Kommissar Engelmann.« Herbert Fleischmann wirkte etwas überarbeitet.

»Herr Fleischmann, dürfte ich mal bitte Ihren Apparat benutzen?«

»Sicher doch«, meinte der Metzgermeister verdutzt und reichte mir den Schinkenhobel.

»Nein«, wehrte ich ab. »Ich meine doch Ihren Telefonapparat.«

»Ach so, ja natürlich.« Er holte den Fernsprecher von neben der Kasse weg und stellte ihn vor mich auf die Fleischtheke hin.

»Danke«, nickte ich und ließ die Fingerchen genau dreimal durch die Wählscheibe fliegen. Kurz, kurz, lang.

Nach einigem Geratter und Getute meldete sich meine attraktive Assistentin am anderen Ende des Drahts.

»Hier Ihr Chef«, legte ich sofort los, denn ich hatte das Gefühl, dass wir bei diesem Fall keine Sekunde verlieren durften. »Liesel, hören Sie, bei der Beerdigung von der Ommi Schneider ist etwas Schreckliches passiert. Leiten Sie bitte die Fahndung ein. Nach wem? – Na, nach der Ommi Schneider natürlich! – Ja, mir geht es gut, den Schreibers Erwin musste ich allerdings in die stabile Seitenlage klappen, und das Totenhemd der Ommi baumelt jetzt oben beim Wetterhahn. Ich weiß, das klingt alles etwas komisch, ist aber so. Seien Sie doch so lieb und machen sich auf den Weg zum *Café Inkontinental*, denn dahin hat sich die Trauergemeinde zum vorgezogenen Leichenschmaus verpieselt, weil auf dem Friedhof alles so furchtbar war. Wir kennen zwar alle Leutchen in unserem Kaff, aber es kann trotzdem nicht schaden, wenn Sie die Personalien aufnehmen und die Alibis überprüfen. Wir sehen uns dann später im Präsidium, dann erzähle ich Ihnen alles ausführlich, abgemacht? Tschüssi.« Ich legte auf und lächelte. »Vielen Dank, dass ich telefonieren durfte, Herr Fleischmann.«

»Macht zwanzig Pfennig.«

Arschgesicht. »Sie waren also nicht bei der Beerdigung?«, fragte ich nun, ohne zu lächeln, und schob vier Fünfpfennigstücke auf die Theke.

»Nee, Herr Kommissar.«

»Und wieso nicht, wenn man mal fragen darf?«

»Ich fand die Ommi immer doof. Die war Vegetarierin.«

»Verstehe«, sagte ich. »Es tut mir leid, Herr Fleischmann, aber ich muss Sie das fragen: Wo waren Sie eben?«

»Na hier, wo sonst? Ich bin ja ganz allein und einer muss den Laden ja schmeißen«, entgegnete er entrüstet. »Was genau ist denn Schreckliches auf dem Friedhof passiert?«

»Der Schreibers Erwin hatte einen Bandscheibenvorfall und der Sarg ist runtergefallen. Ach so, ja, und die Ommi ist verschwunden!«

»Och!«, meinte der Metzgermeister irritiert und steckte die Telefongebühren ein.

»Da sagen Sie was«, fuhr ich fort, »Ich hatte auch fest angenommen, dass sie tot war, weil sie ja auch beerdigt werden sollte, aber man lernt ja nie aus.«

»Ganz schön kniffliger Fall, was, Kommissar Engelmann?«

»Allerdings. Puh, auf den Schrecken brauche ich jetzt erst mal ein lecker Mettbrötchen.«

»Tut mir leid, Kommissar Engelmann, geht nicht.«

»Wie bitte?« Jetzt schlug es aber zwölf! Also, um die Ecke im Kirchturm schlugen die Glocken zwölfmal an und machten Mittag. »Lecker Mettbrötchen geht nicht, Herr Fleischmann?«

Er schüttelte den Kopf.

»Na gut, dann ein lecker Mettbrötchen mit Zwiebeln bitte.«

»Ähem, das geht leider auch nicht. Es ist kein Mett mehr da.« Traurig blickte Herbert in seine Auslage. »Und auch sonst ist nix! Weder geschnitten, noch am Stück!«

Jetzt fiel es mir auch auf. Alles alle alle! Die Vitrinen, Kühlregale und die Fleischtheke waren komplett leergefegt. Tolle Wurst! »Wow, da scheint Ihr Laden ja ganz schön zu brummen, was?«, staunte ich, hatte aber trotzdem auch einen Hals, weil ich kein Mettbrötchen bekam.

»Nun«, begann Fleischmann, »ich … äh … musste ja den Leichenschmaus für die Ommi Schneider im *Café Inkontinental* ausrichten. Mit Cervelatwurstschnecken, Mettigel, Roastbeefröschen und so weiter … ein Riesenbuffet. Sie glauben ja gar nicht, wie schnell da meine ganzen Fleischwaren leer waren.«

»Tja, Pech für mich, Herr Fleischmann«, sagte ich und tippte an meinen Hut. »Ich muss jetzt aber los und ermitteln. Schönen Tach noch.«

Als ich die Metzgerei verließ, fiel mein Blick auf das Schildchen, das über der Ladentür hing. *Lieber Wurstfinger als Knoblauchzehen* stand darauf, doch ich war anderer Meinung.

Dann trat ich hinaus auf die Straße, und es war fünf nach zwölf.

Kapitel 2

Von der Zeit her war es mittlerweile halb drei, und ich saß an meinem Schreibtisch im Polizeipräsidium. Ich brauchte jetzt dringend einen Cognac. Wenn ich doch nur wüsste, wo die tote Ommi hingekommen war. Es hätte so eine schöne Beerdigung werden können. Aus der Dienstpulle, die immer neben dem Telefon beim Aschenbecher stand, machte ich mir einen Drei- bis Vierstöckigen klar, weil ich solch einen Hunger hatte.

»Und?«, fragte ich Liesel Weppen, die unterdessen im Büro auf und ab ging. »Hat die Fahndung was ergeben?«

»Nein, Chef«, erwiderte meine attraktive Assistentin und schüttelte bedröppelt ihre blonde Mähne. »Die verschwundene Leiche wurde nach ihrem Tod nirgends mehr gesehen.«

»Hätte ja sein können«, zuckte ich mit den Schultern und saugte mein Glas in einem Zug leer. »Was war denn eigentlich los beim Leichenschmaus im *Café Inkontinental*?«

Das *Café Inkontinental* war mein Stammlokal und lag direkt gegenüber dem Präsidium. Es war ein gemütliches Café mit Holzvertäfelung, Plüschsesseln und netter Bedienung. Dort hob ich gerne mal einen oder aß einen Happen. Das hausgemachte Ragout Fin im Blätterteig mit Worchestersoße war ein Gedicht. Aufgrund der Trauerfeier war das Café heute allerdings für die Öffentlichkeit geschlossen.

»Ach, es war brechend voll in der Hütte«, berichtete Liesel. »Alle haben auf Ommi Schneider angestoßen, die Erna Fadenstrick, die das Woll- und Häkellädchen am Marktplatz hat, hielt eine kleine Rede, und dann hat die ganze Mannschaft dieses Beerdigungslied gesungen.«

»Welches Beerdigungslied?«

»*Ein Stein, der deinen Namen trägt.*«

»Geile Nummer.«

»Oh ja. Wie Sie wollten, habe ich danach die Personalien aufgenommen und festgestellt, dass bis auf vier Personen ganz Hiesig da war. Es fehlten nur der Metzger Fleischmann, der Pfarrer, Schreibers Erwin … und Sie, Herr Kommissar.«

»Die hatte ich alle im Blick, Liesel. Der Pfarrer stand doof rum, Erwin ratzte im Kies und der Fleischmann hat seinen Laden geschmissen.«

Meine Mitarbeiterin nickte. »Die ganze Trauergemeinde hat übrigens auch ein wasserdichtes Alibi, Chef.«

»Hab ich mir schon gedacht«, murmelte ich und fummelte die Zigarettenschachtel aus meiner Trenchcoattasche. Dann zog ich eine gute *Overstolz* aus der Packung und ließ ein Streichholz aufflammen. Ich atmete den traumhaften Rauch ein und spürte sofort, dass bei meiner Hausmarke der Geschmack im Genuss lag. »Tja, Liesel, ich denke, wir haben es hier mit einem ganz sargenhaften Fall zu tun.« Nachdenklich blies ich dann den Qualm zur vergilbten Zimmerdecke hoch. »Haben Sie eine Theorie, liebe Liesel?«

Meine hübsche Assistentin strahlte über beide Backen. »Hab ich, Chef!«

»Na, dann raus damit!«, forderte ich sie auf und schenkte mir noch Cognac nach.

»Also, vielleicht hatte Ommi Schneider ja eine Nussholzallergie, von der niemand wusste und ist im Sarg zu Staub zerfallen.«

»Interessante These«, nickte ich und drückte den *Overstolz*-Stummel in den Aschenbecher, der immer bei der Cognacflasche am Telefon stand. »Aber erstens bekommt man Allergien nur, bevor man tot ist, und zweitens hätte die Rappelkiste von innen ja total staubig sein müssen.«

»Stimmt, Chef.«

»War sie aber nicht!«

»Und was ist, wenn das überhaupt nicht Ommi Schneiders Sarg war?«, merkte Liesel an und hatte damit gleich die nächste Theorie auf Lager. »Man hat den Sarg mit einem leeren vertauscht und die Ommi liegt jetzt noch ganz gemütlich in der Leichenhalle!«

Kopfschüttelnd nippte ich an meinem Getränk. »Ich wünschte, es wäre so, liebe Liesel, aber ich habe das Monogramm O.S., das ins Totenhemdchen gestickt war, genau gesehen, als es aus der Klamottenkiste und an mir vorbeigeflattert kam.«

Liesel starrte vor sich hin. »Ach Kacke!«

»Tja, ich fürchte, diese Hypothese ist auch voll die Sackgasse.«

Doch Fräulein Weppen hatte wohl noch was in petto, denn mit einem Mal legte sie los: »Dann kann es eigentlich nur noch eins sein!«

Meine Güte, sie machte es aber wirklich spannend! »Was denn, Liesel?«

»Ich trau es mich kaum auszusprechen«, sprudelte es aus ihr heraus, »aber unter diesen Umständen deutet alles darauf hin, dass die Ommi zu einem Zombie geworden ist!«

»Und ist aus ihrem Sarg geklettert und spaziert jetzt durch die Gegend«, ergänzte ich.

»Genau, Chef!«

Ich gab Liesels Worten ein paar Sekündchen Gelegenheit, in meinem Ermittlergehirn Anschluss zu finden, doch sie waren wie dicke, hässliche Mädels bei einer Singleparty. »Aber dann hätte sie doch gesehen worden sein müssen«, meinte ich dann und nahm noch ein Schlückchen Cognac. »Überlegen Sie doch mal ... Hiesig ist ein so kleines Nest, da fallen achtundneunzigjährige Zombies direkt auf.«

Jetzt war es Liesel, die den Kopf schüttelte. »Nicht, wenn die Straßen wie ausgestorben sind, weil Sie beim Metzger sind und sich alle anderen beim Leichenschmaus die Bäuche vollschlagen.«

»Geschenkt, Liesel. Aber nichtsdestotrotz wäre ich bei Zombies gar nicht zuständig. Ich bin die Mordkommission und kein Geisterjäger oder Zombiekiller. Außerdem ist das hier doch kein Groschenheft, dieses Buch erscheint immerhin beim KBV-Verlag!«

Liesel Weppen sah enttäuscht zu Boden.

Ich erhob mich vom Schreibtisch, ging auf meine Mitarbeiterin zu und tätschelte tröstend eines ihrer Bäckchen. »Nun werfen Sie nicht gleich das Handtuch ins Korn, liebe Liesel, wir werden den Fall schon aufklären.« Als ich so in ihrem hübschen Gesicht herumfummelte, bemerkte ich plötzlich das weißliche, cremige Zeug, das sich an ihrer Oberlippe befand und wich zurück. »Sagen Sie, hatten Sie das da immer schon?«

»Was denn, Herr Kommissar?«

»Nun …«, druckste ich. »Das Zeugs da an Ihrer Schnute.«

»Ach so, das … Ich denke, das ist …«

Das Telefon klingelte!

»Verdammte Hacke, ausgerechnet jetzt«, sagte ich, setzte mich zurück an den Schreibtisch und nahm den Hörer ab. »Ja? Hier Kommissar Engelmann von der hiesigen Mordkommission.«

»Guten Tag, Kommissar.«

Die Stimme am anderen Ende klang aufgeregt.

»Wer spricht denn da?«, wollte ich natürlich wissen.

»Hier ist Knips.«

»Ach, hallo Knips. Was gibt's?«

Rainer »Knips« Asmussen war der hiesige Fotograf. Er hatte sein Atelier in der hiesigen Innenstadt. Dort arbeitete er, machte aber auch Ausstellungen. Seine Spezialität waren

Landschaftsaufnahmen und Fotos von Sehenswürdigkeiten, die er bei seinen vielen Reisen um den Globus vor die Linse bekommen hatte. Und manchmal nahm er auch für das *Hiesige Käseblatt* den einen oder anderen Auftrag an.

»Es ist eine Katastrophe, Herr Kommissar!«, japste Knips nun aufgelöst in den Hörer. »Ich bin beraubt worden, und man hat bei mir eingebrochen! Oder andersrum!«

»Aber Knips, jetzt mal ganz locker«, beruhigte ich den erregten Fotografen, holte mir die nächste *Overstolz* aus meiner Schachtel und sah, dass es leider die letzte war. »Und wer ist ermordet worden?«, fragte ich fachmännisch, steckte mir die Zigarette ins Gesicht und setzte sie in Brand.

Ich hörte, wie sich Knips Asmussen zusammenriss, um nicht loszuheulen. »Niemand, Kommissar Engelmann, aber ich war bei dem Leichenschmaus von der Ommi Schneider und komme gerade wieder hier in mein Fotostudio zurück, da merke ich, dass die Tür aufgebrochen worden ist. Das Schloss wurde einfach geknackt! Da kriege ich schon den ersten Schreck, doch dann sehe ich auch noch, dass … also … die Wände … sind leer, Herr Kommissar!«

Ich sog an meinem leckeren Glimmstängel und ließ meinen kriminologischen Grips kreisen. »Wirklich höchst interessant«, kombinierte ich und brauchte dringend einen Cognac, während der Fotograf weiterwimmerte.

»Meine ganze Ausstellung fehlt! *Wunderbauten dieser Welt*. Insgesamt zig Bilder. Klar, ich hab die Negative und kann die Dinger jederzeit noch mal entwickeln, aber darum geht's ja nicht!«

»Man hat Ihnen also Bilder stibitzt, Knips?«

»Ja!«, jaulte er, »Ist das nicht schrecklich?«

Ich rollte innerlich mit den Augen. »Und wegen so einem Popelskram rufen Sie an?«, seufzte ich empört und blies eine

Ladung Qualm durch mein Büro. »Ohne eine vernünftig abgemurkste Leiche müssen Sie uns hier bei der Mordkommission gar nicht kommen!«

»Ach so«, zitterte Asmussens Stimme durch die Leitung. »Wer zum Henker ist denn dann für mich zuständig?«

Ich überlegte. Hmmm, eigentlich niemand. Das hiesige Präsidium war so schnuckelig klein, dass wir hier nur mit einem Verkehrspolizisten, dem Staatsanwalt, der Pathologie und uns hier von der MoKo ausgestattet waren.

»Lieber Knips«, wandte ich mich wieder dem Telefonat zu. »Vielleicht rufen Sie einfach morgen wieder an. Wir lösen hier gerade den Fall mit der tot verschwundenen Ommi, und eventuell hat ja demnächst jemand Gelegenheit, sich um Ihre Bilder zu kümmern, ja?«

»Aber ... aber ...«, stotterte Rainer Asmussen, genannt Knips, jetzt aufgebracht aus der Muschel, »Herr Kommissaaaargh!« Dann war es still im Hörer. Anscheinend hatte Knips sich etwas beruhigt.

»Hallo?«, fragte ich aber dennoch mal pro forma, als ich auch sieben Minuten später nichts von ihm gehört hatte.

»...«

»Hallööööchen?«

»...«

Ich lauschte weiterhin angestrengt der Stille in der Leitung und drückte dabei meine Kippe aus. »Knips? Sind Sie noch da?«

»...«

Vielleicht hatte der Fotograf ja längst aufgelegt. Allerdings wäre das nicht die feine hiesige Art, einzuhängen, ohne Tschö zu sagen.

»Herr Asmussen?«, versuchte ich es noch einmal. »Rainer?!«

Aus dem Hörer kam nichts als stilles Rauschen.

»Ich glaube, da ist was passiert, Chef!«, meinte Liesel und kräuselte ihre ansehnlichen Nasenflügel. »Oder jemand hat die Drähte durchgeschnitten.«

»Ich würde sogar noch weiter gehen!«, sagte ich ernst.

»Sie meinen …?«

Ich nickte noch ernster.

»Das heißt, wir sind jetzt doch für ihn zuständig?«

»Jawoll!«

»In diesem Fall hätten wir ja einen neuen Fall!«, kombinierte Liesel freudig.

»Auf alle Fälle.«

»Und der alte Fall?«

»Den lösen wir später. Die tote Ommi rennt uns nicht weg«, mutmaßte ich, sprang auf und drückte Liesel den Telefonhörer in die Hand.

»Sie halten hier die Stellung und horchen, ob der Knips vielleicht doch noch was sagt, und ich düse zum Atelier!« Und Knall auf Fall, wie der Speedy Gonzales unter den Ermittlern, war ich aus der Tür.

* * *

Ich konnte das Fotoatelier problemlos betreten, denn Gott sei Dank war die Tür aufgebrochen worden. Es war so düster wie die Zukunft eines aufrichtigen Versicherungsvertreters. Ich tastete neben dem Türrahmen über die Blindenschrift der Raufasertapete und fand den Lichtschalter.

Der Anblick, der sich mir dann bot, war deutlich zu sehen.

Da ich als abgehangener Kripobeamter stets genau wusste, was als Nächstes zu tun war, ging ich hinüber zum Schreibtisch und schraubte Knips Asmussen den Telefonhörer aus der Hand. »Hallo Liesel, ich bin's. Hier ist alles unter Kontrolle. Am besten, Sie legen jetzt auf, damit es nicht so teuer wird. Leben Sie wohl.« Dann nahm ich den Hörer vom Ohr, folgte dem Verlauf des beigefarbenen Spiralkabels und wusste so nach einer Weile auch, wo sich der dazugehörige, beigefarbene Telefonapparat befand.

Nachdem ich Knips den Hörer wieder in die Hand geporkelt hatte, um am Tatort nichts zu verändern, blickte ich mich weiter um.

Inmitten der leeren Wände, an denen wohl tatsächlich einmal Bilder gehangen hatten, saß Asmussen auf dem Stuhl an seinem Schreibtisch. Er hatte den Oberkörper seitlich auf der Tischplatte abgelegt und seine Beine, die in einer blauen Bluejeans steckten, seltsam um die Stuhlbeine geklammert. In der einen Hand hielt er nichts, in der anderen einen beigefarbenen Telefonhörer. Ansonsten war er völlig tot. Ermordet, denn die Wahrscheinlichkeit, dass man sich das Leben nahm, während man telefonierte, war höchst unwahrscheinlich. Allein schon wegen der Gebühren. Und auf einen Unfall deutete auch nichts hin. Ganz klar hatte man Knips ausgeknipst. Seine weit aufgerissenen Augen waren fies hervorgequollen, und er hatte ein großes Loch in der Rückseite seines lindgrünen Dackelkragenhemds. Ich erkannte auch sofort, dass der im Atelier ausgebreitete Perserteppich Asmussens Blutgruppe hatte.

Der Anblick war so unappetitlich, dass sich plötzlich das fehlende Mettbrötchen in meinem Bauch bemerkbar machte. Wie immer bei Magenproblemen griff ich in meinen Trenchcoat und suchte nach den Kippen.

Verdammte Hacke! Ich hatte meine neue Schachtel *Overstolz* noch im Zigarettenautomaten!

Also verließ ich das Fotoatelier und lehnte die geknackte Tür hinter mir an, damit nicht gleich jeder Passant sehen konnte, was sich da drin abgespielt hatte. Dann eilte ich zu meinem rosaroten Panda, den ich im Rinnstein vor Knips' Laden abgestellt hatte, und sprang hinein. Ich schmiss die Zündung an, gab Gas und jagte den Panda von 0 auf 22 in fünfzig Sekunden und dann die Straße entlang. Ich musste zusehen, dass ich flott was zu rauchen bekam. Außerdem wollte ich natürlich schnellstmöglich zum Tatort zurück, um dort weiterzuermitteln.

Etwa fünf Minuten später hatte ich mir am hiesigen Zigarettenautomaten, der drei Straßen weiter neben der Pension *Luxemburg* angebracht war, eine Schachtel *Overstolz* gezogen und war dann mit aufheulendem Motor und ganzen 26 km/h zurückgefahren. Im Rückwärtsgang, denn die meisten Straßen waren hier zu schmal zum Wenden.

Jetzt kam ich mit quietschenden Reifen wieder vor Asmussens Atelier zum Stehen. Mit meinem Feuerzeug im Anschlag sprang ich aus dem Wagen und steckte mir endlich die leckere Zigarette an. Nachdem ich aufgeraucht hätte, würde ich ganz gewissenhaft den Tatort auf Fingerabdrücke und andere Spuren untersuchen. Und danach würde ich die Anna Lühse von der Pathologie verständigen müssen, denn Frau Doktor Lühse kannte sich super mit der Analyse von toten Leichen aus. Da der langjährige Leiter und einzige Mitarbeiter des hiesigen Polizeilabors, Doktor Tom Brose, vor einer Weile am Bahnhof ermordet worden war, als er gerade zu seiner Omma fahren wollte, hatte die aparte Frau Doktor vor ein paar Wochen seine Nachfolge angetreten.

Ich nahm einen tiefen Zug von der Zichte, doch meine Lungenflügel fackelten nicht lange, denn mir fiel die frisch entzündete *Overstolz* vor Schreck sofort wieder aus der Fresse. Die Tür des Fotoateliers war nämlich nicht mehr angelehnt, sie stand jetzt sperrangelweit offen!

Ich schlug den Mantelkragen hoch und betrat leichtfüßig wie ein elegantes Erdmännchen den Tatort. Der blutdurchtränkte Perserteppich schmatzte unter meinen Schuhsohlen, und ich ahnte sofort, dass hier irgendetwas nicht stimmte. Der Schreibtisch war noch da, ebenso das Telefon mit dem Hörer und Asmussens Bluejeans. Auch das lindgrüne Dackelkragenhemd mit dem klaffenden Loch fand ich vor, aber … Knips Asmussen *selbst* war nicht mehr da!

Ich schluckte und ein mulmiges Gefühl packte meine Knochen am Schlafittchen. Zwar war ich kein Gerichtsmediziner, aber so flott ging doch selbst in diesen schnelllebigen Zeiten keine Verwesung vonstatten! Nein, es half alles nichts: Ich musste den Tatsachen ins Auge sehen. Und jetzt endlich mal eine durchziehen. Dieser Fall hatte weder Hand noch Fuß, und zum zweiten Mal an diesem Tag hatte sich eine Leiche in Luft aufgelöst! Doch wie? Und warum weshalb wieso?

Ich trat auf der Stelle. Das merkte ich daran, dass ich keinerlei Anhaltspunkte hatte, und auch an dem Geräusch, das meine Schuhe auf dem blutigen Perserteppich machten.

Kapitel 4

Es war jetzt früher Abend. Allerdings drei Tage später. In der Zwischenzeit war nichts passiert. Absolut gar nichts. Nada, um genau zu sein, deshalb habe ich das dritte Kapitel auch übersprungen.

Ich saß an meinem Schreibtisch im Büro, starrte müde auf die Risse in der vergilbten Wand und nippte an meinem siebten Cognac. Liesel hockte mir gegenüber auf einem Stuhl und schmökerte in einer alten Zeitung. Noch immer gab es keine Spur von den verschollenen Leichen, und noch immer hatte ich nichts gegessen. Mein Magen knurrte mittlerweile wie ein opiumsüchtiger Grizzly mit Entzugserscheinungen und das auch noch so laut, dass ich seit zwei Nächten nicht hatte schlafen können. Zu gerne wäre ich mal nach Hause gefahren und hätte für ein paar Stündchen das eine oder andere Auge zugemacht und mir danach was Leckeres gekocht. Oh ja, ich kochte nämlich gerne, hatte sogar im Laufe der Jahre eine tolle Rezeptsammlung angelegt. Ich seufzte bei dem Gedanken an eine große Portion Maisgrieß-Polente oder Bagatelle mit Parmesan in Tomaten-Cognac-Soße ganz tief in mich hinein.

Doch dafür war jetzt wirklich keine Zeit, denn die Ermittlungen in diesem Fall liefen zu sehr auf Hochtouren. Weder Ommi Schneider noch Knips Asmussen waren wieder aufgetaucht, und wir tappten völlig im Dunkeln, obwohl es draußen noch hell war.

Wissen Sie, Liesel«, begann ich schließlich und stellte mein leeres Cognacglas ab, »es ist ja nicht nur ein Rätsel, was die ganze Leichenklauerei überhaupt soll, es stellt sich auch die

Frage, warum die Verblichenen ohne ihre Klamotten entwendet wurden. Das lindgrüne Hemd vom Knips alleine brächte auf dem Flohmarkt mindestens fünfzig Pfennig.«

Meine Assistentin ließ ihr hübsches Köpfchen hinter der vergilbten Zeitung auftauchen. »Tja, wenn wir das wüssten, wären wir der richtigen Spur schon ein ganzes Stück näher, ne?«, meinte sie und blickte nachdenklich drein. »Oder es waren Organspender am Werk!«

»Sie meinen Organhändler, Liesel.«

»Kann sein«, räumte meine Assistentin ein, ermittelte aber sofort in eine andere Richtung weiter. »Vielleicht haben wir es ja auch mit einem Serientäter zu tun, Chef.«

»Das kann man jetzt noch nicht sagen«, gab ich ihr zu bedenken und schüttete mir das Glas erneut randvoll. »Serientäter ist man immer erst ab dreimal.«

»Das heißt, das würden wir erst dann wissen, wenn die nächste Leiche verschwindet.«

»So ist es«, nickte ich und leckte mir einen Schluck Cognac von den Lippen. »So lange müssen wir uns wohl noch gedulden.«

Polizeimeisterin Weppen steckte die Nase wieder in ihre Zeitung, ich stierte weiter an die Wand und zählte die Risse, die ein bisschen aussahen wie verrenkte Hausspinnen.

»Oder wir haben es doch mit Zombies zu tun«, murmelte Liesel, während sie weiterlas. »Angenommen, die Ommi ist tatsächlich untot herumgelaufen und hat den Asmussen in den Rücken gebissen. Und als Sie, Herr Kommissar, nur mal eben Zigaretten holen waren, sind die beiden zusammen nach Zombieland abgehauen.«

Nachdem ich ausgiebig den Kopf geschüttelt hatte, rückte ich meinen Hut zurecht und fuhr mir durch die unrasierten Bartstoppeln. »Lassen Sie uns lieber zum zigsten Mal überlegen, was die beiden gestohlenen Leichen gemeinsam haben, Liesel«, murrte ich. »Sind beide Leichen männlich? Nein. Sind beide Vegetarier? Nein. Sind beide Fotografen? Auch nicht.« Ich seufzte herzhaft. Es war zum Verzweifeln. Das Einzige, was Ommi Schneider und Knips Asmussen gemeinsam hatten, war, dass sie beide tot waren und Menschen aus Fleisch und Blut gewesen waren, als sie noch gelebt hatten.

So viele Sackgassen musste ich sacken lassen, also kippte ich mir zu diesem Zweck ganz in Ruhe mein Getränk in den Hals, als Liesel Weppen plötzlich mit lautem Geknister die Zeitung runterriss. »Das ist doch nicht möglich!«, rief sie aufgeregt.

Ich rieb mir den glasigen Blick aus den Augen, guckte zu ihr hinüber und sah etwas, das in der rötlichen Abendsonne, die durch die schmierigen Fenster hereinströmte, fettig schillerte. »Sagen Sie mal, Liesel, worüber wir neulich gar nicht mehr weiter gesprochen haben, weil das Telefon klingelte … Was ist denn nun eigentlich dieses weißliche, cremige Zeug da an Ihrer Oberlippe?«

»Och das …«, lächelte Liesel und leckte sich das Zeug von der Lippe. »Das wird wohl Remoulade sein. Als ich beim Leichenschmaus im Café die Personalien aufgenommen habe, hab ich auch etwas vom Buffet genascht. Es gab nämlich lecker Russisch Ei!«

»Aha«, nickte ich und steckte mir eine *Overstolz* an. »Und ich dachte schon, Sie hätten da einen ekeligen Abszess.«

Liesel schüttelte schmatzend die blonde Mähne, rückte ihre Schirmmütze gerade und machte dann wieder ihr aufgeregtes Gesicht von zuvor. »Haben Sie das hier schon gelesen, Chef?« Sie warf die vergilbte Zeitung vor mich auf den Schreibtisch.

»Und was soll das sein?«

»Das *Hiesige Käseblatt* von vorgestern.«

Neugierig blies ich den Staub zur Seite und fing an zu blättern. »Ach, hier ist ja die Todesanzeige vom Ommi Schneider drin. Hat der Erwin gut geschaltet.«

»Ja. Nee, Kommissar Engelmann, ich meine doch ganz was anderes«, gluckste Liesel daraufhin kopfschüttelnd und blätterte für mich ein paar Seiten zurück. »Dies hier müssen Sie lesen, Chef!« Ihr schlanker Finger wies auf einen Artikel mit der Überschrift *SAUEREI – Mehrere Metzger ohne Fleisch und Blut!*

Ich las und konnte es nicht fassen. »Das ist ja wirklich ein starkes Stück, Liesel!«, stieß ich hervor, während ich noch ein paar Mal den Artikel las. »Laut dieser Zeitungsmeldung von vorgestern, also dem Tag nach Ommi Schneiders geplatzter Beerdigung und dem Raubmord bei Knips Asmussen, wurden in der hiesigen Umgebung insgesamt drei Fleischereien komplett ausgeraubt.«

»Genau Chef!«

»Wieso fallen denn bloß alle Metzger vom Fleisch? Und was macht der Dieb mit so viel Steaks, Würstchen, Hackepeter, Rippchen? Ein riesiges Grillfest auf die Beine stellen?« Irgendetwas in meinen grauen Zellen sickerte gerade zur richtigen Stelle durch. »Moment mal, Liesel!« Das Blut schoss mir in den Kopf. »Was haben Sie da eben gesagt?«

»›Genau Chef‹, hab ich gesagt, Chef.«

»Nein«, drängelte ich. »Ich meine davor!«

»›Dies hier müssen Sie lesen, Chef‹, hab ich davor gesagt, Chef.«

»Das ist es auch nicht, Liesel!«, rief ich. »Noch früher! Bevor Sie mir das Käseblatt auf den Tisch knallten!

Fräulein Weppen überlegte kurz. »Äh, ich habe alles Mögliche geplappert, aber meinen Sie vielleicht die Stelle, an der ich sagte, dass das Zeug an meiner Lippe Remoulade sei? Und dass es beim Leichenschmaus lecker Russisch Ei gab?«

»Und sonst?«

»Nix, nur Russisch Ei!«

Ich atmete einige Mal ganz tief durch und sah zu, dass das ganze Blut aus meinem Kopf langsam wieder zurück in meine Blutbahn plätscherte. »Dann bin ich jetzt der Lösung dieses Falls so gut wie auf der Spur, Liesel!«, keuchte ich und sog ein paar Mal zackig an meiner *Overstolz*.

»Wie denn das?« Liesel guckte, als hätte sie einen Stromschlag bekommen.

»Als ich vor drei Tagen beim Metzger war, um Sie anzurufen, da hat er mir erzählt, dass er nichts mehr in der Vitrine habe, weil er mit all dem Kram Ommi Schneiders Leichenschmaus bestückt hätte.«

»Na das ist mir ja einer!«, warf Liesel empört ein. »Das heißt, wenn der Fleischmann nicht neuerdings auch der Eiermann ist, dann hat er voll gelogen!

»Und ob!« Ich drückte meine Kippe in den Aschenbecher neben dem Cognac beim Telefon und griff nach dem Telefon neben dem Cognac beim Aschenbecher. Ich hatte mit einem gewissen Metzger ein Wörtchen zu rupfen, war aber viel zu müde, um meinen Poppes aus dem Präsidium zu bewegen, also nahm ich den Hörer ab und wählte die Null. »Vermittlung? Ja, hier Kommissar Heinz Engelmann, der Leiter der hiesigen Mordkommission. Bitte verbinden Sie mich umgehend mit der Nummer des Metzgers Herbert Fleischmann. Und zwar dringend!«

Es knisterte und surrte im Draht, dann tutete es am anderen Ende.

»Fleischmann.« Der Metzger klang anders als sonst. Entweder war er zum Schlumpf geschrumpft oder er hatte Helium eingeatmet.

»Wer ist da bitte?«, fragte ich sicherheitshalber nach.

»Fleischmann«, sagte die hohe Stimme erneut. »Ich bin die Tochter von meinem Papi.«

»Aha. Und ich bin der Onkel Kommissar. Dürfte ich bitte mal deinen Papi sprechen.«

»Moment, Onkel«, fiepte sie und legte den Hörer ab.

Dann war Herbert Fleischmann auch schon am Rohr.

»Guten Abend, Herr Fleischmann. Hier spricht die Polizei, und ich fürchte, dass Sie sehr verdächtig sind!

»Ich? Aber ... Herr Kommissar ... wieso denn?«

»Geben Sie auf, Herbert, ich weiß alles!«, blaffte ich in den Hörer und zwinkerte Liesel dabei cool zu.

Der Metzgermeister wirkte sprachlos, stotterte sich aber trotzdem was zusammen. »Sie ... Sie wissen ... wirklich ...?«

»Natürlich, Sie verlogene Schweinebacke! Sie haben dem *Café Inkontinental* überhaupt kein Fleisch geliefert, beim Leichenschmaus gab es nämlich lecker Russisch Ei und sonst nix!«

Fleischmann schnappte nach Luft, ich konnte aber nicht einordnen, ob er durchatmete oder munter am Ersticken war.

»Ja, Kommissar ... ich ... ach so ...« Praktischerweise war Herbert Fleischmann ein noch schlechterer Schauspieler als Sigmar Solbach, daher merkte ich natürlich sofort, dass er etwas verbarg.

Ich musste wie verrückt in den Telefonhörer schmunzeln, denn ich wusste plötzlich auch, was es war! Um den Metzgermeister das aber nicht merken zu lassen, täuschte ich lediglich noch ein paar Routinefragen vor. »Herr Fleischmann, wo ist denn nur Ihr ganzes Fleischgedöns tatsächlich hin?«

»Nun ...«, holperte Herbert wieder los wie eine zerkratzte Schallplatte. »Es ... ist gestohlen worden. Man ... man hat ... hat eingebrochen ... das ... das ... ist ja nicht nur bei uns passiert ... Sie haben es ja wahrscheinlich vorgestern in der Zeitung gelesen ... da geht irgendein ... Räuber um ... und ich hab

Sie ein bisschen angelogen, weil ich doch dachte … Sie haben so viel zu tun … mit der verschwundenen Ommi und so.«

»Ah, sehr rücksichtsvoll von Ihnen, lieber Fleischmann«, säuselte ich nun in den Hörer. »Na, dann will ich mal nach dem geklauten Fleisch Ausschau halten.«

Wieder warf ich meiner Assistentin einen ausgebufften Zwinkerer zu, doch Liesel glotze mich so extrem fassungslos an, dass sie schon fast hässlich wirkte.

»Natürlich, lieber Fleischmann, ich melde mich wieder, wenn ich was weiß. Gern geschehen. Na denn, until we meet again, Mister Meatman!« Wie ein Honigkuchenpferd, das soeben grinsend telefoniert hat, schmiss ich den Hörer auf die Gabel.

Liesel hingegen raffte null, das sah man ihr an. »Warum haben Sie den Fleischer denn nicht verhaftet, Chef?«, fragte sie verdattert. »Ab in den Bau mit der Sau!«

Ich ließ das Honigkuchenpferd ein paar Runden auf der Galopprennbahn drehen. »Weil ich ihm doch zuerst eine fiese Falle stellen muss, liebe Liesel!«

»Haben Sie den Fall denn jetzt geknackt?«

»Jawoll!«, nickte ich und förderte meine *Overstolz* aus dem Trenchcoat zutage.

Ihr hübsches Gesicht hellte etwas auf. »Genial, Chef! Aber wie denn so plötzlich? War da etwa Lösungsmittel in Ihrem Cognac?«

Das Honigkuchenpferd in mir schwang die Hufe und preschte los. Außerhalb des Präsidiums war es mittlerweile dunkel geworden und die hiesige Kirchturmuhr schlug neun Mal an. Genau die richtige Zeit, um den Täter in eine tödliche Falle zu locken. Also steckte ich mir die gute *Overstolz* an und verriet der gespannt dreinblickenden Liesel Weppen meinen Plan …

Kapitel 5

Mit Schmackes ließ ich den rosaroten Panda an den Straßenrand gleiten und sprang aus dem Wagen. Liesel blieb drin sitzen, denn es würde nicht lange dauern.

Jenseits der Schaufensterscheibe brannte noch Licht. Ich setzte mein dramatischstes Gesicht auf und hämmerte gegen das Glas. Ein Mann so um die Mitte fünfundvierzig mit schütterem Haar polierte gerade einen Fleischerhaken und sah zu mir auf. Ich machte mit den Händen kurz eine Geste, die sagte *Komm du Hackfresse, jetzt mach schnell auf!*, dann klopfte ich wieder wild weiter.

Herbert Fleischmann kam zur Tür gesprungen und schloss auf. »Ach, Herr Kommissar, was … äh … führt Sie zu mir? Gibt es etwa schon was Neues wegen meinem Fleisch?«, fragte der Metzgermeister, während seine Ladenglocke heftig umherschlackerte und ich mich an ihm vorbei in den Laden drängte.

»Neee, bisher nicht«, keuchte ich, griff in meine Manteltasche und knallte zwanzig Pfennige in genau abgezählten Zehnpfennigstücken auf die leere Ladentheke. »Ich müsste bitte dringend mal telefonieren!«, rief ich laut. »Man hat nämlich draußen auf dem Steg beim hiesigen Waldsee eine Tote gefunden!«

»Tat…sächlich?« Schweißperlen kullerten Fleischmann jetzt von der Stirn wie fieser Frühtau, und er reichte mir den Apparat. Diesmal übrigens auf Anhieb den *Telefon*apparat.

Ich wählte flinken Fingers irgendeine fiktive Nummer. Irgendwer meldete sich, doch das war mir egal. Ich merkte mir auch den Namen nicht, sondern krakelte gleich aufgeregt drauflos. »Hallo? Spreche ich mit der Pathologie? Gut, hören Sie, Frau Doktor, beim Waldsee liegt eine Leiche! Auf dem Steg und auf dem Rücken, ist gar nicht zu verfehlen. Völlig tot! Mit einem Messer in der Brust. Vermutlich ein Angelunfall! Oder Mord. Genau, überall Blut, als wäre ein Schwein abgeschlachtet worden! Unsinn, da kümmern wir uns heute Abend doch nicht mehr drum, ich will auch mal Feierabend haben! Bis morgen Vormittag dann, auf dem Steg beim Waldsee bei der Leiche!«

»Ja aber wer spricht denn da?«, fragte eine zitternde Stimme am anderen Ende der Leitung, und ich legte schnell auf.

»Dankeschön, Herr Fleischmann!«, rief ich. »Ich muss jetzt ab durch die Mitte und auf die Couch! Gleich kommt der Kulenkampff.«

Dann sprang ich auch schon unter der tanzenden Türglocke her aus der Metzgerei und hüpfte zurück in mein Auto. Jetzt hieß es, gespannt sein!

Ich peitschte den Motor auf zig Umdrehungen hoch und schoss dann mit am Armaturenbrett festgeklammerter Liesel und stolzen 47 km/h auf dem Tachometer kaffauswärts.

* * *

Der Waldsee schlummerte vor sich hin, und das Mondlicht projizierte sich auf die spiegelglatte Oberfläche wie ein silberner Ölfilm. Aus dem Ohrenwinkel hörte ich die entfernte Turmuhr zehn Schläge tun, dann breitete sich die Stille mit voller Wucht über der Landschaft aus.

Ich hatte mich mit Polizeimeisterin Weppen ins Gebüsch verdrückt. Aber nicht so, wie Sie jetzt vielleicht denken. Nein, Liesel und ich lagen unweit des Stegs, der vom Ufer aus etwa dreizehn Komma vier Meter in den See ragte, wie bekloppt auf der Lauer. Wir hielten sogar zwischenzeitlich den Atem an, um nicht aufzufallen.

Ein Rascheln knisterte durch die Dunkelheit. Dann Schritte auf dem Steg. Und plötzlich das aufheulende Knattern einer Kettensäge! Alles lief also genau nach Plan.

Da wir bei der hiesigen Mordkommission keine supercoolen Suchscheinwerfer am Start hatten wie die Kollegen im Fernsehen, ratschte ich kurzerhand ein Zündholz an und hielt es spektakulär in die Höhe. Was uns im gleißenden Schummerlicht des flackernden Flämmchens ins Auge fiel, war genau das, was ich erwartet hatte! Ein kurzer Seitenblick zu meiner Assistentin sagte mir allerdings, dass sie gehörig von den Socken war.

Das, was sich vor uns auftat, war das metallische Aufblitzen einer Zahnspange. Während ich das Streichholz nach und nach in alle erdenklichen Himmelsrichtungen drehte, zeichneten sich rund um die Zahnspange erst ein Mund und dann sogar ein Gesicht ab. Das Gesicht eines Mädchens. Die Kleine war ungefähr drei Käse hoch, trug orangefarbene Leggins zu einem braunen Nicki und hatte brünette Affenschaukeln am Kopf. Viel schlimmer war allerdings, dass sie gerade unter furchtbarem Getöse und begleitet von bestialischem Benzingestank die Kettensäge bei der Leiche ansetzte, die auf dem Steg am Waldsee lag.

Gut nur, dass das gar keine Leiche war, sondern die als Leiche präparierte Gerichtsmedizinerin Doktor Anna Lühse, die so freundlich gewesen war, auch noch nach Feierabend bei meinem cleveren Plan den Köder zu spielen. Mit Spielzeugmesser in der Brust, fast echtem Kunstblut und allem Zipp und Zapp. Und nun war die Falle zugeschnappt!

Jetzt, wo die kettensägende Killerknirpsin Liesel, mich und das brennende Streichholz erblickte, guckte sie uns mit knuffigen Knopfaugen an.

»Och, wie süß!«, rief Liesel hingerissen und wollte aus der Lauer krabbeln, auf der wir lagen, doch ich hielt sie an ihrem figurbetont sitzenden Polizeiuniformhemd zurück.

Dann zog ich das Megafon, das ich stets bei mir trug, aus dem Trenchcoat. »Achtung, Achtung!«, brüllte ich hinein – wohlgemerkt ins Megafon, nicht in den Trenchcoat – und blendete dabei das Kettensägenmädchen brutal mit meinem Zündholz. »Hier spricht die Polizei! Achtung, Achtung, du bist umstellt und hast keine Chance!«

Ihre zusammengekniffenen Knopfäugelchen glommen uns vom Steg entgegen.

»Solltest du nicht längst in der Heia sein?«, rief ich, während die Kleine, die ich spontan auf etwa neun Jahre schätzte, eine Unschuldsmiene aufsetzte, die sich gewaschen hatte.

»Aber«, begann sie traurig, »ich hab mich verlaufen und finde nicht heim.«

Ich wurde so schnell fuchsig, dass mein Gesicht wüstenrot anlief. »Rolf Zuckowski zu zitieren wird dir jetzt auch nichts mehr nützen!«, blökte ich in meine Flüstertüte.

Sie log genauso schlecht wie ihr Vater. Anscheinend gehörte Sigmar Solbach zur Familie.

»Das Spiel ist aus, Frollein Fleischmann!« Das Echo meiner Worte hallte über den Waldsee, gefolgt von einem Moment ohrenbetäubender Stille. Ich steckte das Megafon weg, riss ein neues Zündholz an und stieg aus dem Unterholz.

Liesel folgte mir. Zeit, das Mädchen auf dem Steg in die Pfanne zu hauen.

»Pech für dich, dass es überhaupt keine Leiche gibt, nur die präparierte Pathologin, und du bist mir voll auf den Leim gegangen!«, frotzelte ich. »Hätteste besser mal nicht meinen getürkten Anruf bei irgendwem vorhin mitgehört, was?«

Mette Fleischmann ließ Kopf und Kettensäge hängen. »Alle machen Fehler, keiner ist ein Supermann!«, murmelte sie niederschlagen.

Ich zückte meine Dienstwaffe. Sie wirkte zwar wie ein etwa neunjähriges, harmlos dreinblickendes Gör in Leggins und Nicki, war aber im wahren Leben eine kaltblütige Kettensägenkillerin. »Du bist also für die verschwundenen Leichen verantwortlich!«, stellte ich fest und wedelte ein bisschen mit der Mauser PPK.

Das Mädchen nickte und ihre Affenschaukeln baumelten traurig im sanften Nachtwind. »Stimmt, Onkel Kommissar. Erst hab ich sie klitzeklein geschnippelt und dann packte ich die Stückchen in meinen Koffer.«

»Welchen Koffer?«, wollte Liesel wissen und blinzelte mich erstaunt an.

»Na den da!«, rief ich und zeigte auf das große lederne Teil, der neben Mettes kleinen Füßen auf dem Steg stand.

»Och!«, staunte Liesel. »Den hatte ich glatt überseh'n.«

»Kein Wunder«, warf Mette ein. »Ist ja auch ein Überseekoffer!«

Für eine Weile sagte keiner von uns ein Wort.

Mit der Hand, die meine Dienstwumme nicht hielt, kramte ich meine *Overstolz* hervor und schob mir ein Exemplar zwischen die Kiemen. »Das war's ja dann wohl«, brummte ich und gab mir mit dem Zündholz Feuer, das noch immer schauriges Licht auf den Steg am Waldsee warf.

»Es tut mir leid, Kleines«, fügte Liesel ernst hinzu. »Aber für das, was du getan hast, wirst du am elektrischen Stuhl aufgehängt, bis der Dings eintritt.«

Jetzt guckte die kleine Fleischmann plötzlich beleidigt. »Dann bist du aber schuld, dass ich keine Einsplus kriege, blöde Tante Polizist!«, pampte sie meine attraktive Assistentin an.

»Wie bitte?«

»Na, wenn ich mein Kunstprojekt nicht fertigstellen kann, dann kriege ich eine Sechs und kann nicht auf die Kunsthochschule, wenn ich groß bin.«

»Was ist los?«, fragte ich und verschluckte mich fast an meiner Fluppe. Ich hatte zwar gewusst, wo bei diesem Fall der Hase hing, aber so genau dann wohl doch nicht. »Willst du böses Blag mir verklickern, du hättest Leichen für den Kunstunterricht zersägt?«

Das Mädchen mit der Kettensäge nickte stolz. »Ja, Onkel Kommissar. Ich brauchte sie doch für meine Modelle.«

Ich schluckte, und mir wurde speiübel. Wenigstens hatte ich jetzt, nach den langen Tagen des Fastens, keinen Appetit mehr. »Und du hast bestimmt auch den Fotografen Knips Asmussen umgebracht und seine Ausstellung geklaut, um gute Vorlagen für deine … Modelle zu haben, oder?«, fragte ich die Kleine, obwohl ich die Antwort bereits kannte.

»Logo!«, fiepte diese, »Aber mit so 'nem Popelskram musst du mir erst gar nicht kommen!«

Im schummrigen Schein des langsam ausbrennenden Streichholzes sah ich, wie Liesel sich unzufrieden die Schirmmütze geradeschob. Offenbar setzte ihr dieser Fall auch sehr zu. Mit einer Geste, wie sie nur ein ausgebuffter Kripobeamter vom Stapel lassen kann, bedeutete ich meiner Assistentin, das Gör in Handschellen zu legen. Wenige Sekunden später hörte ich das vertraute Klicken.

»Und wehe, du sägst die auf!«, mahnte ich und wedelte dann im Dunkeln vielsagend mit meiner Mauser PPK.

Zu dritt machten wir uns auf den Weg zu meinem rosaroten Panda, den ich unweit geparkt hatte. Während wir einstiegen, hielt ich kurz inne.

»Frau Doktor Lühse?«, rief ich in die Schwärze der Nacht hinaus. »Sie dürfen jetzt wieder aufstehen! Ich brauch Sie jetzt nicht mehr. Und schönen Feierabend!«

»Danke!«, tönte es vom Steg, und ich ließ den Panda aufheulen.

Kapitel 6

Metzgermeister Fleischmann war just dabei, ein Messerset zu schleifen. Als Polizeimeisterin Weppen und ich seine handbeschellte Tochter durch die Ladentür schoben, zuckte er so sehr zusammen, dass er sich fast ins eigene Fleisch schnitt.

»Da staunen Sie, was?«, grinste ich. »Ich guck gar nicht Kulenkampff, und Ihr Töchterlein hat alles gestanden!«

Offensichtlich verstand Metzgermeister Fleischmann nur Bahnhof oder etwas in der Art. »Bitte?«

»Ich sagte, Ihre Tochter hat alles gestanden!«, wiederholte ich.

»Bitte?«, wiederholte er.

»Ich sagte, dass ich sagte, Ihre Tochter hat alles gestanden!«, wiederholte ich, was ich wiederholt hatte.

»Was ist los?!«, rief Fleischmann jetzt und wandte sich an Mette. »Mensch, Liebes, jetzt mach doch im Haus bitte mal die scheiß Kettensäge aus, man versteht ja sein eigenes Wort nicht!«

Erst jetzt, da das Mädchen auf einen Knopf drückte und die Säge ausknatterte, wurde mir klar, wie unsägbar laut das verfluchte Teil gewesen war.

Also noch mal von vorne: »Da staunen Sie, was?«, grinste ich. Ich guck gar nicht Kulenkampff, und Ihre Töchterlein hat alles gestanden!«

»Na wunderbar. Gut, dass es raus ist«, seufzte Fleischmann. »Sehen Sie, Kommissar Engelmann, ich bin nur einfacher Metzger. Und eigentlich wollte ich nie Metzger werden, sondern Müllmann. Doch mein Traum hat sich nie erfüllt. Jetzt wollte ich wenigstens dafür sorgen, dass meine Mette das werden kann, was sie möchte. Sie wünscht sich nichts sehnlicher, als an der Kunsthochschule Mettmann zu studieren, doch dafür braucht sie eine Einsplus für ihr gestalterisches Projekt in der Schule.« Der Metzgermeister holte tief Luft und schien den Tränen nah. »Ich hab ja gerne für meine Mette alles durch den Wolf gedreht, damit sie weiterkneten konnte, aber ich konnte ja nicht ahnen, dass ihr ständig das Bastelmaterial ausgehen und sie auf die schiefe Bahn geraten würde. Als sie dann allerdings mit der toten Ommi Schneider ankam, habe ich sehr geschimpft.«

»Aber Papi!«, regte sich Mette nun so doll auf, dass ihre Affenschaukeln wackelten und die Handschellen rasselten. »Ich hatte dir doch lang und breit erklärt, dass ich mit dem Brandenburger Tor noch gar nicht fertig war, und dass beim Taj Mahal noch ein Türmchen gefehlt hat!«

»Ich weiß, Liebes«, seufzte der Metzger und sah mich dann mit hängenden Schultern an. »Es tut mir leid, Kommissar Engelmann, wenn meine Tochter etwas zu weit gegangen ist.«

»Keiner wusste, dass Sie überhaupt eine Tochter haben«, sagte ich, um diesen Punkt auch anzusprechen. »Und das hat diesen Fall natürlich unnötig in die Länge gezogen.«

»Genau!«, schaltete sich Liesel ein, »sonst hätte ich ja auch Mettes Personalien aufnehmen können und dann wäre ganz schnell rausgekommen, dass sie für keine Tatzeit ein Alibi hatte!«

»Meine Mette ist unehelich«, erklärte der Metzgermeister. »Und das ist in einem Nest wie Hiesig natürlich kacke und auch nicht gut für den Ruf.«

»Verstehe«, brummte ich und überlegte, ob ich das alles wirklich verstand.

Herbert Fleischmann senkte unterdessen den Kopf. »Aus der Künstlerkarriere meines Töchterchens wird jetzt wohl nichts, was?«

»Richtig getippt!«, sagte ich sauer. »Auf Ihr Mordsblag warten jetzt säge und schreibe hunderttausend Jahre Jugendgefängnis!«

»Ach du je«, gluckste Frollein Fleischmann bedrückt und zupfte mir dann zaghaft am rechten Ärmel meines Trenchcoats. »Du, Onkel Kommissar, dürfte ich denn vielleicht meine Modelle ein letztes Mal sehen, bevor ich für immer in den Knast komme?«

»Na gut, Kleines«, seufzte ich. »Wo hast du denn deine Kunstwerke?«

»In meinem Zimmer«, rief sie und lief voran, hinter der Kühltheke vorbei in den Flur, von dem aus eine Hintertreppen hinauf in die Fleischmann'sche Privatwohnung führte.

Oben angekommen, gingen wir durch einen schlanken Korridor, an dessen Wänden zig gerahmte Aufnahmen von bekannten Sehenswürdigkeiten hingen, wie man sie sonst nur in einer Fotoausstellung sehen konnte.

Dann öffnete Mette eine Tür.

Auf den ersten Blick war es ein Kinderzimmer wie jedes andere, mit einer Teddybärentapete, ein paar Kuscheltieren auf dem Bett und einem Puppenhaus. Was Mettes Reich allerdings von anderen Kinderzimmern deutlich unterschied, waren die vielen Skulpturen, die im ganzen Raum herumstanden. Auf dem Schreibtisch, in den Regalen, auf Kleiderschrank und Nachttisch. Mir blieb für einen Augenblick die Luft weg. Die Skulpturen waren aus Mett!

»Verdammte Hacke, das ist ja Hack!«, brachte ich fassungslos heraus und guckte mich um.

Der schiefe Turm von Pisa, der Kölner Dom, der Eiffelturm, die Wuppertaler Schwebebahn. Alle aus Fleisch und Blut und allesamt im Maßstab 1:46.

Auch Polizeimeisterin Weppen ließ ihren bibbernden Blick durch das Kinderzimmer schweifen und staunte über den

Hackepetersdom, Schloss Neuschwanschwein und den Londoner Backen-Ham-Palast.

»Und, Liesel, sehen Sie da auf der Fensterbank«, sagte ich mit offenstehendem Mund. »Die hängenden Schwarten von Babylon und dort steht eine typisch holländische Rindmühle!«

»Wahnsinn, Chef!«

Alle Skulpturen waren bis aufs feinste Detail ausgearbeitet. Bei der fleischgewordenen Nachbildung des Nürnberger Christkindlesmarktes war in den Weihnachtsbäumen sogar das Lametta zu erkennen!

»In diesen Kunstwerken steckt mett Sicherheit ganz viel Liebe«, merkte Liesel an und warf der kleinen Künstlerin einen anerkennen Blick zu.

»Aber auch die Ommi Schneider und der Knips Asmussen!«, ergänzte die kleine Fleischmann stolz und deckte ihre Wunderwerke eines nach dem anderen mit weißen Laken zu.

Ich wandte mich ab, denn ich konnte es nicht mehr mettansehen.

»Sie sind verhaftet, Frollein Fleischmann«, fauchte ich schließlich, nachdem das Mädchen all ihre Modelle zugedeckt hatte. »Mettkommen!«

* * *

Und so ging dieser Fall zu Ende.

Ich legte Herbert Fleischmann erneut zwanzig Pfennig auf die Theke und rief bei meinem Chef, Staatsanwalt Wischnewski, an, der dann auch kam, um den Mett-Dämon aus dem Verkehr zu ziehen.

Dem Metzgermeister Fleischmann konnten wir nichts nachweisen. Immerhin war ja Fleisch durch den Wolf drehen in seinem Beruf kein Verbrechen. Außerdem würde er es jetzt als alleinerziehender Vater ohne Tochter ohnehin schwer genug haben.

Die Skulpturen würden wahrscheinlich vom Gesundheitsamt sichergestellt werden, vielleicht landeten sie aber auch im New Yorker Mettropolitan Museum.

Mich ging das nichts mehr an, ich hatte jetzt Feierabend. Also zündete ich mir eine *Overstolz* an und ging mit Liesel noch ein paar Schritte durch die Nacht, um frische Luft zu schnappen. Mittlerweile hatte sich bereits ein zaghaftes Morgengrauen in den schwarzen Himmel geschmuggelt.

Wir bogen um die Ecke und kamen an der Kirche vorbei, auf deren Spitze noch immer Ommi Schneiders Totenhemdchen wehte.

»Aber eins verstehe ich nicht, Chef.«, begann Liesel und warf ihre blonde Mähne fragend in den Nacken. »Warum hatte Mette die Leichen zersägt und geklaut, aber die Klamotten immer zurückgelassen?«

»Ganz einfach, Liesel«, grinste ich. »Weil sie ihr nicht passten.«

Wir lachten herzlich, weil das so super logisch war.

Dann waren wir auch schon auf Höhe des Friedhofs, und ich musste daran denken, wie dieser Fall hier seinen Anfang genommen hatte. Ich dachte aber auch noch an etwas anderes, also wünschte ich Liesel eine gute Nacht und ging auf das gusseiserne Törchen zu. Ich wollte endlich das erledigen, was ich seit drei Tagen in der ganzen Aufregung völlig vergessen hatte: den Schreibers Erwin aus seiner stabilen Seitenlage zu befreien.

Gebrechen lohnt sich nicht

»Diesen Mordfall konnte man eigentlich knicken, denn anfangs gab es überhaupt keinen Mord. Doch dann tanzten mir die Ereignisse auf der Nase herum, und der Fall wurde so spannend, dass ich hätte brechen können. Und als es dann doch eine Leiche gab, sah nicht nur das Opfer alt aus …«

Kapitel 1

Er wird mich umbringen, Herr Kommissar!« Die hagere Frau mit dem Pelzmantel fuchtelte wild mit den Armen, als sie das schrie. Dabei stapfte sie in meinem Büro auf und ab wie ein klappriger Coyote mit Bandscheibenvorfall.

Ich verfolgte das Schauspiel vom Schreibtisch aus und kratzte mich verwirrt am Kopf. Die Morgensonne kämpfte sich währenddessen durch die versifften Fenster des Polizeipräsidiums, und ich schenkte mir aus der Flasche, die stets auf meinem Schreibtisch neben dem Telefon beim Aschenbecher parat stand, einen ordentlichen Cognac ein, denn für Kaffee war es viel zu früh. »Nun mal langsam, junge Frau. Wer wird Sie umbringen?«

»Mein Mann natürlich, der fiese Möpp!«

»Wie bitte?!« Ich spannte einen Bogen Papier in meine Schreibmaschine. Schon als Kind hatte ich sehr schnell rausgehabt, dass Besuch nicht immer etwas Tolles ist, aber dieser hier schien sehr unangenehm zu werden. »Also dann mal ganz von vorne. Ihr Name?«

»Edeltraut Leckermann.«

Ich haute rasant in die Tasten. Neunzehn Buchstaben lang, dann sah ich wieder auf. »Und Ihr Beruf, Gnädigste?«

»Na, hören Sie mal, Herr Kommissar, ich bin die Gattin von Klaus Leckermann, dem Chef des Leckermann-Konzerns.« Sie sagte das so, als wäre sie die Gattin des Bundeskanzlers.

Ich fummelte eine Zigarette aus dem Päckchen, das vor mir auf dem Schreibtisch lag. »Und dieser Klaus Leckermann will Sie umbringen, junge Frau?!« Mein Feuerzeug zischte wie eine pampige Python und flammte auf.

»Und ob!«, sagte Edeltraut Leckermann und schwang den Krückstock, den sie mit sich führte, so gut sie konnte in meine Richtung. »Außerdem bin ich keine junge Frau, ich bin sechsundsiebzig.«

Ich spürte, dass mein Hemdkragen kratzte. »Wie kommen Sie denn darauf, dass Ihr Mann Sie umbringen wird?«

»Ich weiß es einfach. Irgendwann demnächst wird er es tun. Und Sie werden den Fall nur mit meiner Hilfe aufklären können.«

»So?«

»Fragen Sie doch nicht so blöd, tun Sie was! Sie sind doch Kommissar Engelmann, der Leiter der hiesigen Mordkommission, oder etwa nicht?«

Das war ich weiß Gott, und ich war es gewohnt, mich erst *dann* eines Mordes anzunehmen, wenn er bereits geschehen war. Andererseits war Hiesig ein kleines Nest, in dem fast nie etwas geschah, daher musste ich nehmen, was ich kriegen konnte. Und obwohl ich auf jeden Mordfall scharf war, machte ich Frau Leckermann ein tolles Angebot: »Wie wäre es denn, wenn ich die Tat ganz einfach verhindere und Sie demnach gar nicht ermordet werden?«

Völlig unbeeindruckt von meinem Vorschlag, titschte die alte Frau weiter durch mein Dienstzimmer wie ein sechsundsiebzigjähriger Tennisball. »Nett gemeint, Herr Kommissar, aber der Schuft wird mich umbringen, das ist so sicher wie das Amen in der Kirche.«

Ich drückte die halb gerauchte *Overstolz* im Aschenbecher aus und überlegte, was ich Sinnvolles sagen könnte. Stattdessen sagte ich: »Liebe Frau Leckermann, ich finde es recht ungewöhnlich, mich mit Mordopfern zu unterhalten, *bevor* sie abgemurkst wurden ...«

Sie hörte plötzlich auf, umherzutitschen. Das Match schien beendet. »Also Herr Kommissar, von mir aus können wir gerne der Einfachheit halber davon ausgehen, dass ich schon tot bin.«

Ich glotzte sie an. Was immer ich hatte, Durchblick war es nicht. Ich brauchte jetzt erst mal wieder einen Cognac und jubelte mir einen hinters Gebiss. »Sie erwähnten vorhin, dass ich den Mord nur mit Ihrer Hilfe aufklären könne. Wie habe ich das zu verstehen?«

»Ich habe Ihnen die Lösung aufgeschrieben«, sagte die Frau im Pelzmantel. »Heute Nachmittag wird ein brauner Umschlag mit der Post kommen, in dem ich den zukünftigen Tathergang haarklein beschreibe!« Ich war so gebannt, dass ich völlig vergaß, Fragen zu stellen, also fuhr Edeltraut Leckermann fort: »Oh ja, ich kenne jedes Detail in- und auswendig. Außerdem hat mein Mann jahrelang probiert, mich zu töten. Immer wieder hier und da ein kleines Attentat ...«

»Verdammte Hacke!«, bemerkte ich und staunte wirklich nicht schlecht.

»Ja, Herr Kommissar, aber das war natürlich nicht immer so. Als ich Klaus kennenlernte – es war vor mittlerweile vierundzwanzig Jahren beim Skifahren in Sankt Moritz –, da war er ein dufter Kerl, eine Mischung aus Sean Connery und Sascha Hehn, könnte man sagen. Noch dazu hatte Klausimausi Asche ohne Ende und jüngst den Leckermann-Konzern von seinem toten Vater geerbt, Sie wissen schon, Herr Kommissar, das hiesige Lutscherwerk gar nicht weit von hier, die *Inter-Leckt GmbH.*

Inter-Leckt, Inter-Leckt. Ganz weit entfernt klingelte in mir ein Glöckchen, »Aber natürlich! Die große Lolli-Fabrik – *Lutscher von Leckermann machen jeden Schlecker an.*«

»Ganz genau, Herr Kommissar! Jedenfalls heirateten Klaus und ich ein Jahr später in Las Vegas. Das volle Programm, mit Elvis-Imitator und allem Zipp und Zapp. Einige böse Zungen haben damals behauptet, ich als Nachtklub-Tänzerin hätte ihn nur wegen seines Geldes geheiratet, doch das störte mich nicht. Die waren doch sowieso alle nur neidisch auf Klaus und mich, auf den blendend aussehenden Zwanzigjährigen und seine Frau, die gerade mal eben über fünfzig war. Im Vergleich zu mir sieht mein Mann übrigens noch immer blendend aus. Er ist sozusagen der Cary Grant unter den Lutscherfabrikanten.«

Ich schüttete mir den nächsten Drink hinter die Binde und zündete eine schmackhafte *Overstolz* an. Dann beobachtete ich, wie sich die klunkerbestückten Finger der alten Frau um den Griff ihrer Krücke krallten wie die Klauen eines greisen Geiers. Jetzt stand wohl das dramatische Kapitel von Frau Leckermanns Erzählung an.

»Die ersten Jahre unserer Ehe waren traumhaft, Herr Kommissar, wir kauften ein wunderschönes Anwesen, Klausimausi nahm mich mit auf seine Dienstreisen. New York, Rio, Tokio. Wir lebten in Saus und Braus, gaben glamouröse Partys und tanzten die Nächte durch ... Bossa Nova, Rumba und Rock 'n' Roll. Aber am liebsten Bossa Nova. *The Girl From Ipanema ...*« Ihre Augen wurden feucht und begannen zu leuchten wie eine Glühbirne, die man ein letztes Mal anschaltet, bevor man sie gegen eine Energiesparlampe austauscht. »Ach, Herr Kommissar, ich könnte sterben für Bossa Nova! Kennen Sie *The Girl From Ipanema*?« Es war mit einem Mal, als würde sich eine unendliche Tanzfläche in ihr ausbreiten, und Bossa-Nova-Rhythmen schienen vor ihrem inneren Ohr zu erklingen, denn plötzlich begann ihre schmale Hüfte zaghaft zu vibrieren.

Ich schaute ihr einige Minuten durch den Zigarettendunst zu, dann ein Wimpernschlag und Edeltraut Leckermann gelangte in die Realität zurück. »Die ... die Jahre gingen ins

Land ...«, fuhr sie mit erstickter Stimme fort. »Mein Mann wurde immer reifer und ich immer knittriger. Doch Klausimausi beteuerte immer wieder, dass er mich trotz der wachsenden Schäbigkeit noch so anziehend fände wie damals in Sankt Moritz.« Sie schluckte.

Unterdessen brauchte ich dringend noch einen Cognac, denn der Besuch der alten Dame fing an, mir ganz schön an die Nieren zu gehen.

»Bis eines Tages diese Cindy auf der Bildfläche auftauchte«, fuhr die Leckermann fort. »Das war vor drei Jahren, zweiunddreißig Tagen, einundzwanzig Stunden und etwa sieben Minuten. Klaus hatte dieses Luder bei einem Benefizdinner für die hiesige Ärztekammer kennengelernt, und Cindy musste ihm völlig den Kopf verdreht haben, denn eine Woche später bot er ihr sogar einen Job in der Firma an. Fortan begleitete ihn das Miststück auf seinen Reisen, und eines Tages wollte Klausimausi dann plötzlich die Scheidung. Doch ich sagte nein. Niemals. Nur über meine Leiche!«

»Leckomio!«, schlussfolgerte ich mit kriminalistischem Spürsinn. »Und seitdem will Klaus Sie also umbringen!«

Frau Leckermann rang nach Luft und schien in ihrem Pelzmantel geschrumpft zu sein. Sie wirkte jetzt zerbrechlicher als ein mundgeblasenes Teeservice, und eine Träne bahnte sich ihren Weg durch das faltige Gesicht wie ein Gebirgsbächlein.

Unterdessen war ich bei meinem fünften Cognac angekommen, was eine gute Sache war, denn Schnaps gab meinen grauen Zellen immer einen ordentlichen Tritt in den Hintern. So begab es sich, dass ich der alten Dame eine alles entscheidende Frage stellte: »Frau Leckermann, Sie bilden sich das alles aber nicht nur ein, oder?«

»Jetzt werden Sie aber mal nicht komisch, Kommissar Engelmann! Wäre ich sonst heute zu Ihnen gekommen? Um diese Zeit bin ich nämlich normalerweise bei meinem Senioren-Zumba-Kursus.«

Ich drückte die *Overstolz* in den Aschenbecher und rückte meinen Hut zurecht. »Geschenkt. Ich frage mich nur, warum Ihr Mann einen Mord riskieren sollte. Ich würde ihn doch sofort überführen können. Mit Fingerabdrücken, mit Indizien, mit Forensik, mit was weiß ich noch alles ...«

Sie wirkte unbeeindruckt. »Er wird es nach einem Unfall aussehen lassen. Versetzen Sie sich doch mal in Klaus' Lage! Er will mich los sein und mit dieser sexy Cindy ein flottes Leben haben. Natürlich will er nicht ins Kittchen«, zischte sie böse, »Doch ich schwöre Ihnen, Kommissar Engelmann, da wird das Aas ganz bestimmt landen!« Edeltraut Leckermann stieß ein krächzendes Lachen aus. »Mit der Nachmittagspost sollten Sie den braunen Umschlag erhalten, Kommissar. Sobald ich tot bin, können Sie Klaus damit überführen.« Ihre Augen funkelten, und die Krampfadern auf ihrer Nase schimmerten bläulich.

Dies versprach ohne Zweifel ein spannender Fall zu werden. Ich rückte erneut meinen Hut zurecht und hatte noch eine Frage. »Frau Leckermann, Sie erwähnten vorhin, dass Ihr Mann schon seit etwa drei Jahren versucht, Sie umzubringen. Wie äußert sich das?«

»Nun, zum Beispiel hat Klaus einmal die Batterien aus meinem Schrittmacher genommen.«

»Aha.«

»Was sagen Sie nun, Herr Kommissar?«

»Vielleicht nur ein Versehen. Außerdem macht eine Schwalbe noch keinen Hund in der Pfanne verrückt.«

»Natürlich gab es noch mehr Mordversuche! Beispielsweise fand ich eines Abends plötzlich Frostschutzmittel in meiner Schildkrötensuppe!«

Ich hämmerte sofort einen Vermerk darüber in die Schreibmaschine und sah dann forschend zu ihr auf. »Und da leben Sie noch?!«

Frau Leckermann nickte. »Da ich seit Jahren einen künstlichen Magen habe, konnte mir das giftige Zeug nichts anhaben.«

Mein Polizistenschädel malochte auf Hochtouren. »Hmm. Bei dieser Schildkrötensache könnte es sich aber auch um eine Verkettung von Zufällen handeln«, überlegte ich und ließ meiner kriminalistischen Kombinationsgabe freien Lauf. »Vielleicht hatte sich die Schildkröte ja lediglich auf Ihrem Grundstück verlaufen, war in die Garage geraten, hatte dort – durstig von der langen Reise – ein Schlückchen Frostschutzmittel aus dem Kühler ihres Wagens genippt. Danach ist sie wieder ins Freie gestoßen und weiter Richtung Küche getorkelt, wo sie schließlich, na ja, schnell in einem Suppentopf untertauchte, um nicht vom Dienstpersonal entdeckt zu werden.«

»Wie bitte?!« Die alte Dame legte ihre faltige Stirn in weitere, mannigfaltige Falten.

»Ein Anschlag muss das noch lange nicht gewesen sein, Frau Leckermann, ich hoffe, Sie haben noch bessere Beispiele für Ihre Ermordung am Start!«

»Hab ich, Kommissar Engelmann. Stellen Sie sich vor, da hatte mein Mann doch eines Morgens tatsächlich Blausäure in meine Zahnpasta geschmuggelt.«

»Und ... da leben Sie noch?«, fragte ich wieder, diesmal jedoch etwas verwunderter als vorhin, und griff dabei nach meiner Pulle. Ganz langsam begann ich an einen eventuell anstehenden Mord zu glauben.

»Ja, ich lebe noch. Aber nur, weil meinem Klausimausi nach dreiundzwanzig Jahren Ehe immer noch nicht klar ist, dass ich mir nur ungern die Zähne putze.«

»Verstehe, Frau Leckermann.« Ich nahm einen Mund voll Cognac und jonglierte ihn einen Moment zwischen Gaumen und Zunge herum, bevor ich ihn runterschluckte. »Ach, was ich noch fragen wollte ... Was haben Sie denn eigentlich bislang gegen diese Mordversuche unternommen?«

»Na, ich habe meinem Mann gesagt, dass ich getrennte Schlafzimmer will.«

»Guter Schachzug.«

»Danke, Herr Kommissar. Aber nach der Zahnpastaepisode war ja nicht Schluss!« Erneut zog sich ihr hagerer Körper zusammen, und die Adern auf ihren Handrücken stießen hervor wie Flüsse auf einer Landkarte. »Es ist nur vier, fünf Wochen her, da habe ich ein Bad genommen und Klaus ließ einen Fön in die Wanne fallen.«

Sofort meldete sich wieder mein Spürsinn zu Wort. »Und ... Sie leben noch, weil der Fön nicht eingestöpselt war, stimmt's?«

»Falsch, Herr Kommissar. Der Fön *war* eingestöpselt, nur nicht *ich* lag in der Wanne, sondern eines der Dienstmädchen, das sich freundlicherweise bereit erklärt hatte, für mich vorab die Wassertemperatur zu testen.« Sie verstummte.

Ich hingegen suchte nach Worten und fand fünf Stück: »Das ist ja der Hammer!«

»Allerdings«, schluchzte Frau Leckermann, »Besonders, weil es doch heutzutage so schwer ist, gutes Dienstpersonal zu finden.« Sie zitterte jetzt wie Espenlaub.

Ich – ganz der Gentleman – sprang auf und bot der Frau meinen Stuhl an, doch sie schüttelte mit dem Kopf. Zumindest wackelte der Kopf für einen Augenblick etwas mehr als ihr Rest.

»Danke, Herr Kommissar«, murmelte Edeltraut Leckermann. »Aber ich kann nicht so gut sitzen. Meine Hüften sind total im Eimer.«

»Das haben Sie auch Ihrem Mann zu verdanken, nehme ich an?«, tastete ich mich so gewieft vor, wie das nur ein ausgebuffter Kripobeamter kann.

Sie nickte kraftlos. »Wir waren zur Antilopenjagd auf Madagaskar, und Klaus hatte ein besonders prächtiges Exemplar erspäht. Er feuerte mehrfach, jedoch erlegte er nicht die Antilope sondern meine Hüfte!«

»Das muss für Sie als Tänzerin ja schrecklich gewesen sein«, mutmaßte ich. »Wie ging die Geschichte weiter?«

»Nun, als Klaus sah, dass ich noch lebte, entschuldigte er sich scheinheilig bei mir und behauptete, der Lauf seines Colts habe sich wohl unter der unglaublichen Hitze verzogen.«

Ich zündete mir fassungslos und mit viel Feuer eine köstliche *Overstolz* an und sackte zurück auf meinen Stuhl. Noch nie war ich nach sieben Cognac so ratlos gewesen.

Edeltraut Leckermann hatte recht gehabt: Wäre sie bei einem dieser Attentate ums Leben gekommen, würde niemand auf Mord tippen. Und solange sie die Mordanschläge überlebte, konnte sie auch schlecht behaupten, dass sie ermordet worden war! Klaus Leckermann hatte wirklich an alles gedacht. Abgesehen vom Kreuzworträtsel in der Sonntagszeitung, war dies das Kniffligste, was mir seit Langem untergekommen war.

Ich blies den Zigarettenrauch zur vergilbten Bürodecke hinauf und richtete den Kragen meines Trenchcoats, der durch die Aufregung ganz verrückt war.

Mir wurde klar, dass ich mit meinen Ermittlungen irgendwo anfangen musste, denn wie ich es auch drehte: Der Mord lag in der Luft, und er hing über Edeltraut Leckermann wie ein Damaskusschwert. »Verdammte Hacke!« Ich warf die Kippe meiner *Overstolz* gereizt zu den anderen in den Aschenbecher. »Wenn ich nur wüsste, was ich tun kann.«

Frau Leckermann versuchte ein Lächeln, das jedoch verunglückte. »Bis der Mord passiert ist, können Sie gar nichts tun. Aber er *wird* passieren. Und dann werden Sie der Einzige außer mir sein, der weiß, dass es kein Unfall war.« Sie nahm ihren Krückstock in die linke Hand und streckte mir die schmächtige Rechte zitternd entgegen. »Wie es aussieht, werden wir uns nie wieder sehen, Kommissar Engelmann. Leben Sie wohl.« Dann drehte sie sich, so gut es ihre Hüfte erlaubte, auf dem Absatz herum und verschwand aus meinem Büro.

Kapitel 2

Es muss gegen halb zwei mittags gewesen sein, als ich das *Café Inkontinental* betrat. Es war eines jener Etablissements, in denen die Zeit stillzustehen scheint. Wo man ganz in Ruhe eine Tasse Kaffee schlürfen oder an einem Stückchen Baiser nuckeln kann. Eine dunkelbraune Holzvertäfelung und der zentnerschwere Duft von Sachertorte leisteten einem dabei stets Gesellschaft. Da sich das *Café Inkontinental* unmittelbar gegenüber dem Polizeipräsidium befand, pflegte ich hier so gut wie sehr oft, meinen Mittagscognac einzunehmen. Und auch zu anderen Tageszeiten hob ich hier gerne einen – immer, wenn es in meinem Büro zu stickig wurde.

Ich setzte mich in den brutal gefederten Plüschsessel, der mir als Stammplatz diente, überflog kurz die Speisekarte und dachte darüber nach, mir das Hausgemachte Ragout Fin in Blätterteig mit reichlich Worchestersoße kommen zu lassen. Doch als Herbert Kellner, der Ober, auftauchte, bestellte ich doch lieber nur ein Kripogedeck. Seit Frau Leckermanns Besuch bei mir im Büro am Vortag bekam ich eh keinen Bissen runter. Wie es aussah, würde die arme Frau jeden Moment von ihrem Ehemann ermordet werden. Ich war nervös wie ein Frettchen auf Speed. Was sollte ich machen? Ich konnte schlecht zu Klausimausi fahren und ihn wegen des Verdachts auf einen demnächst anstehenden Mord verhaften. Allein schon deshalb nicht, weil ich die Adresse gar nicht kannte. Tja, ich hatte es doch glatt verschwitzt, Frau Leckermann danach zu fragen.

Ober Kellner brachte das Gedeck: ein doppelter Cognac und ein Klarer waren jetzt genau das, was ich brauchte.

»Schüttenses ruhig zusammen, muss ordentlich brennen«, seufzte ich und klaubte dabei eine Schachtel *Overstolz* aus meinem Trenchcoat.

»Sie haben es wohl mal wieder mit einem besonders schwierigen Fall zu tun, Herr Kommissar?«, fragte Kellner oberfreundlich, als er mir das Glas vor die Nase stellte.

»Das hab ich allerdings!«, hörte ich mich raunen. »Sagt Ihnen *Inter-Leckt* was?«

Der Ober guckte, als hätte ihn ein Omnibus gestreift.

Ich grinste in mich hinein und kippte das Getränk hinterher. »Dachte ich mir. *Lutscher von Leckermann machen jeden Schlecker an.*« Ich sah zu ihm auf. »Na? Klingelt's?!«

»Nö.«

»Seien Sie froh. Bei Ihnen ist Hopfen und Malz verloren. Und bringen Sie mir noch ein Gedeck.«

Herbert dampfte ab.

Mit einer leckeren Kippe an der Lippe drifteten meine Gedanken durch die Gegend, und ich versuchte mir vorzustellen, was diese Frau Leckermann vor dreiundzwanzig Jahren für ein heißer Feger gewesen sein musste, dass sie diesen jungen, neunzehnjährigen Spund für sich begeistern konnte. Kein Wunder, dass die Leute damals geredet hatten. Der reiche Erbe des Leckermann-Konzerns macht mit einer über dreißig Jahre älteren Tänzerin rum. Und jetzt war dem Klausimausi seine Olle zu alt, und er hatte eine knackige Neue. Cindy. Lacht sich einen steilen Zahn an, während die Gattin schon Zahn*ersatz* brauchte. Und will sie dann auch noch aus dem Weg räumen, weil sie sich nicht scheiden lassen will. Das war nicht nett.

Aber warum war die Edeltraut nicht schon nach dem ersten Anschlag zur Polizei gegangen? Hatte sie solche Angst? Oder nach dem zweiten oder dritten. Oder vierten? Warum erst jetzt?

Der braune Briefumschlag mit dem zukünftigen Tathergang war just mit der Post unterwegs zum Polizeipräsidium. Laut Edeltraut würde eine exakte Beschreibung des Mordes aus Sicht des Opfers vor der Tat drin stehen. Ganz schön verrückt.

Plötzlich tauchte ein Schatten neben mir auf.

Dann eine schnelle Handbewegung.

»Bitte, Herr Kommissar ...«

Gläser in der Luft. Sich drehende Körper.

»Ich muss Sie dringend ...«

Ein heller Aufschrei, dann lautes Klirren.

Als ich endgültig aus meinen Gedanken gerissen wurde, war alles schon gelaufen. Es hatte nur den Bruchteil einer Sekunde gedauert. Ober Kellner hatte das Kripogedeck servieren wollen, war von einer heranstürmenden Frau umgerannt worden, und nun lagen alle am Boden. Auch die zersplitterten Gläser.

Die junge Frau mit dem langen, blonden Haar berappelte sich als Erste. »Chef, ich muss Sie dringend sprechen ...«

Ich erkannte sie sofort. Es war Polizeimeisterin Liesel Weppen, Mitte fünfundzwanzig, attraktiv und noch dazu meine Assistentin. Natürlich war sie über den bevorstehen Mordfall Leckermann im Bilde.

»Liesel, verdammte Hacke, was soll das?«

»Kommen Sie, Chef! Es ist ... Frau Leckermann!«

Jetzt hat er es getan, dachte ich. Jetzt hat er es getan! »Ist sie tot?«, fragte ich Liesel, um mich zu vergewissern.

»Nein, Chef, aber schwer verletzt. Sie liegt im Krankenhaus!«

Ach so, dachte ich daraufhin und sprang auf. Ach so!

Kapitel 3

Da Hiesig ein kleines Nest war, fand ich das hiesige Krankenhaus sofort. Begleitet von einer stinkenden Gummiwolke brachte ich meinen treuen Dienstwagen vor dem Haupteingang zum Stehen. Liesel Weppen und ich hechteten aus dem rosaroten Panda, und als wir die Stufen zur Aufnahme emporrannten, winkte uns eine Krankenschwester mit Pferdeschwanz durch.

»Intensivstation, Zimmer 0815!«, rief sie uns noch nach, während ich vor Polizeimeisterin Weppen durch den kargen Flur lief. Ich hatte inzwischen längst meine Dienstwaffe gezückt und brüllte immer wieder »Achtung, Achtung! Hier spricht die Polizei!« in das Megafon, das ich stets bei mir trug. Simultan wedelte ich mit meiner Mauser PPK in der Gegend herum, als wären wir im Vorspann von *Starsky & Hutch*. Das war zwar völlig unnötig, machte aber einen Höllenspaß. Außerdem hallte es so schön. Der Flur schien endlos. Nach dem ersten Knick überholte mich Liesel, nach der zweiten Biegung eroberte ich mir dann die Führung zurück, bis wir nach einigen Metern schließlich zur Intensivstation gelangten.

Dort angekommen, nahm uns eine dicke Krankenschwester in Empfang. »Ah, Herr Kommissar, ich hab Sie schon kommen hören. Beeilen Sie sich. Frau Leckermann liegt mitten im Sterben. Sie will Sie unbedingt noch sehen.

»Aha.«

»Nur Sie allein, Herr Kommissar. Ich fürchte, Frau Leckermann macht es nicht mehr lange.«

Ich senkte den Kopf und ließ meine Dienstwaffe in die Manteltasche verschwinden. Als ich mich räusperte, klang es nach Joe Cocker mit Angina. »›Nicht mehr lange‹ ist verdammt kurz, nicht wahr, Schwester?«

Die wabbelige Krankenschwester nickte. »Es kann jeden Moment zu Ende gehen. Vielleicht auch schon früher.«

Als mich die Krankenschwester durch die Tür in Zimmer 0815 schob, sah ich sie da liegen. Selbstverständlich nicht die Krankenschwester sondern Edeltraut Leckermann.

Sie war weißer als ihr Bettlaken und runzliger als eine zerknüllte Zeitung vom Vortag. Man hatte sie an allerhand Schläuche und Apparate angeschlossen.

»Na, Frau Leckermann, Sie machen mir ja Sachen«, meinte ich, weil ich nicht wusste, was ich sagen sollte, und steckte mir eine *Overstolz* an.

Mit einer schwachen Handbewegung winkte mich Edeltraut Leckermann an ihr Sterbebett heran. Nach wie vor hingen an den dürren Fingern die ganzen Klunker.

»Nun ... nun ist es soweit. Klausimausi ... hat ... mich ... umgebracht.« Ihre Stimme war wie das Rascheln von dünnem Herbstlaub, das in einen frostigen Winter hineinweht.

»Jetzt machen Sie mal nicht das Pferd in der Pfanne scheu«, tröstete ich die fast tote Frau und blies den Zigarettenrauch durch das Krankenzimmer. »Noch sind Sie ja nicht in den Brunnen gefallen.«

»Papperlapapp. Verhaften ... Sie ... ihn, Kommissar Engelmann ...«

Sie sprach so leise, dass ich mich zu ihr hinunterbeugen musste. Jetzt ließ sich nicht mehr verleugnen, dass sie sich in dreiundzwanzig Jahren tatsächlich fast nie die Zähne geputzt hatte! Mit glasigem Blick bedeutete mir die Leckermann, das Betttuch anzuheben.

Ich zog zögernd das Laken zurück. Als ich nichts Außergewöhnliches darunter entdeckte, schlug ich auch den Pelzmantel zur Seite und traute meinen Augen nicht. Frau Leckermann war ganz schön gerissen!

»Wie konnte das passieren?«, stammelte ich und ließ meine Zigarette fallen. Zischelnd erlosch sie in der Bettpfanne zu meinen Füßen.

Ich starrte hinunter auf eine gespaltene Persönlichkeit, die ganz offensichtlich einen Knacks weg hatte. Die alte Ex-Tänzerin war in Höhe der Hüfte in zwei Teile zerbrochen, in der Mitte geteilt, wie eine zersägte Frau im Zirkus!

Entsetzt ließ ich das Laken fallen und stammelte völlig sprachlos: »Und ... und da leben Sie noch?«

»Tu ich ... nicht.«

Und wahrhaftig. Edeltraut Leckermann war tot.

* * *

Ich brauchte dringend einen Cognac, doch dafür war jetzt keine Zeit. Als ich aus Zimmer 0815 stürzte, war nur Liesel auf dem Flur. »Wo ist die dicke Intensivschwester?«, wollte ich wissen.

»Ist Frau Leckermann tot?«, wollte Liesel wissen.

»Wo ist die dicke Intensivschwester?«, wollte ich wissen.

»Ist Frau Leckermann tot?«, wollte Liesel wissen.

Da es schien, als würden wir so nicht weiterkommen, trat ich den Rest meiner Zigarette auf dem PVC-Boden aus und setzte kurzerhand das Megafon an die Lippen. »Achtung, Achtung, hier spricht die Polizei!«, donnerte es durch das hiesige Krankenhaus. »Wo ist denn hier mal ein Arzt?! Ich bin Kommissar Heinz Engelmann von der Mordkommission und brauche dringend einen Arzt!!«

Am Ende des Flurs wurde eine Tür geöffnet. Ein Mann um die Fünfzig, mittelgroß, mit schütterem Haar, trat heraus.

Das was seine Lippen umspielte, waren nicht nur ein freundliches Lächeln sondern auch Essensreste. »Ach, der Engelmanns Heinz, das ist ja eine Überraschung. Und Sie sind auch dabei, Polizeimeisterin Weppen. Ich mache zwar gerade Mittag, aber kommen Sie doch bitte herein.«

In einem Nest wie Hiesig kannte man sich.

»Aber gerne doch, Doktor Sievers!«, sprach ich in mein Megafon und ging auf ihn zu.

Gemeinsam mit Liesel Weppen betrat ich das Behandlungszimmer, in dem sich Sievers auf einem kleinen *Esbit*-Kocher einen Imbiss bereitet hatte. Dicke Bohnen mit Speck. Erneut fiel mir ein, wie lange ich nichts mehr gegessen hatte, doch nun galt es erst mal, einen brutalen Mord aufzuklären!

»Na Kommissar, was fehlt uns denn?«, lächelte der Arzt und schob sich einen ordentlichen Löffel dicke Bohnen in den Mund.

»Aber Doktor Sievers, mir fehlt doch nie was.«

»Worum geht es dann?«, fragte der Doktor mit dickflüssiger Aussprache.

»Um Frau Edeltraut Leckermann. Wissen Sie was, Sievers?«

Er schaufelte noch eine Ladung Bohnen mit Speck in sich rein. »Ein wirklich tragischer Fall. Ich wollte nach der Mittagspause mal nach ihr sehen, aber viel Hoffnung gibt es nicht, Engelmann. Frau Leckermanns Hüfte war ohnehin nicht mehr intakt, doch jetzt ist sie leider auch noch komplett durchgebrochen.«

»Ich weiß, Doktor. Wodurch kam der Durchbruch?«, hakte ich nach und dachte dabei an Klausimausi, der schon mal gerne seine Ehefrau mit einer Antilope verwechselte. »Vielleicht durch Schüsse aus einem Colt, Sievers?«

»Nein, die fünf Kugeln, die in ihrer Hüfte stecken, stammen von einem Jagdunfall vor anderthalb Jahren. Ich hatte Frau

Leckermann damals behandelt, aber als sie vorhin hier eingeliefert wurde, konnte ich keine frischen Einschüsse feststellen.«

»Wie ist Frau Leckermann überhaupt hierher gekommen?«, schaltete sich nun auch Liesel Weppen ein und warf ihr langes, blondes Haar in den Nacken.

»Mit dem Krankenwagen, nehme ich an. Für Details fragt ihr besser Schwester Agathe am Empfang«, konstatierte Doktor Sievers schulterzuckend und spülte seinen Teller über einem Waschbecken ab. »Aber warum interessiert sich denn eigentlich die Polente für diese alte Frau?«

»Frau Leckermann wurde ermordet.«

»Was? Ermordet?«

»Genau«, entgegnete ich und ging mit Liesel zur Tür. »Und inzwischen ist sie sogar gestorben. Das ist 'n Schuss ins Knie, was, Sievers?!«

* * *

Wir fanden Schwester Agathe an der Pforte vor, dort, wo sie uns vorhin bei unserer Ankunft zur Intensivstation durchgewunken hatte. Nach wie vor hatte sie einen Pferdeschwanz, und ihre Augen sahen aus wie zwei Quallen auf Landgang. Ich kombinierte sofort, dass sie schrecklich geweint haben musste.

»Aber, aber ...«, begann Polizeimeisterin Weppen mit geschürzten Lippen und nahm Schwester Agathe in ihre Arme. »Liebe Agathe, alles wird wieder gut. Weinen ist doch suboptimal.«

Da Liesel vor ein paar Jahren mal bei einem Fall undercover als Sozialpädagogin ermitteln musste, hatte sie das echt gut drauf. Tja, wir von der Kriminalpolizei haben schon so unsere Methoden.

Agathes Pferdeschwanz kitzelte in Liesels Nüstern, als sich

die Krankenschwester fest an meine attraktive Assistentin kuschelte. »Was ist mit Frau Leckermann?«, schluchzte Schwester Agathe in den Kragen von Liesels Polizeiuniform und versuchte, ihre Tränen im Zaum zu halten.

»Sie ist leider gestorben«, hauchte Liesel professionell. »Aber alles wird gut.«

Bestimmt tat es das, aber jetzt heulte die pferdebeschwanzte Krankenschwester erst mal wieder zügellos. »Ach, es war furchtbar, wie sie da lag«, knödelte sie durch ihre Tränen. »So ein schrecklicher Unfall.«

Unfall?

Dieses Wort klang für mich neuerdings wie eine Alarmglocke. »Was lässt Sie denn glauben, liebe Agathe, dass es sich bei dieser Tragödie um einen Unfall handelt?«, bohrte ich nach.

Die Krankenschwester heulte mittlerweile Rotz und Wasser. »Ach, Herr Kommissar, was soll es denn sonst gewesen sein?«

»Wo lag sie denn?«, wollte ich wissen und merkte, wie mein Blutdruck Purzelbäume schlug.

»Na, auf dem Teppich in ihrem Schlafzimmer! Verdreht wie ein Dreschflegel. Ihr Becken ... es war einfach durchgebrochen ... Sie stöhnte vor Schmerz ... Knochensplitter lagen im Raum verteilt ... und ... und ...«

»Ja?!« Liesel löste die Umarmung und sah Schwester Agathe forsch an. »Was und? Erzählen Sie weiter!«

»Ich weiß nicht, ob es wichtig ist ... aber als ich die zerbrochene Frau Leckermann in ihrem Schlafzimmer fand, da lief der Plattenspieler noch.«

»Interessant.« Ich spürte, wie sich ein Pflug durch meine Gehirnwindungen kämpfte. »Ach, Schwester, wer hat Sie eigentlich zum Anwesen der Leckermanns gerufen?«

»Weiß nicht, wer am Telefon war. Eins von den Dienstmädchen, glaube ich ...«

»Aha. Und wann kam der Anruf?«

»Das muss so gegen 13 Uhr gewesen sein. Aber, Herr Kommissar, da ist noch etwas ...«

»Um Himmels willen, Schwester Agathe, was denn noch?«, schnaubte ich. »Wir müssen los!«

»Nun«, schluchzte die Krankenschwester mit den Quallenaugen. »Vielleicht ist es ja nicht wichtig, aber vorhin, kurz bevor Sie beide hier ankamen, da ... da war jemand bei Frau Leckermann im Zimmer.«

»Was?« Das Blut schoss mir in den Kopf. »Das ist natürlich eine Granate, Agathe!«

»Allerdings, Herr Kommissar!«, nickte die Schwester. »Die Frau sah richtig scharf aus!«

»Es ... es war eine *Frau*?«

Damit hatte ich nicht gerechnet. Eher mit etwas ganz anderem. Da ich aber wusste, dass die nächsten Sekunden über die Lösung des Falls entscheiden konnten, packte ich die aufgelöste Krankenschwester bei den Schultern und rüttelte sie gut durch. »Schwester Agathe, jetzt konzentrieren Sie sich bitte, es ist wichtig. Sind Sie ganz sicher, dass diese Frau, die bei Edeltraut Leckermann war, kein Mann war?«

»Positiv! Sie trug ein schwarzes Kostümchen und Pumps«, meinte Agathe, doch ich rüttelte und schüttelte sie wie eine Steiffpuppe. Ohne Erfolg.

Enttäuscht ließ ich Schwester Agathe los, die zu Boden taumelte und dort unten wie ein Erdbeben mit Pferdeschwanz weiter vibrierte.

»Schade, aber wenn es wirklich eine Frau war, dann hilft uns das überhaupt nicht weiter.«

Für einen Augenblick hatte ich gedacht, dieser Fall würde noch einmal spannend werden, aber dem war leider nicht so. Für mich war spätestens jetzt alles klar!

Kapitel 4

Während der rosarote Panda über die Landstraße schnurrte, nistete sich die Dämmerung am Himmel ein wie ein Rudel Fledermäuse in einem feuchten Glockenturm. Die letzten Häuser von Hiesig verschwanden im Rückspiegel, und ich fischte meine Cognacreserve aus dem Handschuhfach, während ich das Gaspedal bis zum Boden durchtrat. Mit 39 km/h ging ich in die nächste Kurve, denn wir hatten keine Zeit zu verlieren!

Nachdem Liesel Weppen und ich von Schwester Agathe die Privatadresse der Leckermanns bekommen hatten, waren wir gleich aus dem Krankenhaus gestürmt und in meinen Dienstwagen gesprungen. Danach hatten wir bloß einen kurzen Zwischenstopp beim Polizeipräsidium eingelegt, wo Edeltrauts angekündigter, brauner Umschlag inzwischen mit der Post eingetroffen war. Und nun waren wir mit Karacho unterwegs zum Anwesen des mörderischen Lutscherfabrikanten.

Als ich die Flasche ansetzte und der Cognac meine ausgetrocknete Kehle hinuntergluckerte, spürte ich förmlich, wie die Lösung dieses Falles näher und näher rückte.

»Ich fasse es nicht, Chef!«, rief Liesel plötzlich, die auf dem Beifahrersitz hin und her ruckelte. Sie hatte das Schreiben, das Klaus Leckermann als Täter überführen würde, aus dem Kuvert gezogen und starrte wie gebannt auf das Papier.

»Wahnsinn. Hören Sie, Kommissar Engelmann:

Wenn Sie diese Zeilen lesen, werde ich total tot sein.
Mein Ehemann Klaus Leckermann wird mich,

seine Frau Edeltraut Eusebia Leckermann (geborene Blankenheim)
unter der Vortäuschung eines Unfalls umgebracht haben,
und ich beschuldige ihn hiermit in aller Form des Mordes an mir.

Mein Mann wird die Tat wie folgt begangen haben:
Während ich in meinem, von seinem durch eine Zwischentür
getrennten Schlafzimmer weile,
wird er mein Gemach durch eben diese
Zwischentür betreten, eine Schallplatte mit The Girl From Ipanema *auflegen*
und mich zum Tanz auffordern. Er wird dies mit dem
hinterfotzigen Wissen tun, dass ich seit Beginn unserer Ehe
vor über dreiundzwanzig Jahren
diesem Rhythmus nicht widerstehen kann.
Mein Mann Klaus Leckermann wird mich auf dem Teppich
vor meinem Bett vorsätzlich so wild zum Abhotten bringen,
dass mein ohnehin schon malträtiertes Becken unweigerlich
durchbrechen wird.

Ich bitte daher die Polizei,
nach meiner Ermordung die hier aufgeführten Tatsachen
zu überprüfen, meinen Ehemann des schändlichen Mordes
zu überführen und zu verurteilen.

Gezeichnet *Edeltraut Eusebia Leckermann* und darunter das Datum von gestern. Puh. Das gibt's doch gar nicht. Das Schlafzimmer, der Teppich und der Plattenspieler. Alles genau, wie Schwester Agathe gesagt hat!«

»Ja, genau so – nur, dass es kein Unfall war, Liesel.«

»Ja, Chef, und vielleicht war ja gar nicht ihr Ehegatte der Killer, sondern diese Frau? Sie wissen schon, die, die Frau Leckermann einen Krankenbesuch abstattete.«

Ich schwieg, ließ Edeltrauts Schreiben nachdenklich in meinen Trenchcoat verschwinden und jagte die tanzende Tachonadel des Pandas auf stolze 55 km/h hoch.

Dann steckte ich mir eine *Overstolz* ins Gesicht, denn aus Erfahrung wusste ich: Egal wie dramatisch ein Mordfall auch werden mochte, man musste erst mal in aller Ruhe eine durchziehen.

* * *

Das Haus stand auf einer kleinen Anhöhe am Ende der kurvenreichen Landstraße. Der Dunkelheit war es wohl zuzuschreiben, dass in einigen Fenstern Licht brannte. Ich lenkte den rosaroten Panda durch das gusseiserne Portal, das zu beiden Seiten von je einem bronzenen Monster-Lolli gesäumt wurde, und folgte dem Kiesweg zum imposanten Leckermann-Anwesen hinauf. Neben einem Jaguar, der vor dem Klotz stand, war Gott sei Dank noch ein Parklückchen frei. Ich bat Liesel, im Wagen zu warten und das Haus gut im Auge zu behalten; falls die Kanaille durch irgendein Fenster flüchten sollte. Ich stieg aus und legte eine Hand auf die Motorhaube des Jaguars.

Sie war dunkelgrün.

Dann schritt ich zur Haustür und klingelte. Schon nach sehr kurzer Zeit wurde geöffnet. Sean Connery in Personalunion mit Sascha Hehn und Anfang vierzig erschien im Rahmen – das musste er sein.

»Herr Klaus Leckermann?«

»Ja?«

»Sie sind *der* Klaus Leckermann von den Lutscherwerken *Inter-Leckt*?«

»Ja. Bitte, Sie wünschen?« Er warf die Stirn leicht in Falten, sein Gesicht blieb aber schön.

»Der mit *Lutscher von Leckermann machen jeden Schlecker an*?«

»Ja verdammt. Wer sind Sie?«

»Ich bin Kommissar Heinz Engelmann von der hiesigen Kripo.«

»Polizei?« Er zuckte mit keiner Wimper. »Was ist passiert?«

»Ihre Frau Edeltraut schickt mich.« Ich beobachtete ihn genau. Jetzt wurde es spannend. »Ihre Frau ist tot«, fuhr ich fort, trocken wie Sherry. »Und Sie sind sehr verdächtig!«

»Aber ... was sagen Sie? Ich ...« Schweiß trat auf seine Stirn und irgend etwas in seine Kniekehlen. Ach Gottchen, jetzt kam *die* Nummer. Tat Klausimausi doch glatt so, als würde er ohnmächtig.

»Pudding in den Beinchen, was?«, zischte ich und riss ihn hoch. Mit so was beeindruckst du vielleicht den Herrn Staatsanwalt, aber nicht mich, Freundchen!

Leckermann stammelte. »Edeltraut ... ist tot?«

Ich drückte ihn in den Türrahmen und klatschte ihm links und rechts eine. »Jawoll, mausetot, doch nicht nur das.

»Hä?«

»Ihre Frau war gestern auf dem Präsidium und hat mir brühwarm erzählt, dass Sie sie seit Jahren ermorden wollen. Es hat also keinen Zweck zu leugnen.«

»Gestern?« Leckermann berappelte sich wieder. »Hat sie also wieder ihren Senioren-Zumba-Kursus geschwänzt ...«

»Lenken Sie nicht ab! Zum Beispiel haben Sie vor ein paar Wochen einen Fön in ihr Badewasser fallen lassen ...«

»Ach, das war Edeltraut doch selbst!«, rief Leckermann entrüstet, »*Sie* hat das Dienstmädchen unter Strom gesetzt, weil es meiner Frau angeblich einen ihrer importierten Exklusiv-Nagellacke stibitzt hatte!«

Das konnte ja jeder behaupten, also fuhr ich fort: »Aber dann erklären Sie mir doch bitte, was das mit der Blausäure in der Zahnpasta sollte?«

»Blausäure?!« Klausimausi rang nach Luft, und sein Gesicht glühte jetzt rot wie ein hübscher Sonnenuntergang. »Das war doch keine Blausäure, sondern ökologisch abbaubares Mandelzahnpastakonzentrat, das ich ihr unterjubeln wollte, weil sie sich fast nie die Zähne putzte. Die stank doch aus dem Maul wie eine Kuh aus dem ... Maul!«

Daran bestand kein Zweifel, aber wollte mich dieser Lutscherfabrikant eigentlich vergackeiern? »Herr Leckermann ...«, giftete ich ihn an, »Sie möchten aber bestimmt nicht leugnen, dass Sie Ihrer Frau bei der Antilopenjagd auf Madagaskar die Hüfte kaputt geschossen haben, oder?«

»Ich glaube, auf Madagaskar gibt es gar keine Antilopen.«

Ach leck mich doch fett! Der Typ war ein verdammt harter Brocken, der sich nicht in die Karten gucken ließ, aber ich hatte noch ein Ass im Ärmel. Und ich packte es aus. »Aber es war wirklich nicht besonders nett, dass Sie Edeltraut die Batterien aus dem Schrittmacher genommen haben ...«

Klaus Leckermann senkte den Blick und schlug die Hände vors Gesicht. Jetzt hatte ich ihn soweit. Hörte ich da sogar ein Wimmern? Würde ich diesen mörderischen Waschlappen nun endlich ausgewrungen bekommen?

»Nun, Kommissar Engelmann ...«, gluckste er resignierend.

»Ich höre.«

»Es stimmt. Ich habe meiner Frau Batterien geklaut.«

»Aha!«

»Allerdings aus ihrem Walkman!«

Tolle Wurst! Da ich mich mit diesem neumodischen Kram nicht auskannte, winkte ich ab. Außerdem reichte es mir jetzt mit dem Geschwafel. Ich brauchte Fakten oder zumindest

Tatsachen, wenn es sich machen ließ. Also zog ich den braunen Umschlag aus dem Trenchcoat und fuchtelte damit vor Leckermanns Nase herum, während ich gleichzeitig mein Megafon ansetzte. »Achtung, Achtung, hier spricht die Polizei! Dies ist ein Haussuchungsbefehl – und jetzt ab durch die Mitte! Ende der Durchsage!«

Schlotternd und vermutlich mit einem ordentlichen Tinnitus gebot er mir Einlass.

»Ich geh dann jetzt mal rein!«, rief ich noch kurz Liesel zu, die keine drei Meter entfernt im rosaroten Panda saß und mir grinsend zuwinkte. Dann folgte ich Leckermann ins Haus.

* * *

Mein kriminalistischer Blick war scharf wie eine Rasierklinge, als wir die Eingangshalle durchquerten. Sofort fiel mir der Muff in seiner Hütte auf. Überall Staub und Spinnweben. Offenbar hatte sich tatsächlich seit einigen Wochen niemand mehr um den Haushalt gekümmert. »Wo steckt eigentlich Ihr ganzes Personal?«

»Ach, Her Kommissar, das hat sich doch komplett vom Acker gemacht, nachdem letztens diese tödliche Sache mit der Badewanne passiert ist.«

Am Fuß einer großen Marmortreppe, die in die erste Etage führte, blieben wir stehen und für einen Augenblick war es totenstill im Haus. Totenstill, bis auf ein quietschendes Surren.

Doch ich beachtete es nicht weiter. »Ihre Frau ist heute hier im Haus gegen Mittag ermordet worden, Herr Leckermann. Das heißt, nicht ganz. Sie starb erst später woanders.«

»Im Krankenhaus, nehme ich an?«

Ich stutzte. »Woher wissen Sie das?«

»Eine Krankenschwester rief mich im Büro an.«

»Ach so. Aber hingefahren sind Sie nicht?«

»Nein, Herr Kommissar. Keinen Bock.«

»Ihnen ist aber klar, dass es hier um Mord geht und dass Sie der einzige Hauptverdächtige sind?«, fragte ich bissig und konnte die Lösung dieses Falls quasi schon schmecken.

»Da muss ich Sie enttäuschen, Kommissar Engelmann«, entgegnete Leckermann kopfschüttelnd. »Ich kann es nicht gewesen sein. Seit heute Morgen um acht Uhr war ich in der Firma. Den ganzen Tag, bis vor knapp einer Stunde. Cindy, meine Sekretärin, wird Ihnen das bestätigen.«

Ein heftiger Stromstoß brachte meinen Blutdruck zum Brutzeln!

Cindy.

Verdammte Hacke, die gab's ja auch noch! Das Miststück, das der armen Edeltraut ihren Mann weggeschnappt hatte. »Ihre Sekretärin heißt also Cindy.«

Klausimausi zuckte bloß mit den Schultern. »Ja, und sie kennt meine ganzen Termine.«

»Das ist ja auch kein Wunder, Herr Lutscher! Immerhin legen Sie die sexy Cindy ja schon seit ein paar Jahren flach!« Ich kochte jetzt vor Wut, und das nicht nur als Kriminalbeamter, sondern auch als Mensch.

»Wie denn, was denn? Hat meine tote Ex-Frau Ihnen diesen ganzen Scheiß erzählt? Die Edeltraut hat doch echt ein posthumes Schloss offen, wenn Sie mich fragen, dabei hab ich sie all die Jahre so geliebt!« Klaus Leckermann wirbelte ziemlich viel Staub auf, was hauptsächlich an seiner unhygienischen Eingangshalle lag. »Und damit Sie es wissen, die Cindy ist glücklich mit ihrem Ingo verheiratet. Außerdem hat sie einen fiesen Damenbart und einen Doppelnamen. Dazu trägt sie Birkenstocks!«

Da hatte mir Edeltraut aber was ganz anderes erzählt. Ich schluckte und fummelte eine *Overstolz* aus meiner Manteltasche. »Haben Sie irgendwelche Beweise für die Unattraktivität Ihrer Sekretärin?«

»Lassen Sie mich überlegen. Hmm. Ja, Herr Kommissar, warten Sie ...«

Während er zu einer zugestaubten Kommode eilte und eine Schublade herauszog, hörte ich für einen kurzen Moment erneut das geheimnisvolle, quietschende Surren. Doch ich vergaß es wieder, ließ mein Zippo aufflackern und nahm einen tiefen Zug an meiner leckeren Zigarette.

Oh ja, genüsslich muss es sein, mit der Overstolz *vom Rhein.*

Dann kehrte Klausimausi auch schon zurück. »Hier, ein Foto von der letzten *Inter-Leckt*-Betriebsweihnachtsfeier. Sehen Sie, das da ist Cindy.«

Ich starrte auf das Polaroid, und die Fluppe fiel mir aus dem Mund. Gegen das, was ich sah, war Antje, das NDR-Walross, zweifellos Brigitte Bardot.

Wahrscheinlich aus einer werbetechnischen Regung heraus hielt mir Klaus Leckermann als Ersatz für die Zigarette einen Lutscher hin. »Lecker Kirsche«, schmunzelte er.

Ich steckte mir den Lolli zwischen die Kiemen und fühlte mich ein bisschen wie *Kojak* für Arme.

»Igittigitt, Herr Leckermann, ich denke, die Cindy scheidet wohl als Ihr Mordmotiv aus.«

»Jetzt mal ehrlich, Herr Kommissar. Glauben Sie denn wirklich, dass ich – selbst wenn ich Edeltraut gehasst hätte – so blöd wäre, einen Mord zu riskieren? Sie würden mich doch sofort überführen können. Mit Fingerabdrücken, mit Indizien, mit Forensik, mit was weiß ich noch alles ...«

»Stimmt, Herr Leckermann.« Ich mümmelte auf dem Lutschstiel herum und rückte meinen Hut zurecht. »Aber wenn Sie es nicht waren, dann kann es sich ja beim Mörder nur um diese scharfe Frau handeln, die kurz vor dem endgültigen Tod Ihrer Frau beim Betreten ihres Krankenzimmers gesehen wurde!«

»Eine Frau im schwarzen Kostümchen und mit Pumps?«, fragte Leckermann wie selbstverständlich.

»Allerdings! Woher ...?«

»Die kann's auch nicht gewesen sein, Herr Kommissar. Das war meine Anwältin.«

»Ach nee, und Sie haben Ihre Anwältin in schwarzem Kostümchen und mit Pumps zu Ihrer Frau ins Krankenhaus geschickt, um sie endgültig zu erledigen, nachdem der Mord hier zu Hause nicht so recht geklappt hatte?«

»Nein, Herr Kommissar. Erstens kann ich nichts für die Klamotten meiner Anwältin, und zweitens, weil ich endgültig die Scheidung wollte. Ich hatte die Nase voll von Edeltrauts Spielchen und Lügen.«

In meinem Kopf baute irgendwer eine Kirmes auf, und ich hatte Mühe, einen klaren Gedanken zu fassen. Doch dann ging mir ein Licht auf. »Herr Leckermann, wo bitte finde ich das Schlafzimmer Ihrer Frau?«

Er wurde weiß wie die Wand. »Was bitte soll das denn jetzt?«

»Na los, gehen wir.«

Leckermann wies mir zögernd den Weg, die Marmortreppe hinauf in die erste Etage. Überall lag Staub und hingen Spinnweben, flatterten Motten und krabbelten Wollmäuse. Ich kam mir vor wie bei Edgar Allen Poe seinem Neffen.

Auf einmal wurde mir auch wieder das quietschende Surren bewusst, und mit jedem meiner Schritte wurde es deutlicher.

Oben angekommen, zeigte Leckermann niedergeschlagen auf eine Tür, die offen stand. Von dort schien auch das geheimnisvolle Geräusch zu kommen!

Als ich den Raum betrat, stand ich in Edeltrauts Schlafzimmer. Der Teller des Schallplattenspielers drehte sich. Ich schaltete das Gerät ab und ließ die Scheibe ausrollen. Das quietschende Surren verstummte mit einem surrenden Quietschen. Dann endlich konnte ich den Titel der Schallplatte lesen.

The Girl From Ipanema.

Rechts neben dem Plattenspieler stand das Bett. Davor lag ein Teppich. Ich kniete mich hin und sah genau die Art von Spuren, die Damenschuhe beim Tanzen hinterlassen. Außerdem entdeckte ich zwischen den aufgerauten Teppichfasern etwas, das für das kriminologisch ungeschulte Auge wie Kieselsteinchen wirken mochte, aber ganz klar Hüftknochenrestsplitterchen waren. Doch meine Tatortbegehung war noch nicht abgeschlossen, denn links neben dem Bett erspähte ich plötzlich eine weitere Tür. Dies musste die Verbindungstür zu Klausimausis Schlafzimmer sein! Ich drückte sie auf und sollte recht behalten. Die vier bronzenen Riesenlutscher als Bettpfosten im Nebenraum sprachen eine deutliche Sprache.

Ich drehte mich zu Leckermann um, der mittlerweile dicht hinter mir stand. »Tja, tut mir leid«, brummte ich kopfschüttelnd, »aber ich fürchte, das war's!«

Er taumelte rückwärts.

»Darf ich bitte mal telefonieren?«, fragte ich tonlos.

Angstschweiß trat auf seine schöne Stirn. »Äh ja, aber ... aber dafür müssen wir wieder runter in die Eingangshalle. Hier oben ist leider kein Apparat.«

»Sehr gut.« Ich grinste fett, als ich ihm die Treppe hinunterfolgte.

»Hier bitte, Kommissar Engelmann, hier ist das Telefon ...« Bibbernd zeigte er auf den Apparat.

»Ach nee, lassen Sie mal«, winkte ich ab. »Hat sich erledigt ...«

»Aber ... aber ich dachte ...«

»Ja, Herr Leckermann«, unterbrach ich ihn und senkte den Kopf, »Sie können mir glauben, ich dachte auch.«

Er verstand nicht.

Doch ich half ihm. »Sie müssten nur bitte morgen mal eben rüber nach Hiesig in die Pathologie kommen und die Edeltraut identifizieren. Ansonsten sind Sie raus aus der Nummer.«

Leckermann guckte wie ein Schlagersänger ohne Vollplayback.

Ich wand mich zum Gehen und hielt kurz inne. »Ach so, eins noch ...« Ich zog mir den Kirschlolli aus dem Mund und steckte ihn dem reglosen Klausimausi in die offene Luke. »Hier, den brauch ich nicht mehr. Mein Beileid und Entschuldigung, dass ich Sie verdächtigt habe, Ihre Frau zerlegt zu haben. Es war jemand anders!«

Kapitel 5

Am nächsten Mittag saß ich mit Liesel Weppen im *Café Inkontinental*. Ober Kellner hatte uns soeben zwei große Portionen Ragout Fin in Blätterteig mit Worcherstersoße gebracht, und wir langten begeistert zu.

»Okay, Chef, diese geheimnisvolle Frau im Krankenhaus war also Leckermanns Anwältin. Aber eins verstehe ich trotzdem nicht ...«, legte Liesel nach einigen Minuten gefräßiger Stille los und schob sich dabei eine Ladung von dem köstlichen Ragout zwischen die bezaubernden Kiemen. »Wieso haben Sie denn den Leckermann letzte Nacht nicht festgenommen?«

Ich schluckte einen Bissen herunter, legte meine Gabel ab und griff dann nach meinem Cognac. »Weil Leckermann es nicht gewesen sein konnte.«

»Was? Nicht?!« Die Augen meiner Assistentin waren schön, wenn sie so groß wurden.

»Nein, Liesel. Wir sollten glauben, dass sich alles so zugetragen hatte, wie es Edeltraut in ihrem Wisch angekündigt hatte, doch eine entscheidende Kleinigkeit passte nicht ins Bild.« Liesel stocherte so gespannt in ihrem Essen, dass ich grinsend fortfuhr. »Überall im Haus waren Staub, Spinnweben und Ungeziefer, da das ganze Hauspersonal nach dem Badewannenzwischenfall die Biege gemacht hatte. Und darüber hatte die gute Edeltraut nicht nachgedacht, als sie ihren Schrieb schrieb, denn auch an der Zwischentür, die von ihrem Schlafzimmer zu dem ihres Mannes führt, waren Spinnweben. Es konnte also gar nicht sein, dass Klausimausi gestern durch diese Tür gekommen war, um seine hüftkranke Frau zum Totentanz aufzufordern!«

Liesel staunte nicht schlecht und leckte dabei einen Rest Worcherstersoße von ihrer Gabel. »Aber Chef ... Wer war es dann?«

»Dazu komme ich jetzt. Nur Edeltraut *selbst* kann im Krankenhaus angerufen haben, um den Mord an sich zu melden. Und zwar *bevor* sie dann eigenhändig *The Girl From Ipanema* auflegte und sich schließlich ganz allein in ihrem Schlafzimmer zu Tode tanzte!«

»Ganz schön gerissen!«, staunte meine Assistentin und bemerkte dabei nicht, dass sie ihre langen, blonden Haare kurzzeitig ins Ragout Fin tunkte.

»Na klar, Liesel. Sonst war ja niemand im Haus. Kein Dienstpersonal, und ihr Mann war in den Lutscherwerken, das hat mir diese Cindy heute Vormittag hundertprozentig per Teletext bestätigt. Und da es bei den Leckermanns im ganzen Obergeschoss kein Telefon gibt, halte ich es für sehr unwahrscheinlich, dass Edeltraut in zweigeteiltem Zustand die Treppe runterklettert, Schwester Agathe anruft, und dann wieder die Treppe hochkrabbelt, um sich in Sterbepose zu schmeißen, gelle?!«

»Klingt vollkommen logisch«, entfuhr es Liesel begeistert und leckte sich Blätterteig von den vollen Lippen. »Toll kombiniert, Chef!«

»Ja, aber fast hätte mich die olle Natter reingelegt«, brummte ich und blickte dann nachdenklich auf meinen Teller hinunter. »Andererseits kann ich Frau Leckermanns Motiv für den Mord an sich selbst gut nachvollziehen. Sie hat sich wie dieser Blätterteig gefühlt, der morgen staubtrocken und ungenießbar sein wird, während man das Ragout Fin, das symbolisch für ihren Mann steht, locker noch mal aufwärmen kann. Tja, im Rückblick ist es immer die Zukunft, die zählt.«

»Sie haben recht, Kommissar Engelmann«, stimmte Liesel zu. »Edeltraut war all die Jahre neidisch auf Klausimausis Jugendlichkeit, auf seinen Zaster und auf seinen Erfolg, während sie selbst auf der Reservebank des Lebens saß, aber nicht mehr eingewechselt wurde. Der Schiri des Schicksals hatte ihr Spiel einfach abgepfiffen, und da wollte sie lieber ihren Mann mit einer Mordanklage zerstören, als in die Kabine duschen zu gehen ...«

Herbert Kellner huschte vorbei und brachte noch einen Cognac für mich und für Polizeimeisterin Weppen ein Gläschen Protschesco.

»Schön gesagt«, grinste ich und hob mein Getränk an die Lippen.

Auch Liesel nippte an ihrem blubbernden Drink. »Tja, Herr Kommissar, da sieht man mal wieder: Gebrechen lohnt sich nicht«, ergänzte meine attraktive Assistentin stolz.

»Oh ja, Liesel«, seufzte ich, »da kann ich ein Lied von singen.«

»Ja, Chef? Welches denn?«

»Schuld war nur der Bossa Nova!«

Der Mord zum Sonntag

»An diesem Fall hätte ich mir fast die Zähne ausgebissen. Ausgerechnet an meinem freien Wochenende bekam ich eine Leiche auf dem Tablett serviert. Ich kochte vor Wut und geriet in Teufels Küche, bis dann eine heiße Spur zu einem eiskalten Verbrechen führte, bei dem nicht nur mir das Blut in den Adern gefror …«

Kapitel 1

Es war Samstag. Nach langer Zeit hatte ich endlich mal wieder ein freies Wochenende. Also schlief ich lange, frühstückte gegen Mittag einen Cognac mit *Overstolz* und verbrachte die folgenden Stunden mit einem guten Groschenroman auf dem Sofa.

So wie das Bouquet meines achten Cognäcchens, verflog auch die Zeit, die sich wenig später dann rasant auf sieben Uhr abends belief. Vehement schälte ich mich aus den Polstern, schlüpfte in meine Hauspantoffeln und tauschte in der Diele Trenchcoat gegen Schürze.

Als Kriminalkommissar und Leiter der hiesigen Mordkommission war ich ein viel beschäftigter Mann. Obwohl Hiesig nur ein kleines Nest war, passierte hin und wieder ein vernünftiges Verbrechen, aber abgesehen davon hatte ich ob meiner strengen Bürozeiten allein schon viel zu selten Gelegenheit für eins meiner liebsten Hobbys: das Kochen. Doch an diesem Samstagabend wollte ich endlich mal wieder Topf und Pfanne schwingen, also ging ich in die Küche, zog meine Rezeptsammlung aus dem Küchenschrank und fing an zu blättern. Hier fanden sich Leckereien wie Cognac-Bratwurst-Ingwer-Auflauf, Teriyaki-Hase mit Cognacspätzle und meine berüchtigten Cognac-Heringsstipp-Muffins.

Das Wasser war gerade dabei, mir allein schon bei dem Gedanken an all diese Schmankerl im Mund zusammenzulaufen, als ich plötzlich hochgradig erschrak! Das Telefon klingelte. Erst einmal, dann mehrfach. Das durfte doch nicht wahr sein!

Ich knallte die Rezeptsammlung auf den Küchentisch und ging in die Diele, wo Telefone ja immer stehen. Wer versuchte denn da, mich von meinem freien Wochenende abzuhalten? »Ja? Kommissar Heinz Engelmann an seinem Privatanschluss hier.«

»Ach, Chef, gut, dass ich Sie erwische.« Ich erkannte die Stimme sofort. Sie gehörte Polizeimeisterin Liesel Weppen, meiner attraktiven Assistentin.

»Ja Liesel, was gibt's denn?«, fragte ich mürrisch in den Hörer. »Jetzt sagen Sie bloß nicht, dass Sie an meinen freien Tagen einen spannenden Fall für mich haben?!«

»Keine Sorge, Herr Kommissar. Draußen an der Landstraße, die von Dingenskirchen nach hier führt, ist nur angeblich ein Lastwagen verunglückt.«

»War es Mord?«, wollte ich rein routinemäßig und von Berufswegen wissen.

»Ich glaube kaum, Chef.«

»Na und was haben wir dann damit zu tun? Soll sich die Verkehrspolizei doch drum kümmern.«

»Ja, Chef, aber Wachtmeister Meister hat auch ein freies Wochenende und mehr hiesige Verkehrspolizei haben wir ja nicht. Also wollte ich rausfahren und mir diesen Unfall mal ansehen.«

»Von mir aus, Liesel. Sie haben ohnehin noch Überstunden aufzubauen. Wir sehen uns dann am Montag im Büro.«

»Alles klar, Herr Kommissar. Schönes Wochenende.«

Ich legte den Hörer auf die Gabel und ging in die Küche zurück. In Windeseile hatte ich Liesel Weppens Anruf vergessen und widmete mich wieder meiner Rezeptsammlung. Ich blätterte vorbei an der Waldpilz-Blutwurst-Cognac-Pfanne, am Kapernragout mit Prinzessböhnchen im Cognacbett, schmiss einen Blick auf die Mangold-Kräuterquark-Cognac-Rouladen ... und guckte mir schließlich einen wahren Festschmaus aus, der meinen Gaumen fast so sehr verwöhnen sollte, wie eine gute, würzige *Overstolz* das konnte:

In Cognac gedünstetes Zanderfilet
an Zucchiniherzen
in Weißwein-Butter-Soße.

Meine Geschmacksknospen machten vorfreudige Luftsprünge. Anstelle des Weißweins würde ich allerdings Cognac nehmen und statt der Butter Cognac. Zucchini sagte mir nichts, und besonders viel Zander war leider nicht mehr da.

Verdammte Hacke!

Wieder das Telefon. Und erneut klingelte es. Gerade wollte ich im Lexikon Zucchini nachgeschlagen haben, doch daraus wurde nichts, denn hier ging es ja zu wie im Ziegenstall. Also ab in die Diele und zähneknirschend nach dem Hörer gegriffen. »Hallo. Hier die Privatlaube von Kommissar Heinz Engelmann.«

»Wischnewski!«, quakte es mir durch die Muschel entgegen.

»Staatsanwalt Wischnewski, so eine Überraschung!«, gab ich mir alle Mühe, freundlich zu bleiben, »Wo drückt's denn? Ich bin gerade dabei, mein freies Wochenende zu genießen und ...«

»Können Sie knicken, Engelmann!«

»Was?!« Meine Mundwinkel zogen sich rapide gen Dielenboden. »Aber Herr Staatsanwalt ...«

»War doch nur Spaß, Engelmann. Hören Sie, es geht sich nämlich um Ihre Assistentin, Polizeimeisterin Weppen.«

»Kenne ich nicht.«

»Was?!«, staunte Wischnewski durch den Hörer.

»War doch nur Spaß, Herr Staatsanwalt.«

»Ach so, ja. Fräulein Weppen ist nämlich im Polizeirevier zum dritten Mal in Folge zur ›heißesten Schnalle des Jahres‹

gewählt worden. Und wir dachten, Sie als ihr Chef wüssten vielleicht, womit wir ihr eine kleine Freude machen können.«

»Och, da liegen Sie mit 'ner Pulle *Baileys* nie falsch«, grinste ich und freute mich simultan auf meinen neunten Cognac.

»Tolle Idee, Engelmann. Ich werde das so an den Polizeipräsidenten weitergeben. Danke und bis Montag dann.«

»Gerne doch, Staatsanwalt Wischnewski. Wiederhören.«

* * *

Wenig später hatte ich das Telefonkabel aus der Wand gerissen und ein Bröckchen besoffener Zander tummelte sich in meiner cognacgeschwängerten Pfanne. Eine köstlich qualmende *Overstolz* baumelte zudem von meiner Lippe, und die ganze Wohnung stank nach Hafenkaschemme. So liebte ich meine freien Tage. Freudig summte ich einen alten Schlager vor mich hin und schwang den Pfannenwender wie eine elektrische Gitarre.

Zander-Struck.

Doch just als ich einen Suppenteller und Besteck auf den Esstisch stellte, klingelte es wieder. Diesmal an der Tür. Das war doch wirklich nicht zu fassen!

In Gedanken trug ich mein gemütliches Abendessen schon feierlich zu Grabe und begann mich endgültig von meinem erholsamen Weekend zu verabschieden. Wenn jemand nach der *Tagesschau* bei mir anschellte, dann konnte es eigentlich nur Liesel Weppen mit einem neuen Kriminalfall sein. Wahrscheinlich war sie raus zu diesem Lastwagenunfall gefahren, hatte festgestellt, dass doch Mord im Spiel war, und brauchte ausgerechnet jetzt mein kriminalistisches Fachwissen. Tolle Wurst. Adieu *Zander au Cognac an Cognac in Cognac-Cognac-Soße*, adieu du freies Wochenende. Musste ich also schon wieder meinen Ermittlerarsch in den Wind halten!

»Komme!«, knurrte ich und stellte die Herdplatte aus.

Zu meinem Erstaunen stand jedoch nicht Polizeimeisterin Weppen im Rahmen sondern meine Nachbarin, Frau Meinhof. Sie war Anfang vierzig, trug ein knappes, braungrün geblümtes Kostüm am Leib und hochhackige Plüschpantoffeln an den Füßen. »Guten Abend Heinz.«

Niemand außer ihr nannte mich Heinz. Für meine Freunde und Kollegen war ich Kommissar Engelmann. »Ach, Sie sind's nur!«, entgegnete ich erleichtert, weil ich nicht zu einem Mord gerufen wurde.

»Oh, Heinz, ich sehe, Sie kochen gerade.« Apart warf sie ihr langes, schwarzes Haar in den Nacken.

»Ja, Frau Meinhof, es gibt Zander. Das ist Fisch. Möchten Sie auch ein Stückchen?«

»Gerne! Ich habe mir gerade Kroketten gemacht. Warten Sie, ich hole sie eben rüber.« Eine Minute später kam Frau Meinhof mit einer dampfenden Schüssel zurück.

»Ach wunderbar. Zander und Kroketten, das passt ja hervorragend!«, log ich lächelnd und stellte die Kroketten zu meiner feuchtfröhlichen Fischpfanne auf den Küchentisch. »Was führt Sie zu mir, meine Allerwerteste?« Ich holte einen zweiten Suppenteller samt Besteck aus dem Küchenbuffet.

»Nun, Heinz, ich dachte, Sie könnten vielleicht etwas Gesellschaft gebrauchen. Im Fernsehen läuft nur der *Blaue Bock*, und außerdem ist mein furchtbar unattraktiver Mann mal wieder beruflich unterwegs.«

Da ich als Kripobeamter nicht nur für Verbrechen ein gutes Spürnäschen habe, wusste ich gleich, woher bei meiner Nachbarin der Pfeffer wehte. »Verstehe, Frau Meinhof«, nickte ich.

Da meine Frau, Frau Engelmann, neulich erst durch eine Ermordung unfreiwillig verstorben war, freute ich mich über

Damenbesuch und die Abwechslung. »Dann wollen wir mal auf die Pauke hauen, was?«, grinste ich völlig außerdienstlich. »Cognäcchen zum Einschunkeln?«

»Ja gerne, Heinz.«

Ich schenkte aus und ein, dann prosteten wir uns süffisant zu.

Nach meinem mittlerweile zehnten Getränk sah Frau Meinhof ganz schön scharf aus. Außerdem passte ihr braungrün geblümtes Kostüm hervorragend zu meiner Tischdecke. »Bitte setzen Sie sich doch«, sagte ich daher.

Sie ließ sich am Tisch nieder und schlug ihre schlanken Beinchen darunter verführerisch übereinander.

Mit geübtem Griff legte ich jeweils ein murmelgroßes Fitzelchen Zander in die tiefen Teller und füllte sie dann bis zum Rand mit der Cognac-Cognac-Soße.

Frau Meinhof, deren Vornamen ich absolut nicht kannte, langte ordentlich zu und pickte sich zum Fisch reichlich Kroketten aus der Schüssel.

Zum Essen holte ich die ein oder andere Pulle aus dem Kühlschrank und schenkte uns pausenlos nach. Ich dämpfte auch das Licht, um es in meiner Küche etwas gemütlicher zu machen, doch es war zu spät, meine Nachbarin hatte längst die Lampen an.

Kapitel 2

Der Schädel, mit dem ich erwachte, passte auf keine Kuhhaut. Als ich mühsam die Augen aufklappte, erübrigte sich die Frage, wo ich mich befand. An meiner Küche erkannte ich sofort, dass ich in meiner Küche war. Nach wie vor saß ich am Tisch. Doch offenbar hatte sich die Tageszeit verändert, denn die Sonne knallte erbarmungslos ins Zimmer. In der Luft hing ein Duft, der roch, als hätte hier vor Kurzem jemand lecker Fisch gekocht. Die Glocken vom hiesigen Kirchturm hämmerten so erbarmungslos, sie schienen direkt nebenan im Wohnzimmer zu läuten. Also kannte ich jetzt auch den Tag und die Uhrzeit, denn so läuteten die Glocken immer sonntags um 9:45 Uhr.

Langsam hob ich mein Gesicht aus dem klammen Suppenteller, rückte meinen Hut zurecht und leckte mir mit pelziger Zunge einen Rest Cognac-Cognac-Soße von den tauben Lippen. Ich stand schwankend auf, ging zur Spüle und schmiss mir Wasser ins Gesicht, um meine schmerzende Abrissbirne zu kühlen. Mittlerweile hatten die Kirchenglocken angefangen, mit dem Läuten aufzuhören, und ich brauchte erst mal einen Cognac, denn für Kaffee war es noch zu früh. Für einen Sonntag zumindest.

In Zeitlupe goss ich mir ein Glas voll und drehte mich zu meiner Nachbarin um. Mein Mund fühlte sich an wie ein puddingartiges Schnitzel, dennoch versuchte ich ein paar Worte. »Guten Morgen, Frau Meinhof.« Was folgte war elend langes Schweigen. »Auch einen?«

Frau Meinhof hing auf dem Küchenstuhl wie ein braungrün geblümter Wäschesack. Ihr hübsches Gesicht klebte auf der Tischplatte, das schwarze Haar hatte sich über den Suppenteller ergossen und schillerte im Sonnenlicht wie ein glänzender Pechregen. Sie hatte die Arme über dem Kopf gekreuzt und ihre linke Hand krallte sich um eine Krokette.

Ich kippte den Cognac in mich hinein und atmete heftig. Frau Meinhof atmete gar nicht. Überhaupt sah meine knackige Nachbarin verdammt nach einer Leiche aus. Aber wie konnte das sein? Gestern Abend hatte sie doch noch gelebt!

Meine Gedanken überschlugen sich nicht, denn dafür waren sie noch viel zu lahm, und mein kriminalistischer Spürsinn irrte im Nebel umher wie der verkaterte Hund von Baskerville. Mir war absolut schleierhaft, was geschehen war. Wie konnte eine so aparte Frau nach einem so leckeren Essen so tot sein?

Es half alles nichts, da musste die Spurensicherung ran. Und die Pathologie. Ich hangelte mich kurzerhand in die Diele und tauschte dort die Kochschürze gegen meinen Trenchcoat, der an der Garderobe Falten geworfen hatte.

Prompt fühlte ich mich wieder im Dienst, fummelte als erste Amtshandlung des Tages eine *Overstolz* aus der Manteltasche und steckte sie in Brand. Dann griff ich nach dem Telefonhörer, ließ meinen rechten Zeigefinger Richtung Wählscheibe sausen, hielt dann aber inne.

Verdammte Hacke, welche Nummer hatte die Polizei noch mal? Nachdenklich sog ich an meinem Glimmstängel. Offenbar hatte ich mich am vergangenen Abend derart abgeschossen, dass mir nun die Nummer nicht mehr einfallen wollte. Irgendwas Dreistelliges.

Dann wurde mir klar, dass die lange Leitung, die ich hatte, ohnehin tot war und aus dem Hörer kein Freizeichen kam.

* * *

Durch den vielen Cognac vor, nach und im Abendessen war ich auch jetzt noch zu unsicher auf den Beinen, und zu Fuß würde ich eine gefühlte Ewigkeit zum Polizeipräsidium brauchen, also beschloss ich, den Wagen zu nehmen. So würde mich auch kein Passant auf meine Fahne ansprechen. Außerdem hatte ich eine Leiche zu transportieren.

Ich zog also Frau Meinhofs braungrün geblümte Überreste aus meiner Wohnung, schleifte sie durchs Treppenhaus und wuchtete sie auf den Rücksitz meines rosaroten Pandas. Dann schwang ich mich schwankend hinters Steuer, und der Autoschlüssel fand bereits nach einigen Anläufen das Zündschloss. Die Strecke zum Präsidium kam mir heute kurviger vor als sonst. Gott sei Dank gab es auf den hiesigen Straßen so gut wie gar keinen Gegenverkehr, und mit einer Polizeikontrolle musste ich auch nicht rechnen, denn Wachtmeister Meister von den weißen Mäusen hatte ja frei. Im Gegensatz zu mir! Ich hatte das Gefühl, schon wieder mitten in einem spannenden Fall zu stecken und dieses Gefühl sollte sich bald noch erhärten, denn als ich in mein Büro kam, war dort schon die Hölle los.

Nun gut, ganz so schlimm war es nicht. Aber Polizeimeisterin Weppen saß immerhin an meinem Schreibtisch und telefonierte.

Müde hob ich die Hand zum Gruß an meine Hutkrempe und trat ein.

Liesel nickte mir nur knapp zu und sprach dann weiter in den Hörer. »Natürlich, Frau Doktor, Ihr Befund wird Kommissar Engelmann bestimmt brennend interessieren. Der kommt nämlich gerade reingetorkelt, obwohl er frei hat. Sie melden sich, wenn Sie alle Untersuchungen gemacht haben?

Wunderbar, Frau Doktor, ich danke Ihnen.« Liesel ließ den Hörer auf die Gabel segeln und blickte mich ernst an.

»Wer war denn am Rohr?«, wollte ich natürlich wissen.

»Die Anna Lühse.«

»Ah, Frau Doktor Anna Lühse aus der Pathologie.«

»Genau, Chef. Ich hatte ihr nämlich eine Leiche reingereicht!«

Ich verstand nicht. »Was?«, fragte ich dementsprechend, »Wo haben Sie die Leiche denn her, Liesel? Ich dachte, Sie wollten gestern Abend lediglich einen Verkehrsunfall angucken.«

»Das dachte ich auch. Aber als ich gestern Abend bei dem Lastwagen ankam, der an der Landstraße von Dingenskirchen nach hier im Graben steckte, da saß der Fahrer nur noch tot am Steuer!«

»Dann ist es ja kein Wunder, dass er nicht weitergefahren ist«, kombinierte ich messerscharf und stellte meiner Assistentin in dem Zuge die alles entscheidende Frage: »Und?«

»Also, ich gehe fest davon aus, dass der Brummifahrer ermordet wurde, Herr Kommissar! Frau Doktor Anna Lühse ist just dabei, ihn zu zerlegen, und hofft, bald mehr zu wissen. Das Einzige, was bislang mit Sicherheit klar ist, ist, dass der LKW ohne Fremdeinwirkung im Graben gelandet ist und, dass er der *TK KG* gehört.«

»Sieh mal einer an, der *TK KG*. Das ist doch dieses Tiefkühlunternehmen«, staunte ich und steckte mir eine *Overstolz* ins Gesicht. »Sehr interessant. Aber bevor ich es vergesse, liebe Liesel, ich wollte der Frau Doktor ebenfalls eine Leiche reinreichen.«

»Wie bitte?« Meine Assistentin guckte wie ein Osterhase an Pfingsten. »Aber Chef, ich dachte Sie hätten an diesem Wochenende Besseres zu tun.«

»Das dachte ich auch. Die Leiche wartet unten in meinem Wagen. Bitte seien Sie doch so gut und bringen Sie die auch zu Anna Lühse. Auto ist auf. Ich brauch jetzt erst mal einen Cognac.«

Liesel warf ihr wallendes, blondes Haar in den Nacken, setzte die Schirmmütze auf und erhob sich von meinem Platz. »Wird gemacht, Kommissar Engelmann.«

Als sie durch die Bürotür verschwunden war, ließ ich mich auf den gut vorgewärmten Schreibtischstuhl sinken und schüttete mir einen Doppelten hinter die Binde.

Kapitel 3

Mittlerweile war der Sonntagnachmittag in vollem Gang, und da es in der Pathologie keinen Aschenbecher gab, trat ich meine zigste *Overstolz* wieder auf dem PVC-Boden aus. Der dichte Qualm, der in dem verkachelten Raum hing, machte es der Sonne verdammt schwer, durch das kleine Fenster irgendwohin zu scheinen. Doch ich hatte jetzt andere Sorgen, also griff ich nach der nächsten Kippe und ließ mein Feuerzeug aufflammen.

Nachdem Liesel die Leiche von Frau Meinhof in die Pathologie gebracht hatte, konnte Frau Doktor Lühse nicht nur sofort den Tod meiner Nachbarin feststellen, sondern hatte mich umgehend im Büro angerufen und zu sich gebeten. Hier stand ich nun zwischen zwei toten Leichen und erwartete mit Spannung die Analyse von Anna Lühse.

Die eine Leiche war männlich, trug einen Blaumann mit Lederstiefeln und hatte in einem Lastwagen das Zeitliche gesegnet. Die andere Leiche war weiblich, trug ein knappes Kostüm, dazu hochhackige Plüschpantoffeln und war in meiner Küche abgenippelt. Für mich bestand dennoch absolut kein Zweifel, dass die beiden Todesfälle zusammenhingen wie vietnamesische Zwillinge.

»Und?«, wandte ich mich an die aparte Gerichtsmedizinerin, die jetzt ein Laken über meine ehemalige Nachbarin warf und ein neues Paar Einweghandschuhe über ihre schlanken Hände streifte.

»Nun, Kommissar Engelmann, Frau Meinhof hatte bei Eintritt des Todes 5,9 Promille.«

»Das verwundert mich nicht, liebe Frau Doktor. Sie war ja

auch gestern Abend bei mir zum Essen und es gab eins von meinen starken Fischgerichten.«

Die Pathologin nickte. »Gedünsteter Zander an Cognac-Cognac-Soße, wenn ich nicht irre«, sagte sie wissend und reichte mir eine Tupperdose mit dem Mageninhalt.

»Bingo. Mein hochprozentiges Happahappa muss Frau Meinhofs Blut ganz schön aus der Bahn geworfen haben.«

»Zweifellos, Herr Kommissar, aber Ihre Nachbarin ist weder am Alkohol noch am Fisch gestorben ... sondern an der Beilage.«

»Beilage? Ach ja, sie hatte sich eine Schüssel Kroketten mitgebracht.« So unauffällig wie möglich schob ich die Tupperware hinter ein paar Blutkonservendosen ins Regal, denn das Thema Mageninhalt war für mich gegessen. »Ich hab von den Dingern nichts gefuttert, Frau Doktor, denn Zander mit Kroketten ... pfui Spinne!«

Anna Lühse zupfte an ihren Einweghandschuhen und blickte mir jetzt ernst in die Augen. »Ihr Glück, Kommissar Engelmann, denn die Krokettenfacetten, die ich unter den Fingernägeln, an den Zähnen und im Magen von Frau Meinhof fand, waren total voller Gift!«

Ich wurde kreidebleich, rückte mir den Hut gerade und schluckte. Für einen Augenblick war es totenstill in der Pathologie. So still, man hätte eine Krokette fallen hören können. Stattdessen fiel meine aufgerauchte *Overstolz* zu Boden, und ich trat sie tot.

»Sagen Sie, Frau Doktor«, griff ich dann langsam das Gespräch wieder auf. »Was wissen Sie von diesem Lastwagenfahrer? Konnten Sie seine Identität feststellen?«

»Obwohl hier alles total verraucht ist, habe ich leider keinen Dunst«, meinte die Anna Lühse kopfschüttelnd. »Sie kennen den Mann nicht, Polizeimeisterin Weppen weiß nicht, wer er ist, und ich bin ihm vorher auch noch nie begegnet.«

»War ja nur so ein Gedanke«, brummte ich.

»Bis auf diesen Zettel hier hatte er nichts bei sich, Herr Kommissar.«

»Einen Zettel?«

Die Gerichtsmedizinerin reichte mir einen verblichenen Lieferschein. Darauf war das Logo der *TK KG* gedruckt und darunter stand, mit Bleistift geschrieben und kaum lesbar:

r gal ager 19 5 h

Verwirrt ließ ich das Papier in meine Trenchcoattasche gleiten und sah Anna Lühse tief in die Augen. »Gibt es denn eventuell irgendeinen Beweis dafür, dass der Mord an Frau Meinhof mit dem Tod dieses LKW-Fahrers zusammenhängt?«

Das Gesicht der Pathologin hellte sich nun wieder auf, und sie wandte sich der Lastwagenleiche zu. Dann warf sie das Laken zurück und porkelte mit einer Pinzette im Gebiss des toten Unbekannten herum. »Hier, Herr Kommissar, raten Sie mal, was das hier ist.« Sie hielt mir die Pinzette entgegen und präsentierte breit grinsend einen bräunlichen Krümel, so als wäre es ein Edelstein.

Ich musste nicht raten. Die ausgefuchsten Adleraugen eines alten Hasen erkannten sofort, worum es sich handelte: Krokettenpartikel!

»Und zwar durchsetzt mit demselben tödlichen Gift, das auch Frau Meinhof zum Verhängnis wurde!«, setzte Doktor Anna Lühse analytisch hinzu. »Zweifel ausgeschlossen.«

»Was ist das für ein Gift, Frau Doktor?«, wollte ich natürlich wissen.

»Narkotika.«

»Narkotika?«

»Ja.«

»Ist nicht wahr!«

»Tja, Herr Kommissar«, setzte die Pathologin nach, »jetzt müssen Sie nur noch rausbekommen, wieso dieser Lastwagenfahrer auf der Landstraße von Dingeskirchen nach hier in seinem LKW denselben qualvollen Tod starb wie Frau Meinhof mehrere Kilometer entfernt in Ihrer Küche.«

»Ach, da kann ich vielleicht was zu sagen«, schaltete sich Polizeimeisterin Weppen nun ins Gespräch ein. »Ich hatte nicht gedacht, dass es wichtig sein könnte, Chef, aber jetzt ...«

»Was denn, Liesel?«

»Nun, Chef, wissen Sie, was der Lastwagen geladen hatte?«

Ich zuckte mit beiden Achseln bis unter die Schultern. »Sie werden's uns sagen, Liesel.«

»Kroketten. Paletten mit Kroketten!«

* * *

Mit einem hässlichen Krachen brach die Tür aus den Angeln. Holz splitterte in alle Richtungen, und es staubte wie Sau. Dann sprangen Liesel Weppen und ich auch schon in die Wohnung. Dieser Fall war weit davon entfernt, gelöst zu sein, denn noch standen viel zu viele Fragen im Raum, genau so wie Liesel und ich jetzt in Frau Meinhofs Wohnzimmer. Wie war meine Nachbarin überhaupt an die Kroketten des Todes gekommen?

»Da hinten ist die Küche, Liesel!«, rief ich und wollte gerade vorauslaufen, als eine eisige Hand nach meinem Herzen griff.

»Was haben Sie, Chef?« Liesel folgte meinem Blick und verharrte ebenfalls. »Aber ... das ... das ist doch nicht möglich!«, stotterte sie völlig fassungslos.

Eines der zahlreichen Rätsel hatte sich soeben gelöst.

Wie hypnotisiert trat ich auf das große Bücherregal zu. Dort stand, zwischen *Stolz und Vorurteil* und *Pippi geht von Bord*, ein gerahmtes Foto. Genauer gesagt, ein Hochzeitsfoto. Es zeigte Frau Meinhof in einem wallenden, weißen Hochzeitskleid vor dem Portal der hiesigen Kirche. Und neben ihr, eingehakt, ein lächelnder Mann. Ein hässlicher, lächelnder Mann mit einem schwarzen Zylinder, im Blaumann und mit Lederstiefeln.

Liesel schluckte. »Der unbekannte, tote Lastwagenfahrer ...«

»... ist in Wirklichkeit Herr Meinhof!«, brachte ich ihren Satz zu Ende. »Verdammte Hacke! Kommen Sie, Liesel, wir müssen nachsehen, ob hier noch weitere Kroketten rumfliegen.«

Wir rannten in die Küche. Liesel riss alle Küchenschränke auf, ich durchwühlte den Abfalleimer und wurde gleich fündig. Eine leere Packung Tiefkühlkroketten von der *TK KG*. Dann durchforsteten wir den Kühlschrank, die Gefriertruhe und die Vorratskammer. Nichts.

Als ich beiläufig die Kühlschranktür zuknallte, bemerkte ich einen Notizzettel, der dran klebte. »Ich glaube, wir können unsere Krokettenrazzia beenden, Liesel. Hier, lesen Sie.«

Liebste Ulrike,
da ich heute mal wieder nicht zum Abendessen bleiben kann,
habe ich wenigstens eine Packung von den leckeren Kroketten abgezweigt,
die ich heute auf dem Wagen habe.
Als Wegzehrung habe ich mir ein paar eingepackt,
den Rest kannst Du Dir ja dann aufbacken.
Guten Appetit, bis später und tausend Küsse.
Dein Hasso.

Nachdenklich rückte ich meinen Hut zurecht. »Demnach war die ganze Sache ein grauenhafter Unfall.«

»Mag sein, Chef, vielleicht aber auch nicht.«

»Wie meinen Sie?«

»Nun, Hasso Meinhof könnte doch seiner Frau *absichtlich* die Kroketten dagelassen haben. Und um einer Verurteilung zu entgehen, hat er sich dann selbst das Leben genommen, indem er vorsätzlich an der tödlichen Ladung knabberte.«

»Also, ich glaube nicht, dass Meinhof wusste, dass er Giftkroketten geladen hat«, kombinierte ich. »Und selbst wenn er es gewusst hat, dann gibt es doch angenehmere Methoden, Selbstmord zu begehen, als tödliche Häppchen zu futtern. Die Frage, die sich mir stellt, ist, warum hatte er überhaupt das Zeug auf dem Wagen? Und wohin zum Kuckuck sollte er es bringen?«

Liesel runzelte ihre schönen Brauen. »Das sind aber *zwei* Fragen, Kommissar Engelmann.«

»Stimmt, Liesel, und hier ist noch eine dritte: Haben Sie eigentlich letzte Nacht den LKW versiegelt, nachdem Sie Herrn Meinhofs Leiche rausgezogen hatten?«

Das hübsche Gesicht meiner Assistentin wurde rot wie der obere Teil einer Verkehrsampel. »Nö, Chef, ich war ja alleine am Tatort und ... hatte keine Hand mehr frei.«

Ich düste so schnell aus der Küche, dass Speedy Gonzales im Vergleich zu mir eine lahme Ente war. Trotz meiner vielen Dienstjahre und der Raucherei war ich noch immer *fit for fun*.

Liesel stürmte wie aus der Pistole geschossen hinter mir her ins Treppenhaus. »Tut mir echt leid mit dem LKW, Herr Kommissar«, keuchte sie und bretterte hinter mir die Stufen hinunter. »Aber jedenfalls wissen wir doch jetzt, wie Frau Meinhof an die bösen Kroketten gekommen ist.«

Ich spürte Liesels heißen Atem im Nacken.

»Und es ist klar, dass wirklich nur *eine* Packung im Umlauf war!«

»Noch, Polizeimeisterin Weppen. Noch!« Vor dem Haus angekommen, kramte ich flott nach meinen Autoschlüsseln. »Aber wir wissen jetzt auch noch etwas ganz Entscheidendes, liebe Liesel.«

»Was denn, Chef?«

»Dass Frau Meinhof mit Vornamen Ulrike heißt.«

Kapitel 4

Die Spätnachmittagssonne schmiegte sich jetzt an den Horizont. Der Horizont hatte nichts dagegen einzuwenden, und so wurde der Asphalt nach und nach in ein campa-rirotes Zwielicht getunkt.

»Nun drücken Sie doch nicht so auf die Tube, Chef!«, rief Liesel und krallte sich am Armaturenbrett fest, doch ich jagte den rosaroten Panda mit 61 km/h über die Landstraße, die nach Dingenskirchen führte. Reifen quietschten, der Motor heulte und Bremsen rauchten – die volle Bedienung wie am Nürburgring.

Was nur alles geschehen mochte, wenn sich jemand ahnungslos Narkotikakroketten aus dem unverschlossenen Lastwagen holte? Ich kannte die grausame Antwort. Mein kriminalistischer Spürsinn sowie ein Blick auf die Armbanduhr sagten mir, dass die Zeit erbarmungslos ablief!

Mit einer frisch angezündeten *Overstolz* zwischen den Lippen trat ich das Gaspedal durch. In der einsetzenden Dämmerung zischte die Leitplanke wie ein blecherner Kondensstreifen an uns vorbei. Liesels Beschreibung zufolge konnte es bis zum verunglückten LKW der *TK KG* nicht mehr weit sein. Die Geschwindigkeit der Landstraße drohte, mir das Lenkrad aus den Händen zu reißen, doch ich ließ nicht locker. »In einer Stunde ist es zappenduster. Ich hoffe, dass wir gleich da sind, Liesel.« Ich aschte so lässig wie es ging in den Fußraum des Panda und sah zu meiner Assistentin hinüber, die vom unglaublichen Tempo meines Dienstwagens erbarmungslos in den Beifahrersitz gedrückt wurde.

»Da vorne, Herr Kommissar.«

Mein rechter Fuß glitt elegant vom Gaspedal.

Liesel blinzelte in das schummrige Dämmerlicht, das von den Scheinwerfern zerschnitten wurde. »Wir sind da, Chef, hier ist ... die Stelle ... wo ... der ... Last ... wagen ... steht ...« Polizeimeisterin Liesel Weppen hörte sich plötzlich an wie ein ausgeleiertes Grammophon.

Der Anblick, der sich bot, ließ mir kalte Schauder über den Rücken laufen. »Da hört sich doch wirklich alles auf!« Wütend zwang ich den Panda zur Vollbremsung, sprang aus der Karosse und kam mitten auf der Landstraße zum Stehen.

Das Grillengezirp war ohrenbetäubend.

Ich steckte mir eine gute *Overstolz* an, um mich zu trösten, und bemerkte, dass ich noch eine andere im Mund hatte. »Verflixt«, zischte ich, »Jetzt wird dieser Krokettenfall auch noch zur Schnitzeljagd!«

Liesel kletterte nun auch aus dem Wagen. »Zu spät!«, stammelte sie. »Die Kroketten sind alle weg.«

Ich nahm einen tiefen Zug von beiden Zigaretten und nickte niedergeschlagen. »Allerdings, Liesel. Und der Lastwagen auch!«

Lediglich die tiefen Reifenspuren, die von der Fahrbahn in den Graben führten, waren zurückgeblieben.

Wutentbrannt zog ich das Megafon, das ich stets bei mir trug, aus dem Trenchcoat hervor. »Achtung, Achtung, hier spricht die Polizei!«, brüllte ich so doll hinein, dass die Grillen vor lauter Muffensausen die Füße stillhielten. »Achtung, Achtung! Wo ist der Brummi, verdammte Hacke?!« Meine Worte verhallten erst in der Gegend, dann war absolute Ruhe. »Achtung, Achtung! Jetzt pass mal auf!«, schrie ich wieder in meine Flüstertüte. »Es hat doch keinen Zweck!«

Wieder antwortete uns nur die unüberhörbare Stille.

Ich weiß nicht mehr, wie lange wir auf der Landstraße von Dingenskirchen nach hier standen, jedenfalls fing irgendwann oben am Himmel der Mond damit an, sich zwischen die Sterne zu kuscheln.

Dann ließ mich plötzlich ein Geräusch zusammenzucken!

Doch das Geräusch war bloß Liesel, die sagte: »Herr Kommissar, vielleicht sollten wir noch nicht den Kopf ins Korn stecken. Ich werde mal die Fahndung nach dem verschwundenen LKW einleiten.« Dann beugte sie sich in den rosaroten Panda, um nach dem Fernschreiber zu greifen.

»Das bringt nichts, Liesel«, winkte ich ab. »Um diese Zeit ist doch sonntags niemand mehr im Präsidium.«

»Stimmt auch wieder«, murmelte Liesel, deren Gesicht sich mit einem Mal im Mondlicht aufhellte. »Aber Chef, was ist denn eigentlich mit diesem Lieferschein, den Frau Doktor Lühse bei Hasso Meinhof gefunden hat?«

»Was soll damit sein?«

»Vielleicht ist der ja der Schlüssel zur Lösung?!«

»Der Lieferschein?«

»Ja, Chef, haben Sie den noch?«

Ich steckte das Megafon in meine Trenchcoattasche zurück und zog das verblichene Papier hervor.

»Klaro, hier.«

Liesel drehte und wendete den knittrigen Lieferschein der *TK KG* hin und her. Dann hielt sie den Wisch Richtung Mond und las immer wieder, was darauf stand.

r gal ager 19 5 h

»Das, was hier steht ist natürlich unvollständig und sehr geheimnisvoll«, legte Liesel aufgeregt los, »aber dieser Buchstabensalat könnte doch zum Beispiel auf ein Wort hindeuten, Kommissar Engelmann, vielleicht sogar auf eins, das uns sagt, warum die Kroketten voller Narkotika sind und wohin die Teile geliefert werden sollten ...«

»Aha«, grübelte ich, »Sie meinen einen Ort?!«

»Natürlich, Chef! Ich habe mir die ganze Zeit schon darüber Gedanken gemacht, sehen Sie, es könnte doch sein, dass der Bleistift an einigen Stellen ausgelöscht wurde, und dass da mal das Wort *Regal-Lager* stand.

»Aha?«

»Selbstverständlich gibt es haufenweise Regal-Lager auf der Welt, was auch die Zahlen auf dem Lieferschein erklärt, Chef. Meine Vermutung ist, dass es sich dabei nämlich um Koordinaten handelt, Sie wissen schon, Längen- und Breitengrade auf der Landkarte!«

»Sind Sie sich da sicher, Liesel?«, forschte ich nach.

»So sicher, wie man sich bei einer Vermutung sein kann, Herr Kommissar. Und wenn die stimmt, dann sollte demnach Herr Meinhof die Killerkroketten in einem Regal-Lager abliefern, das auf dem 19. Längen- und dem 5. Breitengrad liegt. Und das sollte doch zu finden sein, Chef!«

»Ich bin von den Socken, liebe Liesel«, lächelte ich anerkennend und trat meine zwei *Overstolzen* auf dem Asphalt der Landstraße aus. »Und was hat es mit dem *h* auf sich, das auch noch auf dem Wisch steht?«

»Nun, das könnte für Höhenmeter stehen oder auch für Stunde. Oder es ist die Abkürzung eines Firmennamens.« Polizeimeisterin Weppen holte tief Luft. »Aber meine hundertprozentigste Annahme ist, dass das *h* für Hasso steht, für Hasso Meinhof!«

Ich schwieg. Die Grillen machten mittlerweile wieder einen Höllenlärm. Liesels Theorie hatte was für sich, das musste ich zugeben. Jedoch wusste ich, Kommissar Heinz Engelmann,

Leiter der hiesigen Mordkommission, dass alles ganz anders war. Und natürlich hatte ich längst einen todsicheren Plan ...

* * *

»Das ist genau das, was ich wissen wollte.« Begeistert grinste ich die Stimme am anderen Ende der Leitung an und schenkte mir dabei einen Cognac aus der Flasche ein, die stets auf meinem Schreibtisch neben dem Aschenbecher beim Telefon stand. »Ja, wirklich ein starkes Stück«, pflichtete ich meinem Gesprächspartner jenseits des Hörers bei. »Aber dann bin ich jetzt endgültig im Bilde. Wonderful. Danke für die Informationen und noch einen schönen Tag. Bye bye.«

Just als der Telefonhörer seinen Weg zurück auf die Gabel fand, betrat Liesel Weppen mein Büro. Obwohl sie Liesel hieß, duftete sie nach Jasmin, und ihr frisch gewaschenes Haar segelte wie Goldstaub durch die Morgensonne, die sich in meinem vergilbten Dienstzimmer aufhielt. »Guten Morgen, Herr Kommissar. Wie ich sehe, haben Sie sich schon selbst um Ihr Frühstück gekümmert.«

Breit grinsend nahm ich einen ordentlichen Schluck Cognac und rollte dazu begeistert mit den Augäpfeln. Obwohl es Montag war und ich alles andere als ein freies Wochenende hinter mir hatte, war ich bombiger Laune, denn ich war der Lösung des Doppelkrokettenmords schon um einiges näher gekommen. »Einen schönen guten Morgen, liebe Liesel«, jauchzte ich und knallte mir die nächste Ladung Cognac hinter die Beißerchen.

»Wer war denn das gerade am Hörer?«

»Ich.«

»Nein, Chef, ich meine doch am anderen Ende der Leitung.«

»Fragen Sie doch nicht so blöd, Liesel. Jemand, mit dem ich telefoniert habe natürlich«, schmunzelte ich. »Und was haben Sie zu berichten? Was Neues von unserem verschwundenen LKW?«

»Nach wie vor keine Spur, Kommissar Engelmann«, entgegnete enttäuscht meine attraktive Assistentin. »Wachtmeister Meister von der Verkehrspolizei ist in aller Früh die ganze Gegend abgefahren, und selbst er hat nichts entdecken können.«

Ich kam aus dem Grinsen gar nicht mehr heraus. »Ich glaube auch nicht, dass man den Lastwagen finden wird.« Liesel kniff die Augen zusammen. »Was ist los, Chef? Sie verschweigen mir doch was.«

»Es ist besser für Sie«, sagte ich und schwang mich von meinem Stuhl. »So, und jetzt muss ich zur Arbeit.«

Liesels Gesichtsausdruck wurde zu einem Fragezeichen. »Nee, is klar!«

Ich nickte und zog den Gürtel meines Trenchcoats stramm. »Und Liesel, wegen heute Abend ...«

»Oh, da weiß ich Bescheid, Chef. Sie können sich auf mich verlassen.«

»Gut. Und falls Staatsanwalt Wischnewski fragen sollte, wo ich bin, dann wissen Sie es nicht, in Ordnung?«

»Aber ich weiß es doch wirklich nicht, Chef!«

»Na, sehen Sie.«

Kapitel 5

Der Mann in der Uniform war ganz zivil. Nachdem ich ihm gesagt hatte, warum ich da war, winkte er mich lächelnd durch die Pforte.

Die Hofeinfahrt döste friedlich in der Zehn-Uhr-Sonne. An einigen geparkten Lieferwagen vorbei gelangte ich zu einer Metalltür. Das Blechschild daneben verriet mir, dass ich hier richtig war.

Als ich klopfte, ertönte von drinnen eine Frauenstimme. »Herein!«

Ich trat in einen Raum, der mich an den Empfangsbereich einer eleganten Arztpraxis erinnerte.

Eine Frau, die ich auf Ende fünfzig schätzte, saß hinter einer Theke und füllte irgendwelche Formulare aus. Sie blickte auf und schenkte mir ein Lächeln, das eine Idee zu freundlich war. »Sie wünschen?«

»Ich habe einen Termin. Heinzmann ist mein Name.«

Die Frau blätterte in ihren Formularen, bis sie das richtige gefunden zu haben schien. »Ah ja, Herr Heinzmann. Schön, dass Sie da sind. Bitte haben Sie noch einen Augenblick Geduld, Herr Kröger wird gleich für Sie da sein.«

»Danke sehr.«

Mit einer Handbewegung bat sie mich, gegenüber der Theke in einer Art Wartebereich Platz zu nehmen. Fünf braune Ledersessel waren in einem Halbkreis um eine monströse Yuccapalme arrangiert, und ich wählte den zweiten von links. Ein flauschiger Teppich machte sich unter meinen Schuhen breit.

Fast eine ganze Stunde verging, dann öffnete sich schließlich eine braune Tür, auf der mit goldenen Druckbuchstaben

TONIO KRÖGER, GESCHÄFTSFÜHRUNG stand. Ich hatte sie bis dato gar nicht bemerkt.

Ein hagerer Mann mit brauner Hornbrille erschien im Rahmen und sah mich freundlich an. Sein braunes Hemd war ihm viel zu weit, und seine braune Krawatte war nicht zu sehen. »Herr Heinzmann?«

Ich erhob mich und schritt auf ihn zu. »Ganz recht. Engelbert Heinzmann.«

»Wenn Sie bitte in mein Büro treten möchten?«

Tonio Kröger setzte sich hinter seinen Schreibtisch, der ausladend und aus Holz war. Aus braunem Holz, versteht sich. Sein Büro war überhaupt ganz in Braun gehalten. Selbst vor den Fenstern hingen braune Vorhänge. Er lächelte. »Sie suchen also Arbeit und möchten bei uns anfangen, Herr Heinzmann?«

»Jawohl.« Mein Blick schwiff keine Sekunde von ihm. »Ich bin nämlich Berufskraftfahrer.«

»Na, das trifft sich ausgezeichnet.« Kröger bot mir einen braunen Stuhl an, und gerade als ich mich hinsetzte, machte plötzlich etwas in seinem Gesichtsausdruck Anstalten, skeptische Formen anzunehmen. »Sagen Sie mal, Herr ... Heinzmann« Er legte die Stirn in Falten und begann mit der linken Hand auf seine braune Schreibunterlage zu klopfen, »Kenne ich Sie nicht von irgendwoher?« Kröger musterte mich jetzt durch seine braune Hornbrille wie bekloppt.

»Nein, das kann nicht sein, ich bin gar nicht aus der hiesigen Gegend.« Ich spürte, wie mein Hals trocken wurde und konnte jetzt prima einen Cognac gebrauchen.

»Nicht?« Krögers Röntgenblick ließ mich nicht vom Haken.

»Nein, ich bin von woanders.«

Seine linke Hand hielt inne, sein Lächeln kehrte zurück. »Dann nichts für ungut. Mit dem alten Trenchcoat und dem Hut kamen Sie mir irgendwie bekannt vor ...«

Ich guckte so unbeteiligt aus der Wäsche wie es nur ging. »Was ist denn nun mit dem Job?«, fragte ich.

»Sie müssen wissen, Engelbert, dass die *TK KG* weltweit für allerhöchste Qualität im Bereich der Tiefkühlkost steht. Nicht umsonst dienen meine Initialen als Namensgeber für mein Unternehmen und sind gleichzeitig die gängige Abkürzung für ›Tiefkühl‹. Haha, clever, was?« Er lachte aus vollem Hals und verschluckte sich kurz dabei, fuhr dann aber gleich fort. »Ganz ehrlich, lieber Herr Heinzmann, wir können hier bei der *TK KG* immer fleißige Lagerarbeiter und aktuell auch einen zuverlässigen Fahrer gebrauchen, damit unsere Ware stets frisch und pünktlich ankommt.«

»Ich bin Ihr Mann, Herr Kröger!«, sagte ich beherzt. »Wo stehen denn Ihre Brummis?«

»Nicht so voreilig, Herr Heinzmann«, lächelte er. »Erst einmal möchte ich, dass Sie sich mit der *TK KG* ein bisschen vertraut machen.«

Ich stand auf. »Aber gerne.«

»Ich werde Ihnen das ganze Werksgelände zeigen, die Lagerhallen, die hochtechnischen Kühlräume und natürlich auch den Fuhrpark.

»Eine Führung vom Chef persönlich?«

»Allerdings. Und wenn Sie sich hier wohlfühlen, Engelbert, dann bringen wir heute noch den Arbeitsvertrag unter Dach und Fach.«

Ich tippte zum Dank an meinen Hut und folgte Direktor Kröger aus dem Büro. Sein Lächeln war außer Konkurrenz.

Kröger hatte den Köder geschluckt.

* * *

Wir traten durch das Vorzimmer hinaus auf den Hof, auf den nun die Mittagssonne schien. Von dort aus erstreckte sich ein großes Werksgelände, ein asphaltierter Platz, der von mehreren Gebäuden eingerahmt wurde. Kröger spulte das volle Programm ab. Er zeigte mir die Produktionshallen, mehrere Lagerräume und führte mich durch seine zahlreichen Kühlräume. Nur an einem Kühlraum versuchte er mich gegen Ende der Führung vorbeizulotsen.

»Und was ist dort Schönes drin, Herr Kröger?«, fragte ich.

»Och, das ist bloß ein weiterer Kühlraum, aber der ist momentan defekt und komplett leer.«

Ich glaubte ihm so viel wie der Wettervorhersage und stapfte auf das stählerne Hallentor zu. Genau *dieser* Kühlraum interessierte mich brennend.

»Nun lassen Sie doch, Engelbert, kommen Sie, wir trinken in meinem braunen Büro einen schwarzen Kaffee!«, rief Kröger, mir nachlaufend. Er lächelte jetzt deutlich weniger als zuvor und packte mich am Arm.

Doch ich ließ mich nicht aufhalten. Aus der unmittelbaren Nähe sah ich, dass das Tor nur angelehnt war und durch die Ritzen strömte weißer Eisdampf. Die Temperatur in dem Kühlraum musste also verdammt niedrig sein, wenn nicht sogar arschkalt. Und offenbar war er voll in Betrieb.

»Sie sind aber ganz schön neugierig, Herr Heinzmann!«

»Das kann man wohl sagen.«

Krögers oscarreifes Lächeln war jetzt endgültig verschwunden und Eiswürfel klimperten in seiner Stimme. »Lassen Sie gefälligst die Finger von dem Tor!«

»Aha, dachte ich es mir doch ...«, meinte ich zufrieden, nachdem das Stahltor aufgeschwungen war. Eisnebel entwich und gab den Blick auf einen Lastwagen frei.

Die Kälte hatte die Erdkrumen und Schlammbröckchen an den Reifen und der vorderen Stoßstange des Lasters wunderbar konserviert. Ich sah augenblicklich, dass sie eindeutig von dem Graben neben der Landstraße von Dingenskirchen nach hier stammten!

»Da haben Sie sich also Ihren LKW zurückgeholt ...«

»Ach ja, den hatte ich völlig vergessen. Aber jetzt gehen wir einen Kaffee trinken, ja?«

»Gerne, Herr Kröger, aber erst sehe ich noch nach den Paletten mit den Kroketten.« Kokett grinsend ging ich zur Hinterseite des Lasters und überzeugte mich vom einwandfreien Zustand des panierten Gefahrguts auf der Ladefläche.

Tonio Krögers Gesichtsausdruck passte jetzt perfekt zur Temperatur im Kühlraum. »Zum Teufel, wer sind Sie, Herr Engelbert Heinzmann?«

»Ich bin natürlich Kommissar Heinz Engelmann!«

»Also doch!« Er brach plötzlich einen Eiszapfen vom rechten Rückspiegel des Lasters ab und ging damit auf mich los.

Ich taumelte rückwärts, weiter in die Halle hinein. Mein lieber Scholli, das war aber auch frisch hier drin!

»Jetzt mache ich dich alle, du popeliger Polyp!« Mit dem messerscharfen Eiszapfen im Anschlag kam er jetzt immer näher.

Ich versuchte, cool zu bleiben, was trotz der Kälte schwer war. »Sollten diese Kroketten da nicht schon gestern ausgeliefert werden? Da war Ihr Fahrer aber alles andere als zuverlässig, was?«

»Schnauze, Herr Kommissar!«

Die Spitze des Eiszapfens zischte um Haaresbreite an mir vorbei. Meine Augenlider waren von der Kälte schon ganz krisp, dennoch riss ich plötzlich die Klüsen so weit auf, wie es ging, und zeigte wie vom Blitz gerührt in die hinterste

Ecke des Kühlraums. »Kumma, da hinten! Ein Ufo!«, stammelte ich eiskalt.

Kröger verharrte und folgte meinem angsterfüllten Blick. »Was? Wo soll ein Ufo sein?!«

Ich zeigte erneut in die etwa fünfzig Meter entfernte Ecke, in der sich absolut gar nichts befand.

»Wo denn, Engelmann? Wo ist ein Ufo?«, fragte Kröger erschrocken und ging hin.

Das lief ja wie geschmiert. Meine gute alte *Kumma-da-hinten-ein-Ufo*-Routine klappte doch immer wieder, dachte ich in mich hinein und sprintete so schnell es meine Eisbeine erlaubten aus der Halle. Dann schlug ich flink das schwere Stahltor zu und schob breit grinsend den Riegel vor.

Kapitel 6

Mittlerweile wurde es draußen langsam dunkel. Genau wie gestern um diese Zeit, dachte ich mit Blick auf den Himmel und ließ dann den braunen Vorhang wieder vors Fenster gleiten. Ich kramte eine leckere *Overstolz* aus meinem Trenchcoat und ließ mein Feuerzeug aufflammen. Einen der Halunken hatte ich schon mal im Sack. Jetzt musste ich Geduld haben. Irgendwer hatte seine Lieferung Killerkroketten gestern Abend nicht bekommen, also war es nur eine Frage der Zeit, wann sich der vermeintliche Empfänger beschweren würde. Bereits vor fünf Stunden hatte ich der Vorzimmerdame den Nachmittag freigegeben und es mir in Direktor Krögers braunem Büro bequem gemacht.

Als endlich das braune Telefon klingelte, vermutete ich sofort einen Anruf. Aber nicht nur das. Ich wusste auch, wer am anderen Ende der Leitung sein würde. »Ja?«

Niemand antwortete. Dann klingelte das Telefon erneut und ich merkte, dass ich den Hörer noch nicht abgenommen hatte. Also ging ich ran und stellte meine Frage noch mal. »Ja?«

»Du enttäuschst mich, Kröger!«, zischte die Stimme. Der englische Akzent war dicker als Zuckerrübensirup. »Ich stehe mir seit gestern Abend die fucking Füße wund und deine Ladung kommt nicht.«

»Ach jetzt mach doch keinen Putz!«, blaffte ich und tat dabei so, als wäre ich der Kröger.

Der Typ am anderen Ende blieb unfreundlich. »Seit Jahren lieferst du mir nun schon das Zeug. Mal in Kroketten, mal in Brechbohnen, mal in Rosenkohl, aber immer pünktlich, Kröger! Was zum Henker war denn gestern los? Hat sich dein Fahrer etwa verfahren?«

»So ähnlich. Heute geht aber alles klar.« Meine Krögerimitation war gar nicht schlecht.

»Das will ich dir auch geraten haben«, zischte die englische Stimme wieder.

»Ich werde *selbst* kommen.«

»Der vereinbarte Ort und dieselbe Zeit tonight. Alright? Und wehe, wenn nicht, dann ...«

»Was dann?«

»Dann muss ich davon ausgehen, dass du ein lausiger Verräter bist, Kröger. Und was man mit Verrätern macht, das weißt du ja.« Er verstummte kurz und machte dann »Krrrrrrrrk« in den Hörer.

Ich schluckte. Durchs Telefon klang das Geräusch von einer mit dem Mund angedeuteten Kehle, die durchgeschnitten wird, noch unheimlicher als im echten Krimi. »Krrrrrrrk. Ich weiß«, wiederholte ich und legte auf.

***

Die Uhrzeit belief sich auf exakt fünf vor acht, als ich den eiskalten Lastwagen vor dem hiesigen Bahnhof parkte. Der Motor erstarb. Auf Gleis 2 fuhr schnaufend der erste und letzte Zug nach Dingenskirchen aus.

Fachmännisch ließ ich meinen Blick schweifen.

Bei einem Mini Cooper Kombi, der vor dem Bahnhofsbüdchen abgestellt war, öffnete sich die Fahrertür und ein dunkler Schatten löste sich wie ein Scherenschnitt vom Wagen. Jetzt wurde es spannend! Fand ich jedenfalls.

Der Schatten huschte über den Vorplatz und bewegte sich lautlos auf mich und den LKW zu. Ausgebufft, wie ich war, schob ich meinen Hut noch tiefer in die Stirn und schlug den Trenchcoatkragen hoch.

Mittlerweile war die schwarze Gestalt beim Lastwagen angekommen. »Das wurde auch Zeit«, zischte der Kerl und riss die Fahrertür auf. »Da bist du ja endlich, Kröger!«

Blöderweise ging dabei auch das Licht im Fahrerhaus an.

»No!«, blökte ich geistesgegenwärtig, »I am not the Kröger, I am the Kommissar Angelman!« Blitzschnell schlug ich den Mantelkragen runter und zückte meine Mauser PPK.

»Was!? Eine Falle!«

»Yes, a fall. There look you, or?!«

Tatsächlich staunte der Verbrecher nicht schlecht und hatte die Augen über ihre Verhältnisse geöffnet.

»And now the hands high!«, fauchte ich.

Doch anstatt brav die Hände hochzunehmen, drehte er sich flott auf den Absätzen um und rannte über den Bahnhofsplatz zu seinem Mini.

Dann peitschte plötzlich ein Schuss durch die Dunkelheit. Der Kerl blieb wie angewurzelt stehen, schwankte und überprüfte anscheinend, ob er noch lebte.

»When my Chief says ›the hands high‹, then means that ›the hands high‹!« Ach tat das gut, Liesels Stimme zu hören.

»Oh shittishit«, stieß der Strolch stocksauer hervor und hob die Arme.

»Das war perfektes Timing, Polizeimeisterin Weppen«, rief ich begeistert und kletterte aus dem Krokettentransporter.

»Kunststück, Chef«, meinte Liesel und kettete den Verbrecher mit Handschellen an eine Straßenlaterne. »Sie hatten mich doch für jetzt hierher bestellt.«

Zustimmend schob ich mir eine *Overstolz* auf die Lippe. »Tonio Kröger, der Direktor der *TK KG*, hat mit diesem Rabauken da gemeinsame Sache gemacht. Ab dem

Moment, als die Anna Lühse den rätselhaften Lieferschein bei Hasso Meinhofs Leiche fand, die zufällig auch noch Fahrer für die *TK KG* gewesen war, da wusste ich gleich, wo der Frosch die Locken hat. Ich hatte den Wisch zwar eine Zeit lang komplett vergessen, aber Sie haben mich ja wieder drauf gebracht, liebe Liesel. Und so konnte ich heute der miesesten Schmugglerbande, die es jemals gab, den Garaus machen!« Genüsslich verteilte sich der Qualm der *Overstolz* in meinem Mund, und ich hinderte den deliziösen Dampf nicht daran, meine Geschmacksknospen ausgiebig zu massieren.

Trotzdem bemerkte ich aus dem Augenwinkel Liesels ratlosen Blick. »Tut mir leid, Kommissar Engelmann, aber ich verstehe nur Bahnhof.«

»Na, das ist doch schon was, Liesel. Das *h* auf dem Lieferschein steht nämlich nicht für Hasso Meinhof, sondern das waren die Überreste der Buchstaben *Bhf*, also Bahnhof. Und die Zahlen waren keine Koordinaten, sondern die verabredete Uhrzeit, zu der die Giftkroketten hier übergeben werden sollten. 19 Uhr 50.«

»Das mit der Uhrzeit leuchtet ein, aber hätte es nicht auch jeder andere Bahnhof auf der Welt sein können, Chef?«

»Quatsch mit Soße!«

»Und wo ist nun das Regal-Lager, Chef?«

»Es gibt kein Regal-Lager, Liesel. Das, was auf dem Lieferschein der *TK KG* stand, hatte überhaupt nichts mit einem Regal-Lager zu tun, sondern war die Spur, die mich zu dieser Kanaille, dem Boss der Bande führte, dem gemeinsten Ganoven und rücksichtslosesten Medikamentenschmuggler, den die Welt je zu Gesicht bekommen hat, diesem Typen da am Laternenmast. Ray Gallager!«

»Regal-Lager?!«

»Genau, Ray Gallager. Die Interpol, oder wie das heißt, sucht diesen Fiesling und seinen Partner Tonio Kröger schon seit Jahren. Als Sie heute Morgen ins Büro kamen, Liesel, hatte ich gerade Inspector McGray von *Schottland Jacht* am Rohr, der mir bestätigte, dass die ganzen Medikamente, die dieser Tage illegal geschmuggelt werden, in hiesigen Tiefkühlprodukten versteckt wurden.«

»Wie war das möglich, Chef?«

»Nun, Gallager gab bei Kröger seine Bestellung auf, und dieser packte dann zum Beispiel Schmerztabletten in Quarkbällchen, Hustensaft in Rosenkohl, Wundsalbe in Dampfnudeln, Insulin in indische Gerichte, Zäpfchen in Brechbohnen oder eben auch Narkotika in Kroketten. So gelangte das Zeug ganz unauffällig außer Landes, und Gallager verkaufte es dann in armen Ländern zu horrenden Preisen.«

»Und sich den Kröger zu schnappen, war natürlich ganz leicht«, schlussfolgerte jetzt Liesel. »Aber um auch an diesen Vogel, den ich hier an die Straßenlaterne gebunden habe, zu kommen, brauchten Sie den LKW. Und an den konnten Sie nur kommen, wenn Sie sich unter falschem Namen Zutritt zur *TK KG* verschaffen.«

»Aber hallo. Damit wäre der Mord zum Sonntag also gelöst.«

»Und der vom Samstagabend auch«, ergänzte Liesel Weppen stolz.

»Gehen wir jetzt noch zusammen eine Kleinigkeit essen?«

»Ja, aber bitte keine Kroketten, Chef.«

»Ehrensache. Ich dachte, wir gehen in unser Stammlokal auf 'ne deftige Portion Ragout Fin in Blätterteig mit Worchestersoße.«

»Ins *Café Inkontinental*?« Liesel strahlte. »Aber gerne doch, Kommissar Engelmann.«

»Ich könnte jetzt auch dringend 'nen Cognac gebrauchen«, ergänzte ich durstig und Liesel meinte: »Oder wir köpfen die Pulle *Baileys*, die mir der Polizeipräsident heute Mittag geschenkt hat.«

»Oder eins nach dem anderen. Und übrigens, falls Sie sich fragen, wo der Kröger die ganze Zeit steckt ...«

»Nö, Chef, das tu ich eigentlich gar nicht ...«

»Der liegt stocksteif gefroren hinten im Laderaum seines Lastwagens.«

»Na dann, guten Hunger!«

Die Frau, die zu wenig wusste

»Der folgende Fall war auch super. Er ist mir gut im Gedächtnis geblieben, weil ich mich dran erinnere und es darin vor zwielichtigen Gestalten, mysteriösen Vorkommnissen sowie einer Frau mit Handtasche nur so wimmelt. Nur das Ende ist leider ein bisschen traurig …«

Kapitel 1

Der Mann, der im Licht der Straßenlaterne vor dem Polizeipräsidium auf mich zukam, war klein und rundlich. Eine Nickelbrille zierte seine Hakennase, und um seinen kahlen Schädel rankte sich ein grauer Haarkranz. Wäre dies ein Zeichentrickfilm, dann wäre der Typ für *Doktor Snuggles* die perfekte Besetzung.

»Oh, guten Abend, Herr Staatsanwalt«, sagte ich und tippte zum Gruß an meine Hutkrempe.

»Na, Engelmann, wie geht's, wie steht's?« Staatsanwalt Wischnewski legte seine Hand freundschaftlich auf meine Schulter.

»Nix los, die Unterwelt hat wohl Ferien. Liesel habe ich schon heute Nachmittag frei gegeben.« Ich sprach selbstverständlich von meiner bildhübschen Assistentin, Polizeimeisterin Liesel Weppen, die mir schon bei so manchem Mordfall zur Seite gestanden hatte.

»Na, Engelmann, seien Sie doch froh, dass in unserem Kaff mal nichts los ist.«

»Lediglich der Herr Pfarrer hat angerufen, weil er meint, dass er komische Geräusche auf dem Friedhof hört.

»Der Pfarrer hört Geräusche?«

»Ja, Herr Staatsanwalt, wahrscheinlich ist nur dem sein Hörgerät mal wieder im Brötchen.«

Wischnewskis Lippen umspielte ein breites Lächeln. »Das wird es sein, Engelmann. Als Leiter der hiesigen Mordkommission sollten Sie sich um so einen Firlefanz sowieso nicht kümmern.«

Ich nickte. »Heute passiert eh kein Verbrechen mehr. Ich denke, ich trink mir jetzt noch 'nen Absacker drüben im Café, und dann hau ich mich gleich zu Hause mit ein paar Cognacs auf die Couch und guck mir den *Matula* an.«

»Klingt gut, Engelmann. Tja, ich habe leider noch einen Termin. Also dann, schönen Feierabend und bis morgen.«

Ich sah meinem rundlichen Vorgesetzten dabei zu, wie er über den Gehsteig davonwatschelte und kurz darauf in seinen Ford Taunus stieg, während ich auf der gegenüberliegenden Straßenseite das *Café Inkontinental* betrat.

Wenig später saß ich inmitten des extrem plüschigen Ambientes und in schwere Sachertortenschwaden gehüllt auf meinem Stammplatz.

Der Ober, ein netter Mensch namens Herbert Kellner, kam lächelnd zu mir an den Tisch. »'n Abend, Kommissar Engelmann. Das Übliche?«

»'n Abend, Kellner. Einmal Ragout Fin to go in Blätterteig mit Worchestersoße zum Mitnehmen«, gab ich die Bestellung auf. »Und für zum Warten ein Kripogedeck für hier.«

Ober Kellner dackelte ab, und ich fummelte eine Zigarette aus meiner Trenchcoattasche. Genüsslich steckte ich mir die *Overstolz* an und saugte sie mit einem Zug leer. Dann nahte auch schon mein Gedeck.

»So, Herr Kommissar, ein Cognac und einen Klaren. Sehr zum Wohle.«

»Danke, Herr Kellner.«

Wie gewohnt schüttete ich beides zusammen und haute mir die explosive Mischung durstig hinter die Binde, als mich plötzlich ein ungutes Gefühl beschlich. Es war mir nämlich, als würde ich beobachtet! Wenn man wie ich lange Jahre ein ausgebuffter Kriminalbeamter war, dann spürte man so was wie ein Hund, der gegen den Wind kackt.

Während das Kripogedeck meine Speiseröhre abfackelte, ließ ich meinen kriminalistischen Blick aus allen Augenwinkeln durch das Café wandern. Doch niemand kam mir verdächtig vor. Vielleicht lag das auch daran, dass ich der einzige Gast war. Trotzdem glaubte ich hundertprozentig, angeglotzt zu werden … und das sage ich bestimmt nicht nur, um gleich im ersten Kapitel Spannung zu erzeugen.

Mir machte keiner was vor. Ich war Kommissar Heinz Engelmann, Leiter der hiesigen Mordkommission, und wo ich war, da war vorn.

»Es tut mir leid, Kommissar Engelmann, aber Ragout Fin ist leider aus.«

Ich war so sehr mit keine Leute beobachten beschäftigt, dass ich Kellner, den Ober, gar nicht hatte kommen sehen. »Macht nichts.« Dieses Gefühl, beschattet zu werden, ging mir so doll auf den Senkel, dass mir ohnehin der Appetit vergangen war. »Dann bringen Sie mir doch stattdessen drei Cognäcchen.«

»Sofort.«

Kellner wand sich zum Gehen, doch da ich zu der Sorte Männer gehöre, die ihren Cognac schneller trinken, als er eingeschenkt wird, bestellte ich vorsichtshalber gleich noch einen nach.

Zehn Minuten später warf ich einen Geldschein auf den Tisch, klappte meinen Trenchcoatkragen hoch und verließ das *Café Inkontinental*.

* * *

Ich ging wie ich gekommen war: zu Fuß. Und nach ein paar Schritten gelangte ich dann zu meinem Automobil. Der volle Mond schlug einen grellen Kinnhaken in das dunkle Gesicht des Abendhimmels und tunkte den rosaroten Panda in fahles Licht. Die hiesigen Straßen schienen schon tief zu schlafen. Zeit, dass auch ich in die Heia kam.

Ich stieg in meinen Dienstwagen, den ich aber auch immer privat benutzte, und ließ den 30-PS-Motor aufheulen. Dann tuckerte ich mit Vollgas durch die hiesige Innenstadt, am Bahnhof und an anderen Dingen vorbei, und da Hiesig ein kleines Nest war, würde ich schnell dahin gelangen, wo ich wohnte.

Gerade hatte ich den rosaroten Panda auf 43 km/h hochgejubelt und den Friedhof samt der hiesigen Kirche im Rückspiegel hinter mir gelassen, da rutschte mir doch tatsächlich meine Zigarettenschachtel aus der Manteltasche und purzelte in den Fußraum.

Instinktiv beugte ich mich hinunter.

Den Kopf unterm Lenkrad und mit ausgestreckten Armen grapschte ich nach der orangefarbenen Schachtel, die sich unglücklich hinter dem Bremspedal verkeilt hatte, als plötzlich ein heftiger Stoß den Wagen erschütterte. Dazu knallte es dumpf. Dann rumpelte es, und der Wagen geriet ins Schlingern, als hätte jemand Glatteis gestreut.

Im ersten Moment schob ich dieses verrückte Fahrverhalten auf meinen Alkoholgehalt, doch ich hatte an diesem Tag lediglich dreizehn Cognac getrunken. Und dann vorhin nur noch die vier Absacker und ein Kripogedeck. Ich war also so gut wie nüchtern.

Ich lenkte den rosaroten Panda in den Rinnstein und befreite natürlich als Erstes meine *Overstolz*-Packung aus dem Fußraum. Ich steckte sie zurück in meinen Trenchcoat, stieg aus dem Wagen und bemerkte dann im Mondschein etwas auf der Straße, das aussah, als wäre es überfahren worden! Vermutlich ein Wildschwein. Die hüpften in der hiesigen Gegend ja öfter mal über die Straße, ohne zu gucken. Obwohl ich absolut nicht von der Verkehrspolizei war, beschloss ich, das Hindernis von der Fahrbahn zu kullern.

Aus der Nähe war nicht zu übersehen, dass das Wildschwein ungewöhnlich gekleidet war. Es trug ein knappes Röckchen, eine aufgeknöpfte, türkisfarbene Bluse und darunter einen gut gefüllten Büstenhalter aus einem teuren Stöffchen. Ich war der Meinung, das war Spitze.

Schlagartig wurde mir klar, dass es sich bei dem überfahrenen Wildschwein um eine unglaublich heiße, überfahrene Frau handelte. Da war ich aber platt! Wer zum Kuckuck hatte die denn hier hingelegt? Oder war es ein Unfall?

Ihre schlanken Arme und Beine lagen verrenkt auf der Fahrbahn herum, befanden sich aber noch am Körper. Mit einer Hand umklammerte die Frau, die mich an eine zerknautschte Spielzeugpuppe erinnerte, eine beigefarbene Lederhandtasche.

»Hallo?«, flüsterte ich, als ich mich über sie beugte, »ist alles in Ordnung?«

Mein cognacschwangerer Atem traf die sexy Sahneschnitte mitten ins Gesicht, doch sie bewegte sich nicht. Meine Wange streifte nun ihr blondes Haar, das sich rund um ihr schönes Gesicht ergoss wie güldener Schaumwein. Na ja, güldener Schaumwein mit einem Schuss Blut. Ihr Puls war schwach, funktionierte aber. Wenigstens schien die flotte Biene nicht tot zu sein, und das beruhigte mich, denn als Kripobeamter wusste ich, dass Autounfälle immer dann am besten sind, wenn es Überlebende gibt.

Um aber herausfinden zu können, ob vielleicht irgendein verdammter Verkehrsrowdy dieses verletzte Frauenzimmer unter die Haube gebracht hatte, brauchte ich die Dame voller Bewusstsein. Also gab ich ihr spontan ein paar hinter die blutigen Löffel und saute dabei die Ärmel meines Trenchcoats ein.

Die Minuten vergingen.

Erst siebzehn Backpfeifen später schlug die blutigblonde Schönheit endlich ihre Augen auf. Sie hatte zwei.

»Am hiesigen Stadtrand, mitten auf der Straße, unweit der Kirche«, sagte ich sofort, um einem bei einer Aufwachszene vom Aufwacher immer routinemäßig gefragten »Wo … wo bin ich?« sofort den Wind aus den Segeln zu nehmen. »Sie wurden flachgelegt, liebe Frau. Wie geht es Ihnen?«

Die Frau reagierte, indem sie ein Tässchen Blut spuckte.

»Sie sehen mir aus, als könnten Sie ein Zigarettchen vertragen!«, stellte ich fest und kramte eine Fluppe hervor. »Das ist eine gute *Overstolz*. Da steckt die Sonne Mazedoniens in jeder Schachtel.« Ich steckte sie der unbekannten Schönheit in den blutverschmierten Mund und gab ihr Feuer.

Ich kombinierte, dass ich eine so tolle Schnalle unmöglich hier auf dem mondlichtverzierten Asphalt liegen lassen konnte und wusste als erfahrener Ermittler genau, was als Nächstes zu tun war. »Hören Sie, gute Frau, um diese Zeit hat garantiert kein Krankenhaus mehr geöffnet, daher schlage ich vor, dass Sie mit zu mir kommen«, sagte ich und schleifte ihren wohlgeformten Körper zu meinem Wagen hinüber. Dann hievte ich die Frau auf den Beifahrersitz, warf ihre Handtasche auf die Rückbank und lauschte einen Moment den höllisch lauten Kirchenglocken, die gerade in zweihundert Metern Entfernung begannen, dreiundzwanzig Uhr zu bimmeln. Dann wischte ich das Blut von der Motorhaube und stieg in den rosaroten Panda.

Kapitel 2

Die Morgensonne quälte sich durch die schmierigen Fenster des Polizeipräsidiums in mein Büro. Ich saß am Schreibtisch und schenkte mir aus der Cognacflasche, die stets neben dem Telefon beim Aschenbecher parat stand, ein ordentliches Schlückchen ein, denn für Kaffee war es wie so oft noch viel zu früh.

Vor mir lag die beigefarbene Lederhandtasche der unbekannten Schönheit, die in der vergangenen Nacht überrollt worden war.

Gerade als ich mein Glas an die Lippen setzte, kam Polizeimeisterin Liesel Weppen herein. Meine attraktive Assistentin warf ihr wallendes, blondes Haar in den Nacken und lächelte. »Guten Morgen, Chef. Na, schon beim Frühstück, wie ich sehe.«

Ich zwinkerte ihr zu und goss mir nach.

Liesels Blick fiel auf die Handtasche, die auf der Schreibtischplatte lag. »Wem gehört die denn, Herr Kommissar?«

»Einer Frau, die letzte Nacht überfahren wurde.«

In Liesels hübschem Gesicht zog ein düsteres Wölkchen auf. »Ist sie tot, Chef?«

»Mitnichten, aber total scharf.«

»Aha. Und wer ist diese Tante?«

»Tja, das ist das Problem, Liesel. Sie hat ihr Gedächtnis verloren und erinnert sich leider nicht, seit wann. Sie hat auch keinen Schimmer, wo sie wohnt, ob sie evangelisch oder römisch-katholisch ist, wann sie eingeschult wurde, wie sie ihre Frühstückseier mag und was sie überhaupt gestern Abend auf der Straße machte.«

»Und wie heißt die Frau?«

»Als ob sie das wüsste.«

»Mist, wie konnte sie denn nur ihr Gedächtnis verlieren?«, bohrte Liesel weiter.

»Das hat sie leider auch nicht mehr auf dem Schirm.«

»Üble Sache, Chef«, bemerkte Liesel ganz richtig. »Wo ist diese Unbekannte denn jetzt überhaupt?«

»Bei mir zu Hause im Bett.«

»Aber Kommissar Engelmann, meinen Sie nicht, sie wäre im hiesigen Krankenhaus besser versorgt?«

Ich grübelte kurz darüber nach, winkte dann aber ab. »Nein, Liesel, die haben da ja keinen Amnesiesisten!«

»Verstehe. Und was ist mit ihrer Handtasche?«

»Das ist nicht meine, Liesel, die gehört, wie gesagt, dieser Frau ohne Gedächtnis.«

»Schon klar, Chef. Haben Sie denn schon mal reingeguckt?«

Meine Assistentin überraschte mich immer wieder mit ihren ungewöhnlichen Ermittlungsmethoden. »Nein, Liesel, aber gute Idee. Könnte glatt von mir sein.« Ich schnappte mir also die Tasche und ließ das Schnappschloss aufschnappen. Dann griff ich hinein. Zum Vorschein kamen ein Lippenstift, eine Sonnenbrille, ein Hotelzimmerschlüssel und ein rotes Stofftaschentuch. Ich reihte die Gerätschaften vor mir auf dem Schreibtisch auf, als wollte ich Flohmarkt machen.

»Ist das alles, Chef?«

Erneut griff ich in die beigefarbene Ledertasche. »Pustekuchen, Liesel, hier ist mehr!«, sagte ich und holte ein Büchlein heraus, das ich sofort als Reisepass erkannte. »Na, dann werden wir die Identität der hübschen Unbekannten ja bald kennen.« Ich klappte den Pass auf. »Donnerwetter!«, pfiff ich durch die Zähne.

»Was steht denn drin, Herr Kommissar?« Liesel schien vor Spannung fast zu zerspringen.

»Donna Wetter. Das ist ihr Name! Vom Foto her ist sie es auch. Die Frau ohne Gedächtnis heißt Donna Wetter, 1,72 Meter groß und geboren in Lissabon. Dem Geburtsdatum nach müsste sie jetzt um die achtundzwanzig Jahre alt sein.«

Liesel nickte. »Na, dann wissen wir ja Bescheid«, meinte sie und lächelte.

Ich hingegen rückte nachdenklich meinen Hut zurecht. »Nicht ganz, liebe Liesel«, seufzte ich und holte einen weiteren Reisepass aus der Handtasche.

Liesel staunte wie bekloppt. »Noch ein Pass? Steht da was anderes drin?!«

»Wilma Koecken.«

Ungeduldig scharrte Polizeimeisterin Weppen mit ihren hübschen Hufen. »Was wollen Sie gucken, Herr Kommissar?«

»Habe ich doch schon gesagt. Wilma Koecken heißt sie laut diesem Pass. Das gleiche Foto ist drin, allerdings wurde sie in Oostende geboren, ist sechsundzwanzig und 1,69 Meter groß.«

Meine attraktive Assistentin biss sich angespannt auf die vollen Lippen. »Das ist ja wirklich ein starkes Stück!«

»Allerdings«, nickte ich und merkte, dass ich dringend einen Cognac brauchte, als ich einen dritten Reisepass aus der ledernen Handtasche fischte.

Liesels Augen wurden groß wie schöne Scheunentore. »Leck mich anne Fott!«, entfuhr es ihr.

»Woher wussten Sie das, Liesel?«

»Was?«

»Na, dass dieser Pass auf eine gewisse Anne Fott ausgestellt ist?«

»Wie bitte, Chef?«

»Anne Fott, 1,70 Meter groß, dreißig Jahre alt und geboren in Korschenbroich bei Mönchengladbach!«

Liesel blieb die Spucke weg, dennoch fragte sie: »Sagen Sie, Kommissar Engelmann, sind da etwa noch mehr Pässe in der Tasche?«

Ich sah nach und schüttelte dann den Kopf. »Nein, allerdings frage ich mich ernsthaft, was entweder Donna Wetter oder Wilma Koecken oder von mir aus auch Anne Fott mit diesem Ding hier will!« Ich zog den Revolver aus der Handtasche und schnüffelte daran. »Damit ist innerhalb der letzten sechzehn Stunden geschossen worden!«, stellte ich knurrend fest und warf den Ballermann zu dem ganzen anderen Gelumpe auf meinen Schreibtisch. Dann kramte ich eine *Overstolz* aus meinem Trenchcoat und steckte sie in Brand. Nach ein paar tiefen Zügen ließ ich meinen geschulten Ermittlerblick über das Sammelsurium vor mir schweifen: ein Lippenstift, eine Sonnenbrille, ein Hotelzimmerschlüssel, ein Stofftaschentuch, drei Reisepässe und ein Schießeisen. Ganz schön starker Tobak.

Und bei mir zu Hause im Schlafzimmer lag demnach eine blutverschmierte, sexy Frau, die *drei Frauen* gleichzeitig war. Wie passte das alles zusammen?

»Verdammte Hacke!«, brummte ich und drückte meine Kippe im Aschenbecher beim Telefon neben der Cognacflasche aus. »Was zum Teufel macht eine superschöne Frau mit Minirock, drei Identitäten und Revolver nachts auf einer unserer hiesigen Straßen? Und warum hat sie plötzlich ihr Gedächtnis verloren?«

Polizeimeisterin Weppen, die vor lauter Aufregung vorübergehend damit beschäftigt war, sich Affenschaukeln zu flechten, sah mich nun an und zuckte mit den Schultern.

»Vielleicht ist sie ja eine Verbrecherin, Chef. Der Revolver würde jedenfalls darauf hindeuten.«

»Stimmt Liesel. Aber sie könnte natürlich auch eine Kollegin sein.«

Liesel nickte. »Klar, Herr Kommissar, aber warum hat sie dann drei Pässe?«

Ich griff nach der Cognacflasche. »Vielleicht weil sie verdeckt ermittelt.«

»Aber Kommissar Engelmann, was gibt es denn in unserem Kaff verdeckt zu ermitteln? Alle Fälle, die Sie nicht lösen, die gibt es doch gar nicht!«

Ich schüttete mir einen doppelten Cognac in den Hals, der in der Zwischenzeit so trocken und rau geworden war wie Schmirgelpapier, und griff dann nach dem Telefonhörer. Vielleicht wusste ja der Herr Staatsanwalt, ob irgendeine rattenscharfe Polizistin zurzeit heimlich und verdeckt in Hiesig ermittelte. Meine Finger schossen so schnell durch die Wählscheibe, dass der Telefonnummer schwindelig wurde. Erst tutete es dreimal am anderen Ende, dann knackte es in der Leitung.

»Guten Morgen.« Die Stimme am anderen Ende gehörte einer sprechenden Frau, die telefonierte.

»Guten Morgen. Kommissar Heinz Engelmann von der hiesigen Mordkommission am Gerät. Ich hätte gerne mal den Herrn Staatsanwalt gesprochen.«

»Ah, Kommissar Engelmann. Hier ist Ida Oberstein.«

Ich stutzte. Idar-Oberstein? »Oh, tut mir leid, falsch verbunden«, erklärte ich verdutzt. »Eigentlich wollte ich nämlich den hiesigen Staatsanwalt Herrn Wischnewski sprechen.«

»Ich weiß, Kommissar Engelmann, ich bin Ida Oberstein, seine Sekretärin.«

»Ach, stimmt, Sie heißen ja so.«

»Staatsanwalt Wischnewski ist leider nicht im Haus.«

»So?«

»Er war heute noch gar nicht im Büro. Vermutlich hat er einen Vormittagstermin und kommt erst später rein. Soll er Sie zurückrufen, Herr Engelmann?«

»Nicht nötig, ich ruf wieder an, Frau Oberstein«, versprach ich und legte auf.

»Und jetzt, Chef?«, wollte daraufhin Liesel wissen.

Ich antwortete nicht, denn ich war mit einem Geistesblitz beschäftigt. Während des Telefonats war mein Blick auf den Hotelzimmerschlüssel gefallen, der bei all den Sachen lag, die Donna, Wilma und Anne in ihrer Lederhandtasche gehabt hatten.

Auf dem klobigen, bronzenen Anhänger, der an dem Schlüssel hing, prangte die Nummer 13. Ein extrem breites Grinsen schlich sich in meine Gesichtszüge, und in diesem Augenblick fasste ich einen spitzenmäßigen Plan. Jetzt war es an der Zeit zu ermitteln, dass die Schwarte krachte!

Kapitel 3

Obwohl ich als Leiter der hiesigen Mordkommission bekannter war als ein bunter Hund, erkannte mich das Mädel an der Rezeption nicht. Sie lächelte nur professionell freundlich, als ich den Eingangsbereich durchquerte. Meine Maskerade schien perfekt zu sein. Ein moderner Aufzug brachte mich in den ersten Stock des Hotels, und kurz darauf drchte ich den Schlüssel im Schloss zu Zimmer Nummer 13. Lautlos glitt ich hinein und verriegelte die Tür von innen.

Bevor ich meine Exkursion zum hiesigen Hotel *Hotel Hiesig* unternommen hatte, war ich bei mir zu Hause vorbeigefahren und hatte mir die Klamotten der blutverkrusteten, geheimnisvollen Frau übergezogen. Dann hatte ich meinen Hut noch tiefer in die Stirn gezogen als sonst, damit niemand merkte, dass ich keine langen, blonden Haare hatte. Natürlich hatte ich auch die beigefarbene Lederhandtasche samt Inhalt am Start.

Jetzt stand ich also in Zimmer 13, dem Zimmer, in dem die Unbekannte wohl aus irgendeinem Grund abgestiegen war.

Der Büstenhalter aus teurer Spitze kratzte etwas, was wohl an dem 2-lagigen Toilettenpapier liegen musste, dass ich kiloweise in die Körbchen gestopft hatte. Der Minirock kniff mich im Schritt und ich wünschte, ich hätte mir in den letzten Jahren mal die Beine rasiert. Aber das musste jetzt auch so gehen, denn was tat man nicht alles für eine perfekte Tarnung?

Ich sah mich im Zimmer um, fand aber nichts Verdächtiges. Genau genommen fand ich überhaupt nichts. Kein Gepäck, keine Zahnbürste, keine persönlichen Notizen, und – Gott sei Dank – keine weiteren Reisepässe.

Kurzerhand krallte ich mir ein Cognäcchen aus der Minibar, knöpfte meine türkisfarbene Bluse bis zum Bauchnabel auf und entfernte bei der Gelegenheit eine dicke Fluse. Dann machte ich es mir auf dem vollkommen unbenutzten Bett bequem. Jetzt hieß es abwarten, denn ich ahnte, dass ganz sicher etwas passieren würde. Tut es ja immer. Irgendwer würde diese scharfe Frau vermissen, ob sie nun Donna hieß, Anne oder von mir aus auch Wilma.

Ich hatte noch keine zwei Male an meinem Getränk genippt, da geschah auch schon prompt etwas!

Im ersten Moment nahm ich an, dass sich jemand im angrenzenden Badezimmer elektrisch rasierte, doch dann kombinierte ich messerscharf, dass das seltsame Summen aus der beigefarbenen Lederhandtasche kam, die ich vorhin lässig auf die Polstergarnitur gepfeffert hatte.

Ich also runter vom Bett und nix wie hin. Ratzfatz riss ich den Schnappverschluss auf und schüttete den gesamten Inhalt der Tasche auf dem Sofa aus. Das Summen ging unterdessen munter weiter. Während mir vor Aufregung ein paar Lagen Toilettenpapier aus dem Büstenhalter rutschten, traute ich meinen Augen nicht: Was da summte und blinkte war der Lippenstift!

Zögernd nahm ich das Teil in die Hand. Sollte es sich bei der schönen, unbekannten Frau etwa um eine Spionin handeln? Wer sonst konnte eine so ausgebuffte Apparatur in der Handtasche haben? Ich zog den Deckel ab und fand darunter natürlich keinen Lippenstift, sondern ein Minimikrofon samt klitzekleinem Lautsprecher.

Das Blinken blinkte jetzt nicht mehr, stattdessen hörte ich Stimmen. »Hallo 47/11! Bitte kommen!«, tönte es blechern aus dem Lippenstift.

47/11? Was sollte das denn? Etwa ein weiterer Deckname? Ich drehte das vibrierende Gerät hin und her und entdeckte dann an der Unterseite einen Knopf, der, wie ich hoffte, die Sprechfunktion aktivierte.

»Hier 47/11 am Gerät«, hauchte ich mit meiner süßesten Frauenstimme in das Lippenstiftmikrofon. »Was gibt es denn? Roger.«

»Was soll das?«, kam die prompte Antwort. Die Kommunikation klappte demnach wunderbar. »Hier ist nicht Roger, 47/11«, dröhnte es weiter aus dem Lippenstift, »hier sind Vitali und Wladimir.«

Aha, dachte ich. Offenbar zwei Namen, die ich mir merken sollte. Ich fummelte schnell eine *Overstolz* aus der Popotasche meines Minirocks, gab mir Feuer und drückte dann wieder den Knopf. »Ach ihr zwei beiden! Ich wollte nur sicher gehen, man kann ja nicht vorsichtig genug sein. Was wollt ihr denn, Vitali und Wladimir?«

»Was wir wollen? Bist du bescheuert, 47/11!«, fauchte jetzt eine andere Männerstimme aus dem Lippenstift, »oder hast du das Gedächtnis verloren?«

Gute Frage. Ich spürte, wie sich ein paar Schweißtropfen zu meiner Stirn gesellten. Da mir keine passende Antwort einfiel, wartete ich einfach ab, bis Vitali und Wladimir weitersabbelten.

»Hör zu, 47/11, der Boss wird langsam unruhig. Er will wissen, ob du den Auftrag ausgeführt hast!«

Was für ein Auftrag, verdammte Hacke! Worum ging es hier überhaupt? Der Minirock saugte sich erbarmungslos in meinem Schritt fest, und meine Stirn war mittlerweile so feucht, dass man locker Goldfische darauf hätte züchten können.

»Alles erledigt«, krächzte ich in den Lippenstift und hoffte inständig, dass sich der Frosch, den ich im Hals hatte, wieder vom Acker machte.

»Sehr gut, 47/11. Der Boss wird zufrieden sein. Aber er hat ja nicht umsonst die gefährlichste Profikilleragentin der Welt für den Job engagiert.« Es folgte ein blechernes Lachen, das durch den Lautsprecher zu mir drang.

»Wer … wer ist denn der Boss?«, hauchte ich vorsichtig, während ich mit einer Hand den Schweiß aus meiner türkisfarbenen Bluse wrang.

»Sag ich dir doch nicht! Aber mach dir keine Sorgen, die Mordsgage wird wie besprochen auf dein Schweizer Konto bei der Sparkasse überwiesen. Over and out.« Es knackte kurz im Lautsprecher, dann war der Lippenstift still.

Hier stand ich nun, der ausgebuffteste Kriminalist der Stadt in türkisfarbener Bluse, Minirock und mit schwarzen Lackpumps an den Füßen. Zugegeben, ich war zwar gerade mit meinem Latein am Ende, aber noch lange nicht bereit, die Kirche ins Dorf zu werfen.

Also drückte ich den Deckel auf den Lippenstift und warf ihn zusammen mit Revolver, Pässen, dem roten Taschentuch und der Sonnenbrille zurück in die lederne Handtasche.

Dann brachte ich das klamme Toilettenpapier in meinem Spitzen-BH wieder halbwegs in Form, knöpfte die klatschnass geschwitzte Bluse zu und beschloss, vom Hotel aus direkt nach Hause zu fahren. Dorthin, wo die gefährlichste Profikillerin der Welt blutverkrustet, ohne Erinnerung und splitternackt in meinem Bett lag.

***

Ich zog zwei Overstolz aus der Schachtel, die stets auf dem Nachttisch lag, und ließ mein Feuerzeug aufflammen. Ihr pulsierend heißer Traumkörper schmiegte sich an mich, wie die honigfarbene Spätnachmittagssonne, die durch das

Schlafzimmerfenster hereintropfte. Als ich ihr einen der Glimmstängel in den Mund schob, schienen ihre Lippen noch immer vom Liebescrescendo zu beben, wie zwei Schlauchboote in der Gischt.

»Geht es dir gut, Liebling?«, fragte ich zärtlich und strich ihr die verklebten Strähnen aus dem glühenden Gesicht.

Sie schenkte mir ein Lächeln, das ich bis in den Schritt spürte. »Wer *sind* Sie?«

Ich nahm einen Zug von meiner köstlichen Kippe und rückte meinen Hut zurecht. »Ich bin der Heinz. Und wer bist du?«

Sie schüttelte leicht den Kopf. »Ich weiß es nicht.«

»War es auch so schön für dich?«

»Was denn?«

»Na, das hier. Mit uns beiden.«

»Wer *sind* Sie?«

»Ich bin der Heinz. Sieh mal, was ich hier habe, Liebling«, sagte ich und zog die beigefarbene Lederhandtasche unter meinem Kopfkissen hervor.

»Hä?«

»Das ist deine Handtasche.«

Sie guckte wie die Kandidatin in einer Ratesendung. »Was genau ist eine Handtasche?«

»Ich stelle hier die Fragen, Liebling«, entgegnete ich freundlich. »Was sagen dir die Namen Donna Wetter, Wilma Koecken und Anne Fott?«

»Nichts. Was sind das denn für Leute?«

Ich drückte meine Kippe im Aschenbecher neben der Nachttischlampe aus. »Ach, vergiss es«, winkte ich ab, während mich die Schönheit anstarrte.

»Und wer sind *Sie*?«

»Ich bin immer noch der Heinz«, frischte ich ihr Gedächtnis erneut auf.

Sie nickte. »Und was machen wir nackt auf dem Bett, Heinz?«

Schade, die Frau konnte sich aber auch gar nichts merken. Hatte aber irgendwie etwas für sich, denn so konnte mir die gefährlichste Profikilleragentin der Welt überhaupt nicht gefährlich werden. Außerdem würde ich sie beim *Memory* haushoch schlagen können!

»Willst du auch einen Cognac, Liebling?« Ich zog die Schublade des Nachttischs auf und holte meine Gute-Nacht-Pulle zum Vorschein. »Weißt du, ich trinke immer unheimlich gerne einen kleinen nach dem Sex.«

Obwohl sie nichts an hatte, guckte sie jetzt blöd aus der Wäsche. »Nach *wem*?«

Ich nahm einen großen Schluck aus der Gute-Nacht-Pulle, und plötzlich fiel mir etwas ein, das ich völlig vergessen hatte. Also hechtete ich aus dem Bett und sprang in die Diele, wo mein Telefonapparat zu stehen pflegte. Ich nahm den Hörer in die Hand und der Wählscheibe war klar, worum es sich drehte. Dann tutete es auch schon am anderen Ende der Leitung.

»Hallo, hier ist Ida Oberstein«

»Guten Tag, Frau Oberstein, ich bin es noch einmal, Kommissar Heinz Engelmann von der hiesigen Mordkommission. Ist Staatsanwalt Wischnewski jetzt zu sprechen?«

»Tja, Herr Kommissar, das ist sich so ...« Entweder schien die Stimme der Sekretärin zu zittern wie Wackelpeter bei einem Erdbeben, oder ich bildete mir das nur ein. »Der Herr Staatsanwalt war bisher nicht im Büro!«

»Och!«, staunte ich. »Und Bescheid gesagt, wo er ist, hat er auch nicht?«

»Leider nein, leider gar nicht.«

Die Sache gefiel mir nicht, und ich legte auf, ohne Tschüss zu sagen.

Nun war es höchste Zeit, dass ich meinen Grips interviewte. Warum turnte in Hiesig auf einmal ein Mordsweib mit der Lizenz zum Töten und ohne Gedächtnis herum? Und wer war ihr geheimnisvoller Boss? Welche Rolle spielten die beiden Fuzzis aus dem Lippenstift und wieso war jetzt auch noch der Staatsanwalt verschwunden?! Oder war der gar nicht verschwunden, sondern im Urlaub und hatte verschwitzt, es seiner Sekretärin zu erzählen? Verdammte Hacke aber auch!

Dieser Fall war mittlerweile so verworren wie ein Teller Spaghetti, und ich fing an, mit der Gesamtsituation unzufrieden zu sein.

Also nahm ich grummelnd eine *Overstolz* aus der Schachtel, die stets in der Diele neben dem Telefon bei der Garderobe lag, zündete sie an und griff dann wieder nach dem Hörer.

Kapitel 4

Die Privatwohnung von Staatsanwalt Wischnewski lag in der Dingenskirchener Straße 7. Als ich den rosaroten Panda neben dem fünfstöckigen Jugendstilhaus zum Stehen brachte, stand Polizeimeisterin Weppen schon davor. Ich hatte meine Assistentin, die noch im Büro Akten am Wälzen gewesen war, gebeten, mich hier zu treffen.

Wir mussten auf alles gefasst sein!

Da die Haustüre nur angelehnt war, schlüpften wir hinein. Es roch nach Blutwurst im Treppenhaus. Wir erklommen genau einhundertvier Stufen, bis zum Dachgeschoss. Hier oben lagen drei Wohnungen, Wischnewski wohnte in der mittleren. Schon des Öfteren war ich bei meinem Vorgesetzten zu Hause gewesen, um ihm nach Feierabend noch wichtige Unterlagen zu bringen. Manchmal hatten wir auch einfach zusammen eine Partie *Fang den Hut* gespielt und dabei ein paar Cognacs gekippt.

Ich drückte die Klingel.

Nichts passierte.

Nach einer Viertelstunde versuchte ich es erneut.

Wieder nichts.

Dann wurde die Wohnungstür einen Spalt geöffnet. Allerdings nicht die vom Herrn Staatsanwalt, sondern die links daneben und eine alte Frau in geblümtem Putzkittel steckte ihr faltiges Gesicht zu uns ins Treppenhaus.

»Ich bin Frau Schröder, die Nachbarin. Suchen Sie was?« Ihre Stimme passte toll zu ihrer runzligen Lederhaut.

»Guten Tag, Frau Schröder, ich hätte da gerne mal eine Frage«, sagte ich und trat zu ihr hin.

»Was gibt's denn?« Sie roch nach Ölofen und Bohnerwachs.

»Wir möchten den Herrn Staatsanwalt besuchen. Ist er nicht da?«

»Staatsanwalt?« Ihre Augen zuckten verdattert in den faltigen Fassungen hin und her.

»Genau, Staatsanwalt Wischnewski. Siegfried Wischnewski.«

»Ham wir hier nicht!« Ihr Tonfall war jetzt kurz vor pampig.

»Aber gute Frau Schröder«, entgegnete ich leicht irritiert, »Ich war doch schon zigmal bei ihm. Klein und rundlich mit Hakennase. Bis auf einen grauen Haarkranz ist er kahl. Ach ja, und er trägt eine Nickelbrille.«

»Stimmt, er sieht aus wie die Zweitbesetzung von *Doktor Snuggles*«, krakelte die Kittelschabracke, »nur, dass der nicht Staatsanwalt ist und Wischnewski heißt. Der Herr ist Elektriker und heißt Meetisch!«

Meetisch? *Herr Meetisch*?! Wollte die Olle mich veräppeln oder hatte die zu viel Bohnerwachs geraucht?

Auch Liesel rollte vielsagend mit ihren hübschen Augen.

»Hören Sie zu, Sie Gewitterziege«, pflaumte ich. »Sie sagen mir jetzt sofort, warum der Herr Staatsanwalt nicht aufmacht! Und hören Sie endlich auf zu behaupten, er hieße ganz anders! Wir sind nämlich von der Schmiere. Ich persönlich bin Kommissar Heinz Engelmann, Leiter der hiesigen Mordkommission, und es besteht dringender Verdacht, dass Staatsanwalt Wischnewski eventuell zu Hause ist!«

Frau Schröder lief blau an. »Wie ein Kommissar sehen Sie gar nicht aus«, raunte sie verächtlich, »eher wie ein billiges Flittchen.«

Wo sie recht hatte, hatte sie recht. In der türkisfarbenen Bluse, dem Minirock, den schwarzen Lackpumps und mit dem prallen Büstenhalter voller Toilettenpapier kam ich tatsächlich mehr wie ein Pornosternchen rüber.

Ich bat Liesel, mir mein Megafon zu reichen, das ich sonst stets selbst bei mir trug und das sie aufgrund meines knappen Outfits ausnahmsweise für mich gehalten hatte, und richtete es volles Rohr auf Frau Schröder. »Achtung, Achtung! Hier spricht die Polizei!«, brüllte ich hinein.

Die wenigen silbernen Haarsträhnen der Alten zappelten durch die Druckwelle wild umher.

Ich krakeelte weiter. »Es gibt hier nichts zu sehen! Bitte verlassen Sie umgehend das Treppenhaus und gehen in Ihre Wohnungen zurück! Achtung, Achtung, Tschüss und auf Wiedersehen!«

Nachdem die zerzauste Frau Schröder taub in ihre Bude verschwunden war, gab ich Polizeimeisterin Weppen das Megafon wieder an die Hand und trat mit voller Wucht Wischnewskis hermetisch abgeriegelte Wohnungstür ein.

* * *

Abgesehen von dem hässlich herausgesplitterten Türschloss war das Domizil des Staatsanwalts so, wie ich es in Erinnerung hatte: mit hohen Stuckdecken, bordeauxroten Stoffen vor den Fenstern und mit antikem Holzmobiliar äußerst geschmackvoll eingerichtet. Im ersten Augenblick fanden wir weder meinen Vorgesetzten, noch seine Leiche vor. Aber was nicht war, konnte ja noch werden, daher bat ich Liesel, sich Badezimmer und Küche vorzunehmen, ich würde währenddessen Wohn- und Esszimmer durchstöbern.

Das *Fang-den-Hut*-Spiel stand an seinem angestammten Platz, auf dem Mahagoni-Beistelltischchen neben dem Ohrensessel mit Dachsfellüberzug. Im Wohnzimmer herrschte stickige Luft, daher zog ich einen der Vorhänge zur Seite und öffnete das Fenster. Es führte zur Straße hin. Ich atmete tief durch, und lauer Abendwind wehte durch meine leicht aufgeknöpfte Bluse.

Aus irgendeinem Grund musste ich an meine letzte Begegnung mit Wischnewski denken. Am Vorabend vor dem Präsidium. Er wirkte gut gelaunt und hatte erwähnt, dass er noch einen Termin habe. Was mochte das bloß für eine Verabredung gewesen sein?

Nachdenklich ging ich zum Ohrensessel, ließ mich hineinsinken und zupfte die Falten aus meinen Minirock. Auf dem Couchtisch vor mir lag ein Schnellhefter mit der Aufschrift *Geheimer Schnellhefter – Finger wech!* Blitzschnell schob ich ihn unter meine Bluse, wobei ein Stückchen Papier herausfiel und sanft zu Boden segelte. Ich hob es auf und musste gefühlte fünfzig Mal lesen, was darauf gedruckt war, um es halbwegs zu begreifen.

Dann glaubte ich plötzlich, ein Geräusch zu hören.

»Sieh mal einer an! Was für eine Überraschung!«

Ich schreckte hoch wie Espenlaub.

»Jetzt hast du ein Problem, 47/11. Der Boss mag nämlich keine Extratouren.« Die Stimme erkannte ich sofort aus dem Lippenstift wieder. Es war Vitali oder Wladimir.

»Ich bin Wladimir, und das ist Vitali«, zischte der eine unfreundlich und baute sich vor dem Ohrensessel auf wie ein Boxer. »Kriegst wohl den Hals nicht voll, was, du Schlampe!«

Beide waren ziemliche Stiernacken und funkelten mich böse an, doch ich ließ mich nicht unterkriegen. »Was macht ihr denn eigentlich hier, Jungs?«, fragte ich keck und knetete das Toilettenpapier in meinem Spitzen-BH.

»Ähem … ja … der Boss schickt uns, 47/11«, begann Vitali leicht errötend, »Wir sollen hier aus seiner Wohnung einen geheimen Schnellhefter holen, den er gestern Abend liegen gelassen hat.«

»Aha. Hab keinen Schnellhefter gesehen. Hier wohnt also der Boss?«

Beide Stiernacken nickten stierend.

»Tja, Kollegen, da habe ich aber schlechte Nachrichten für euch«, frotzelte ich. »Der Boss weilt leider seit fast zwanzig Lenzen nicht mehr unter uns!« Ich wedelte dazu mit dem Totenschein, um meine Worte zu unterstreichen. Diese Einladung zu Staatsanwalt Siegfried Wischnewskis Beerdigung vor achtzehneinhalb Jahren war Beweis genug dafür, dass er nicht mehr lebte.

»Das kann ja gar nicht sein!«, explodierte Wladimir und zog ein Messer hervor, »der Boss war doch vorhin noch mit uns unten im ...« Er redete nicht weiter. Konnte er auch nicht, denn der Schuss, der hinter ihm abgefeuert worden war, hatte seinen Schädel mit einem fiesen Knacken perforiert und musste auf der Durchreise auch sein Sprachzentrum erwischt haben. Wortlos sackte er zu Boden und gab den Blick auf Polizeimeisterin Weppen frei, die im Türrahmen stand und ihre Dienstwumme in die Halterung zurücksteckte.

»Och Manno, Liesel! Der Lump wollte mir gerade was verklickern.«

»Tut mir leid, Chef, aber ich dachte, er wollte Sie abstechen.«

Apropos abstechen: Vitali hatte unterdessen das heruntergefallene Messer seines Kumpans an sich genommen. »Elende Verräterin, du arbeitest mit der Polente zusammen!«, keifte er mich an, »Dafür klappe ich dir jetzt die Schneidezähne nach innen, 47/11!«

»Hör doch auf mit dem Mist, Vitali«, rief ich und sprang aus dem Ohrensessel, »sag mir einfach, wo ihr vorhin noch wart, dann wird alles gut.«

»Schnauze, 47/11!« Für den Stiernacken war ich jetzt wohl ein rotes Tuch, denn er stampfte mit der Klinge im Anschlag grimmig auf mich zu.

Geistesgegenwärtig zeigte ich zu dem geöffneten Fenster und rief erstaunt: »Kumma, da hinten! Ein Ufo!«

Vitali hielt prompt inne und starrte Richtung Fenster. »Was? Wo soll ein Ufo sein?!«

Wieder deutete ich nach draußen, wo außer frischer Luft natürlich überhaupt nichts war.

»Wo denn, du Luder?«, fragte der Stiernacken neugierig und trat ans Fenster. »Ich wollte immer schon mal eins sehen!«

»Da draußen«, beteuerte ich grinsend, »Links rum!«

Vitali schob seinen Oberkörper aus dem Fenster, um das Ufo gut sehen zu können.

Es war zum Schießen. Meine altbewährte *Kumma-da-hinten-ein-Ufo*-Routine verfehlte doch tatsächlich nie ihre Wirkung. Ich gab Liesel ein Zeichen, dass sie Vitali von hinten die Handschellen anlegen sollte, doch der Ganove hatte sich bereits zu weit aus dem Fenster gelehnt. Sein massiver Stiernacken hatte für das nötige Übergewicht gesorgt und der verrückte Vogel machte nicht nur die Flatter, sondern ging auch fünf Stockwerke tiefer wie eine überreife Melone kaputt.

Liesel, die zum Fenster gesaust war und nur noch die beiden dunkelbraunen Halbschuhe des Schurken hatte packen können, sah mich enttäuscht an. Natürlich konnte meine Assistentin nicht ahnen, dass die Schuhe der Schlüssel zur Lösung dieses undurchsichtigen Falls waren. Wie konnte sie auch? Ich, Kommissar Heinz Engelmann, hatte es doch selber gerade erst begriffen!

Für mich war logisch, dass wir nun so was von dringend ins Polizeipräsidium mussten, daher schnappte ich mir Vitalis Treter und rannte gemeinsam mit Liesel aus der Dachgeschosswohnung, durch das nach Blutwurst stinkende Treppenhaus, und – so schnell es meine hohen Absätze erlaubten – geradewegs ins nächste Kapitel.

Kapitel 5

Außerhalb des Präsidiums war mittlerweile die Dunkelheit in vollem Gange. Ich saß in meinem Büro und schenkte mir aus der Flasche, die stets auf meinem Schreibtisch neben dem Telefon beim Aschenbecher parat stand, einen mehrstöckigen Cognac ein und haute ihn weg. Ich fummelte eine Zigarette aus dem Päckchen, das vor mir auf dem Schreibtisch beim Aschenbecher neben der Flasche beim Telefon lag, und entzündete mir eine *Overstolz*, deren Rauch meine Geschmacksknospen ins Paradies entführte. Ich brachte meine Lungenflügel mit ein paar tiefen Zügen gehörig zum Brutzeln und löschte dann mit einem Schlückchen Cognac nach.

Nicht mehr lange und dieser Fall würde so gut wie aufgeklärt sein!

Dann flog plötzlich die Bürotür auf und Liesel Weppen stürmte herein.

Aufgeregt wie ein Kind an Heiligabend drückte ich meine *Overstolz* im Aschenbecher neben dem Telefon bei der Cognacflasche auf dem Schreibtisch aus. »Und, Liesel? Was sagt die Anna Lühse?«

Frau Doktor Anna Lühse war unsere hiesige Pathologin, die aber auch das Polizeilabor sowie die Gerichtsmedizin betreute und sich toll mit Chemie auskannte. Liesel hatte ihr Vitalis Überreste zur Untersuchung überlassen, denn mir war als ausgebuffter Ermittler völlig klar, dass die braunen Halbschuhe mehr als nur eine heiße Spur waren.

»Also Chef«, legte meine attraktive Assistentin keuchend los. »In einem der Absätze war doch tatsächlich ein Funksender samt Empfänger versteckt!«

»Bitte keine Details, liebe Liesel. Mich interessiert nur, was *unter* den Schuhen war.«

Liesel nickte.

»Sie werden staunen, Chef! Unter den Schuhen hat Frau Doktor Lühse doch wahrhaftig geheime Codes gefunden!«

»So?« Ich fing an, erwartungsvoll zu staunen.

»Ja, Chef, auf beiden Sohlen stand seltsamerweise die Zahl *39*.

»Natürlich, das könnte auch irgendwann mal wichtig sein«, meinte ich und zupfte mir ein paar Fältchen aus dem Minirock.

»Und sonst? Was sagt die Anna Lühse denn zu dem Lehm, der unter Vitalis Latschen klebte?«

»Ach, der Dreck«, meinte Liesel und zuckte mit den Schultern, »Das ist bloß ein harmloses Gemisch aus Erdreich und Weihwasser.«

Schlagartig gesellte sich ein Schuss Adrenalin zu dem Blut in meinen Adern. »Bingo!«, stieß ich hervor und grinste Liesel triumphierend an, »also für mich ist der Fall klar. Und für Sie?«

* * *

Die hiesigen Straßen waren in nächtliches Licht getaucht, und der Mond war auch wieder da. Mit qualmenden Reifen brachte ich den rosaroten Panda in Fahrt und jagte ihn schließlich auf 58 km/h innerhalb geschlossener Ortschaften hoch!

Liesel krallte sich, wie so oft, am Armaturenbrett fest und schluckte, weil ihr bei diesem Tempo der Druck auf den Ohren zu doll wurde. »Hilfe, Chef, wo zum Teufel düsen wir denn hin?«

Bevor ich antworten konnte, bremste ich auch schon vor der hiesigen Kirche. Keine Ahnung, warum mir das jetzt einfiel, aber unweit von hier war am Vortag die schöne Killerin überfahren worden, die jetzt blutverkrustet bei mir im Bett lag. Entschlossen sprang ich aus dem Wagen und betrat den Friedhof, der neben der Kirche lag, durch ein gusseisernes Törchen.

Liesel folgte mir mit ratloser Miene. »Aber Herr Kommissar, was geht denn jetzt hier ab?«

Bevor ich antworten konnte, war ich quer über die Gräber gestapft und stand plötzlich neben einer Leiche.

Polizeimeisterin Weppen riss wie angewurzelt die Augen auf und fiel vom Glauben ab. »Der Herr Pfarrer!«

»Aber hallo«, nickte ich und sah hinunter auf das bowlingkugelgroße Loch im Kopf des greisen Geistlichen, der auf einem Grab lag, das ihm nicht gehörte.

»Ist er tot?«, fragte Liesel, in deren Haar sich gleißendes Mondlicht verfangen hatte.

Bevor ich antworten konnte, hatte ich bereits die Leiche des hiesigen Pfarrers aus dem Weg gerollt und den Blick auf die darunter befindliche Steinplatte freigemacht.
Darauf stand

Hier ruht
Staatsanwalt SIEGFRIED WISCHNEWSKI
* neunzehnhundertsoundso
† neunzehnhundertsoundso

Ich sah auch sofort, dass die Grabplatte keine normale Grabplatte war, denn sie hatte eine Klinke. Die Klinke ließ sich ganz leicht runterdrücken und die Platte im Anschluss prima hochklappen. Mich wunderte nicht, dass darunter überhaupt kein Grab zum Vorschein kam, sondern eine Treppe, die in die Tiefe führte! Ein gut gekühlter Schauder lief mir über den Rücken, doch ich wusste, dass ich diesen Fall nur dort unten aufklären konnte. Also nahm ich Liesels Hand und machte mich gemeinsam mit ihr auf den Weg in das klamme, schwarze Loch.

Mit angehaltenem Atem zockelten wir die glitschige Treppe hinab, genau neununddreißig Stufen lang.

»Neununddreißig Stufen, Herr Kommissar!«, flüsterte mir Liesel aufgeregt in den Nacken, »die gleiche Zahl wie … auf … Vitalis … Schuh …« Polizeimeisterin Weppens Mund blieb weit offen stehen und verstummte.

Auch ich hielt inne und schluckte.

In der Mitte eines von flackernden Gaslaternen erleuchteten Gewölbekellers thronte ein gigantisches, stählernes Monstrum! Auf den ersten Blick mutete es wie eine Kreuzung aus Hubschrauber, Düsenjäger und Pottwal an, und das änderte sich auch auf den zweiten Blick nicht. Noch dazu wurde dieses Ungetüm durch die altertümliche Beleuchtung in ein gespenstisches Licht getaucht.

Unfassbar! Darum ging es also die ganze Zeit!

Kein Wunder, dass sich in Hiesig neuerdings die Spione und Killer nur so tummelten. Wem auch immer solch eine Kampfmaschine in die Hände fiel, würde der restlichen Welt zeigen können, wo der Hammer hängt!

Ich spürte Liesels zitternde Hand in meiner. »Was … was ist das, Chef?«, brachte sie mühsam über die Lippen und konnte ihren Blick keine Sekunde von dem Furcht einflößenden Monstrum abwenden.

»Verdammte Hacke, da müsste ich raten, Liesel«, murmelte ich noch, als das hässliche Spannen eines Revolverhahns durch den Gewölbekeller hallte.

»Na dann raten Sie mal, 47/11!« Im schummrigen Gaslicht erkannte ich die Umrisse seines Haarkranzes: *Doktor Snuggles* war sozusagen in the house! »Ich hab Ihnen reichlich Zaster gegeben, damit Sie den Pfarrer wegpusten, 47/11, aber die Kripo mit hier runterzubringen, ist wirklich nicht die feine hiesige Art!« Der kleine, rundliche Mann schien ganz schön sauer zu sein. Die roten Äderchen in seinen Augäpfeln funkelten wie Lötzinn. »Und lassen Sie sich ja nicht einfallen, mein atombetriebenes Unterwasserflugzeug anzutatschen, Sie gierige Schlampe!«

Augenblicklich wurde mir klar, dass ich ja noch immer als die gefährlichste Profikilleragentin der Welt getarnt war. »Ach, lassen Sie sich doch bitte von meinem anziehenden Äußeren nicht täuschen«, meinte ich und riss mir das Toilettenpapier aus dem prall gefüllten BH. »Im echten Leben bin ich Kommissar Engelmann!«

Das saß! Der Mann mit der Nickelbrille war so geschockt, dass ihm glatt die Knarre aus der Hand rutschte. »Und ich bin Herr Meetisch, geboren in Nürnberg, dem Geburtsdatum nach sechsundfünfzig Jahre alt und 1,58 Meter groß. Von Beruf bin ich Elektriker. Das steht auch so in meinem Reisepass.«

»Mit Ihrem Doppelleben als Staatsanwalt ist es jedenfalls jetzt aus«, knurrte ich. »Aber wozu die ganze Scharade?«

Er senkte den kahlen Schädel samt grauem Haarkranz. »Tja, nach der Pleite meines Nürnberger Elektroladens vor achtzehn Jahren bin ich hier bei meinem hiesigen Onkel Siegfried, dem Staatsanwalt, untergetaucht. Und als der ein halbes Jahr später von irgendeinem besoffenen Polizeischüler gegenüber der Kirche über den Haufen gefahren wurde und verblutete, schaffte ich die Leiche weg und nahm unbemerkt seinen Platz ein.«

Polizeimeisterin Weppen warf ihr Haar in den Nacken und zeigte zur Decke des Gewölbes hinauf. »Und das Grab da oben mit den Treppen ist demnach nur Tarnung, was?«

Herr Meetisch nickte. »Aber der Totenschein aus dem geheimen Schnellhefter hat sie verraten!«, pflaumte ich ihn an, und die Miene des rundlichen Elektrikers verhärtete sich.

»Da sollten Sie ja auch gefälligst die Finger von wech lassen, Engelmann!«

»Pech mit Soße!«, grinste ich breit und kratzte mich am Busen. »Aber was ich Sie immer schon mal fragen wollte, Herr Meetisch: Warum haben Sie hier unten eigentlich ein atombetriebenes Unterwasserflugzeug gebaut?«

»Wo soll ich es denn sonst bauen, Engelmann?«, entgegnete er matt. »Vielleicht mitten auf dem hiesigen Marktplatz?! Das wäre doch aufgefallen. Die Idee für das geniale Gerät kam mir eines Tages auf dem Männerklo im Polizeipräsidium. Also skizzierte ich es schnell in dem geheimen Schnellhefter, den ich zur Hand hatte, und bastelte dann nach Feierabend peu à peu hier unter dem falschen Grab meines Onkels an der grandiosen Erfindung. Mir war klar, dass ich aus den Miesen raus sein würde, wenn ich das atombetriebene Unterwasserflugzeug für mehrere tausend Eier an irgendeine Weltmacht verkloppen würde.«

Das leuchtete mir natürlich ein, und wie ein atomares Puzzle fügte sich dieser Spionagefall Teilchen für Teilchen zusammen. »Doch der Herr Pfarrer hörte oben auf dem Friedhof Ihre Schweiß- und Hämmergeräusche und rief mich an«, kombinierte ich abgebrüht weiter. »Als Sie gestern Abend davon erfuhren, schickten Sie Vitali und Wladimir los, eine Agentin anzuheuern, die nebenbei die gefährlichste Profikillerin der Welt ist, um den armen Herrn Pfarrer umzunieten!«

Herr Meetisch schien am Ende zu sein. Wäre er Bibi Blocksberg gewesen, hätte er sich weggehext.

»Ach, sagen Sie«, schaltete sich jetzt Liesel wieder ein, »welche Rolle spielten überhaupt die beiden Stiernacken? Waren das etwa auch Agenten?«

Der kleine, rundliche Mann schüttelte den Haarkranz. »Ach wo, das sind zwei ehemalige Lehrlinge von mir, die für ein paar Piepen alles tun. Sie haben mir alle möglichen Bauteile und das nötige Uran besorgt.«

So etwas hatte ich mir natürlich gedacht. »Und bitte wie wollen Sie dieses riesige Atomdings aus der Gruft kriegen, Sie Lümmel?«, fragte ich sarkastisch, und Liesel ergänzte nicht minder pampig: »Allein die Tragflächen sind doch dreißig Meter weit!«

Für einen Moment herrschte in dem klammen Gewölbekeller absolute Stille. Man hätte eine Stecknadel in einen Heuhaufen fallen hören können.

Herr Meetisch, der aussah wie Staatsanwalt Wischnewski, glotzte zu Boden und sackte in sich zusammen wie ein kleines, rundliches Kartenhaus mit silbernem Haarkranz. Dann wurden seine Augen feucht wie Kloßbrühe. »Ach Scheiße, Engelmann«, murmelte er, »ich wusste, dass die Sache einen Haken hat!«

Kapitel 6

Während Polizeimeisterin Liesel Weppen den tränenüberströmten Herrn Meetisch in Handschellen die neununddreißig Stufen hinaufgeleitete und ins hiesige Gefängnis brachte, stieg ich vor dem Friedhofseingang in meinen Wagen und fuhr heim. Meine Füße brachten mich um, und ich musste dringend aus den Lackpumps. Außerdem brauchte ich jetzt einen Cognac.

Während mein rosaroter Panda mit 37 km/h durch die hiesige Nacht peitschte, dachte ich an die wunderschöne Frau, die in meiner Wohnung auf mich wartete, und ein wohliges Kribbeln kroch mir durch den Magen. Ein Gefühl, das ich nicht mehr gehabt hatte, seit ich mich damals in meine Ehefrau Frau Engelmann verliebt hatte. Doch unsere Ehe war vor einer Weile auseinandergegangen, kurz nachdem sie in der hiesigen Innenstadt mit einem Tortenheber erstochen worden war.

Vielleicht war es Zeit für eine neue Frau in meinem Leben? Okay, der heiße Feger bei mir zu Hause war Auftragskillerin und noch dazu eine Agentin, aber das hatte sie ja völlig vergessen. Außerdem macht jeder mal Fehler. Selbstverständlich könnte ich die Frau ohne Gedächtnis locker einbuchten oder sie an *Amnesie International* überweisen, doch selbst ein gewiefter Kriminalkommissar muss manchmal Berufliches und Privates trennen. Ganz klar, zuerst sollten wir uns für einen ihrer drei Namen entscheiden, ich müsste das Schild am Briefkasten ändern und einen Termin beim Standesamt machen, doch dann könnten wir super zusammenleben.

Doch es sollte alles ganz anders kommen.

* * *

Ich fand meine wunderschöne Spionin auf dem Sofa im Wohnzimmer vor. Sie aß Flips und guckte *Am laufenden Band*. Dass sie dabei splitternackt war, lag daran, dass ich noch immer ihre Anziehsachen trug.

»Wer sind Sie?«, fragte sie und leckte sich den Erdnussstaub von den verführerischen Lippen.

»Ich bin Kommissar Heinz Engelmann von der hiesigen Mordkommission und der Mann deiner Träume«, lächelte ich und zog als Beweis meinen Dienstausweis hervor. Kurz vor der Verlobung sollte man ganz offen miteinander sein. Dann schob auch ich mir eine Ladung Flips in die Luke und erzählte der zukünftigen Frau Engelmann, wie toll ich den *Fall Herr Meetisch* abgeschlossen hatte.

»Und dann wies ich den Typen, den ich jahrelang für Staatsanwalt Wischnewski gehalten hatte, noch darauf hin, dass es saublöd war, das atombetriebene Unterwasserflugzeug zusammenzubauen, um erst *danach* nach einem Käufer zu suchen«, leitete ich schließlich das Ende meiner Berichterstattung ein, »Anstatt das Monstrum *erst* zu verhökern und es anschließend heimlich in der Gruft zu konstruieren.«

Mittlerweile war die Flipstüte leer gefuttert und ich ließ mich erschöpft zu meiner Verlobten aufs Sofa fallen und trat ihre Pumps von meinen Füßen, die so geschwollen waren, dass sie Horst Tapperts Tränensäcken Konkurrenz machten.

»Na und dann habe ich Herrn Meetisch verhaften lassen, Liebling.«

»Eine tolle Geschichte«, staunte die schöne Spionin, und fragte mal nicht, wer ich sei, sondern: »Warum hat dieser Meetisch das Atomdings überhaupt gebaut? Er hätte doch einfach nur seine Baupläne verkloppen können?«

Da war ich aber baff. »Ja, Liebling, das wäre auch eine Idee wert gewesen. Und apropos Baupläne, die sind übrigens hier in diesem geheimen Schnellhefter.«

Cool zog ich die Mappe aus meinem Ausschnitt und wedelte damit im Wohnzimmer herum. Dann klickte etwas, doch ich wäre nie darauf gekommen, dass es ein Revolverhahn sein könnte.

»Aber Liebling …« Sie hatte ihren Ballermann direkt auf meine Stirn gerichtet und in ihrem Blick klimperten Eiswürfel.

Verdammte Hacke! Das gab dem Verlauf der Dinge natürlich eine überraschende Wendung. Sie musste sich den Revolver in meiner Abwesenheit aus der Lederhandtasche geholt und unter dem Sofapolster versteckt haben!

Da hatte mich das Luder aber ganz schön ausgetrickst, dachte ich und warf den geheimen Schnellhefter knurrend auf den Couchtisch.

»Zu freundlich, dass du mir die Pläne besorgt hast, Herr Kommissar!«, schnurrte sie und ihr Augenaufschlag erinnerte mich an eine hungrige, Fleisch fressende Pflanze.

Mein kriminalistischer Verstand fuhr Karussell. Die gefährlichste Profikilleragentin der Welt hatte sich über mich an den Herrn Staatsanwalt heranmachen wollen, der gar nicht der Staatsanwalt war. Sie war auch gar nicht überfahren worden, sondern hatte sich vor meinen rosaroten Panda geschmissen, um schwere Verletzungen vorzutäuschen, und um in meiner Wohnung untertauchen zu können, da sie wusste, dass das hiesige Krankenhaus nachts geschlossen war und diese Stiernackenfuzzis Wladimir und Vitali ihr Hotelzimmer beschatteten. Was für ein cleveres Luder!

Noch immer zeigte der erbarmungslose Lauf ihres Revolvers auf meine Stirn.

»Und obwohl du ganz schön fesch aussiehst, Engelmann, gib mir doch bitte jetzt meine Klamotten wieder, mir wird nämlich langsam kalt im Evakostümchen. Sie fuchtelte entschlossen mit der Waffe. »Na wird's bald?«

Ich legte Minirock, Bluse und Büstenhalter ab. Nur meinen Hut behielt ich auf.

»Es ging dir also die ganze Zeit um die Pläne für das atombetriebene Unterwasserflugzeug, Liebling?«, fragte ich zähneknirschend und zärtlich zugleich, denn ich wollte trotz der Tatsache, dass ich in Lebensgefahr schwebte, alles tun, um unsere Verlobung zu retten.

»Da kannste aber einen drauf lassen!«, triumphierte die kesse Killerin und lächelte.

Ich kombinierte unterdessen wie bekloppt weiter und zog unglaubliche Schlüsse. »Das heißt auch, dein Gedächtnis war nie futsch?«

»Soweit ich mich erinnere, nicht!« Sie zuckte mit den schönen Schultern und seufzte. »Ach Heinz, du hast schon damals in der Schule echt gar nichts gerafft!«

Wie war das?! Wie konnte diese Killerin eins meiner bestgehüteten Geheimnisse kennen? Tja, hätte sie mich jetzt erschossen, dann wäre ich dumm gestorben, stattdessen geschah aber etwas viel Besseres: Die Frau mit der Wumme griff sich mitten in ihr unwiderstehliches Gesicht und riss es herunter wie eine hautfarbene Gummibadehaube aus Wachs. Darunter kam eine weitere Visage zum Vorschein, etwa fünfzehn Jahre älter als die vorherige, mit eng stehenden Augen und buschigen, über der Nase zusammengewachsenen Augenbrauen.

Und *diese* Fresse kam mir sehr bekannt vor. »Na, das ist ja wohl der Hammer!«, rief ich erstaunt aus. »Elke?!« Die Frau, die nun vor mir stand, war niemand andere als meine ehemalige Klassenkameradin Elke Pohn!

»Soso«, schlussfolgerte ich, »Da bist du also Profikilleragentin geworden.«

Schon zu unserer Schulzeit war Elke böse gewesen, hatte Kaugummiautomaten geknackt, bei den Steiffrollern ihrer Mitschüler die Reifen aufgeschlitzt und beim Bäcker das eine oder andere Negerkussbrötchen mitgehen lassen, ohne die fünfzig Pfennig zu blechen.

»Ja, und du bist tatsächlich bei der Polente gelandet«, stichelte sie. »Aber du hast ja schon damals in der Schule immer einen auf Schupo gemacht, Heinz.«

»Wenn du dem Mädel mit der Zahnspange aus der Parallelklasse so offensichtlich das Kakaogeld aus dem Tornister mopst ...«, rollte ich den alten Fall noch mal auf.

»Okay, okay, du musstest mich aber nicht deswegen sofort zum Direktor schleifen.«

»Schleifen ist gut«, lächelte ich, »*Abgeführt* hab ich dich. In den nagelneuen Handschellen aus meinem YPS-Heft!«

»Ach, stimmt ja.«

Elke und ich schwelgten ein bisschen in Erinnerungen, lachten und klönten über die gute, alte Zeit. Dann stand ich auf und ging hinüber zur Hausbar, wo ich mir einen ordentlichen Cognac einschenkte. Den brauchte ich jetzt dringend, außerdem hatten die Flips mir Durst gemacht.

»Du auch ein Glas, Elke?«

Elke Pohn richtete nach wie vor ihre Knarre auf meinen Kopf und schüttelte ihren. Doch ich hatte längst ein zweites Glas gefüllt und hielt es ihr hin.

»Ich will keins, Heinz!« Sie ballerte mir das Getränk aus der Hand und ein bowlingkugelgroßes Loch in das Cognacglas. Genauso eins wie in der Birne des Herrn Pfarrer. Jetzt fuchtelte Elke wieder mit ihrem Revolver, aus dem noch immer etwas Rauch quoll, in der Luft herum und bedeutete mir, ich solle meinen Arsch gefälligst wieder aufs Sofa bewegen.

Widerwillig drückte ich meine nackten Backen wieder in die Polster und sah Elke dabei zu, wie sie sich den geheimen Schnellhefter vom Couchtisch schnappte, in ihre schwarzen Lackpumps schlüpfte und sich ihre Klamotten über den Arm warf. Mit der Waffe immer noch auf mich gerichtet, bewegte sie sich langsam rückwärts in die Diele, Richtung Wohnungstür. »Mach es gut, Heinz«, lächelte sie in einem Ton, der mir nicht gefiel, und zwinkerte mir zu. Dann war Elke Pohn verschwunden.

Ich saß da, rückte meinen Hut zurecht und fühlte mich plötzlich sehr allein. Leckomio, dachte ich und nippte an meinem Cognac.

Die Verlobung war wohl geplatzt.

Abgrundtief tot

»Dass die Mühle am rauschenden Bach klappert, wusste jeder. Was sich aber wirklich vor vielen Jahren bei dem alten Gemäuer abgespielt hatte, das war lange Zeit mein Geheimnis geblieben. Als dann plötzlich eine Leiche auftauchte, taten sich wahre Abgründe auf und ich steckte in einem bodenlosen Fall voller alter Knochen und alter Schlager! Also trat ich eine tiefschürfende Reise in die Vergangenheit an …«

Kapitel 1

Den Regen hatte ich nicht auf dem Schirm gehabt. Seufzend brachte ich meinen rosaroten Panda vor dem rot-weiß gestreiften Absperrband zum Stehen und stieg aus. Ein scharfer Wind fegte über den Marktplatz und um die windschiefen Häuser, die ringsherum standen. Murmelgroße Regentropfen ballerten mir ins Gesicht. Wie die Fäuste eines Meisterboxers, immer voll auf die Zwölf.

Verdammte Hacke, der Sommer ging ja gut los!

Die Turmuhr schlug neun Mal an, während ich meinen Blick über die kleine Mondlandschaft gleiten ließ. Seit gestern Mittag riss hier nämlich ein Bagger das Kopfsteinpflaster auf und buddelte einen Krater. Ich kletterte über das Absperrband und kraxelte am Rand eines aufgeschütteten Erdhaufens entlang. Meine Schuhe versanken, und ich legte mich fast auf den Hals, denn der Boden war verdammig schlammig. Als Leiter der hiesigen Mordkommission machte man schon allerhand mit. Hiesig war zwar nur ein kleines Nest, und doch lagen hier Gut und Böse nah beieinander, so wie Laurel und Hardy.

Ein Mann so um die Dreißig, in Blaumann und Schutzhelm, lehnte an seinem Bagger.

»Guten Morgen!«, rief ich durch den peitschenden Regen und tippte zum Gruß an meinen bleischweren Hut. »Ich bin Kommissar Heinz Engelmann!« Da ich wie so oft meinen Dienstausweis verschlampt hatte, hielt ich ihm meine Mitgliedskarte für die Videothek hin. »Sie haben also die Bullen gerufen?«

Der Baumeister nickte. Die fetten Regentropfen veranstalteten auf seinem Schutzhelm ein wildes Trommelsolo.

»Ich hab einen ganz schönen Schreck gekriegt, das kann ich Ihnen sagen, Herr Kommissar«, sagte er und schüttelte sich wie ein nasser Hund. »Da soll man bloß eine Grube für das Fundament ausheben, denkt an nichts Böses und dann so was!«

»Fundament?«, hielt ich meine nächste Frage knapp.

»Ja, Herr Kommissar, hier kommt ein schöner Matratzenmarkt hin.«

»Verstehe. Und dabei haben Sie …«

Wieder nickte er. »Da … unten drin ist es, Kommissar Engelmann!«

Ich trat an die Baugrube und blieb wie angewurzelt stehen. Trotz der hohen Luftfeuchtigkeit war mein Hals mit einem Mal rappeltrocken, und ich brauchte dringend einen Cognac. Fassungslos starrte ich in das Loch und erschauderte.

Da sollte noch mal einer behaupten, in unserem Kaff würde nichts passieren! Ich klaubte bibbernd meine Zigaretten aus der Trenchcoattasche und schaffte es schließlich, die klamme *Overstolz* in Brand zu stecken. Während ein paar tiefer Züge bemühte ich mich, meine Gedanken Revue passieren zu lassen, doch es wollte mir nicht gelingen, denn der Anblick, der sich mir in den Untiefen der Grube bot, war einfach zu gruselig.

»Das sieht nicht gut aus«, murmelte ich, nachdem es mir nicht mehr ganz so doll die Sprache verschlug, und wandte mich wieder an den Mann beim Bagger. »Ich fürchte, diese Baustelle ist bis auf Weiteres beschlagnahmt.«

»Beschlagnahmt?«

»Aber so was von!«

Der Blaumann war schockiert. »Aber bereits in drei Monaten will *Matratzen Comfort* die hiesige Filiale eröffnen, und wenn ich jetzt nicht weiterbuddel, dann wird das nix!«

Ich zuckte mit den Schultern. »Mir doch schnuppe, ich hab schon 'ne Matratze.«

»Aber, Kommissar Engelmann, hören Sie …«, wollte der Baustellenmensch aufgebracht losprotestieren, doch ich wusste sofort, was nun zu tun war.

Mit Widerworten fing es nämlich oft an und eh man sich's versah, musste man mit Wasserwerfern und Tränengas gegen solche Leute vorgehen! Ich ließ also eine von meinen Händen in den Trenchcoat schnellen und zog das Megafon raus, das ich stets bei mir trug. »Achtung, Achtung! Hier spricht die Polizei!«, blökte ich hinein. »Bitte halten Sie die Klappe!«

Der Baumeister guckte mich völlig entgeistert an.

»Können Sie das schaffen?«

»Nun, Herr Kommissar …«

»Yo, Sie schaffen das!«, brüllte ich und kniete mich jetzt mit ganzem Stimmumfang in die Flüstertüte. »Am besten, Sie steigen jetzt schön in Ihren Bagger und warten dort, bis ich den Fall aufgeklärt habe!«

Der Baumeister guckte mich völlig entgeistert an.

»Können Sie das schaffen?!«

Taub und stumm kletterte der Baumeister schließlich ins Fahrerhaus seines Baggers und knallte die Tür hinter sich zu.

»Yo, Sie haben's geschafft! Und jetzt keine Bewegung! Außerdem hab ich das ganze Arenal umstellt, und es gibt hier nichts zu sehen!« Ich stopfte das Megafon in die Manteltasche zurück und warf den nächsten unbehaglichen Blick in die Grube, während der Regen ohne Unterlass auf die ganze Szene niederprasselte.

»Was ist denn hier, das es nicht zu sehen gibt, Herr Engelmann?«, fragte plötzlich eine weibliche Stimme hinter mir. Sie gehörte Erna Fadenstrick, einer netten, älteren Dame, die hier am Marktplatz ein kleines Woll- und Häkellädchen unterhielt.

»Ich nehme jeden Mordfall in der Regel immer da auf, wo er passiert ist«, murmelte ich und drehte mich um.

Eine Pflaumenschnapsfahne schlug mir entgegen. »Mord?«

Ich zeigte in die Baugrube.

Erna guckte in das große Loch hinunter und fuhr zusammen. Wahrscheinlich hatte sie noch nie eine Leiche gesehen. Na ja, eigentlich war es ja gar keine Leiche, sondern etwas viel Schlimmeres. »Ein Skelett!«, entfuhr es Erna und klammerte sich an meinen klatschnassen Ärmel.

»Was ist los?« Der stämmige Mann, der nun auf uns zugestapft kam, war Anfang fünfzig, trug einen Strohhut sowie ein Holzfällerhemd und eine Zahnlücke im Oberkiefer. Es war Jochen Bauer, der am hiesigen Stadtrand einige Hektar Land sowie den Biomarkt zwei Häuser neben Erna Fadenstricks Lädchen besaß. »Guten Morgen, Kommissar Engelmann«, krächzte er und tippte sich an die klamme Krempe. Auch *seine* Pflaumenschnapsfahne war nicht zu überriechen. »Wo soll ein Skelett sein? Darf man mal läuern?«

»Morgen, Bauer. Da drin. Hat der Baggerfahrer heute Morgen beim Buddeln entdeckt«, sagte ich und wies auf das etwa drei Meter tiefe Loch zu unseren durchnässten Tretern.

Jochen blickte hinunter auf die Knochen.

»Was in dlei Teufels Namen ist denn hiel los?«

Wir fuhren herum.

Ching Chang Chong, der Inhaber des Chinaschnellrestaurants *Lotus King*, das genau zwischen dem Wolllädchen und dem Biomarkt lag, hatte sich auf einmal zu uns gesellt. Er wurde ebenfalls von einer Pflaumenschnapswolke eingehüllt und hielt sich eine Plastiktüte über den Kopf, um seine akkurat gekämmte Schallplattenfrisur vor dem bösen Regen zu schützen.

Nun standen wir also da, starrten zu viert in das große Loch hinunter, und mein kriminalistischer Spürsinn sagte mir, dass alle das gleiche dachten: Wieso musste so was ausgerechnet bei diesem Sauwetter passieren?

»Total gluselig! Liegt wahlscheinlich schon Jahle in Glube«, sagte der Chinese und verzog das Gesicht. Der Anblick eines blanken Skeletts war wohl selbst für einen Schnellrestaurantbesitzer schwere Kost.

»Und was jetzt, Herr Kommissar?«, fragte Erna Fadenstrick mit zitternder Stimme und zupfte nach wie vor an meinem Trenchcoatärmel.

Mir als ausgebufftem Kripobeamten war klar, dass ich jetzt handeln musste, und wandte mich aufgrund des Scheißwetters an Herrn Chong. »Darf ich mal?«, fragte ich lieb und nett und zeigte auf die Plastiktüte.

Widerwillig reichte er mir seinen Regenschirmersatz. »Abel meine Haale, Hell Kommissal!«

»Sie bekommen Ihre Tüte ja später wieder«, beruhigte ich den besorgt dreinblickenden Restaurantbesitzer und machte mich daran, in die Baugrube zu krabbeln. »Spätestens, wenn der Fall aufgeklärt ist.«

Erna, Jochen und Ching Chang sahen mir schweigend dabei zu, wie ich unten in der schlammigen Grube die Knochen zusammenraffte wie Holz für ein Lagerfeuerchen und sie in beliebiger Reihenfolge in die Plastiktüte stopfte. Alles Weitere würde dann Sache der Pathologie sein.

* * *

Ich goss mir einen dreifachen Cognac aus der Flasche ein, die stets auf meinem Schreibtisch beim Telefon neben der Schreibmaschine stand, und setzte das Glas an. Außerhalb des Polizeipräsidiums regnete es nach wie vor Bindfäden.

Meine attraktive Assistentin, Polizeimeisterin Liesel Weppen, war bei mir im Büro und ging auf und ab. Und auf. Und ab. »Also, ich verstehe das nicht, Chef. Wie kommt ein Skelett unter den Marktplatz?«

Ich leerte mein Glas in einem Zug und zuckte mit den Schultern, an denen noch immer mein nasser Trenchcoat klebte. »Keine Ahnung, Liesel. Die Frage ist ja auch, zu wem es gehört. Aber ich denke, dass das Labor bald ein paar Antworten für uns haben wird.

Das Telefon klingelte.

»Na sehen Sie.« Ich nahm den Hörer ab und meldete mich mit wer ich war und was ich beruflich machte.

»Hallo, Kommissar Engelmann. Anna Lühse am Apparat.«

»Ah, Mahlzeit Frau Doktor. Und, was haben Sie rausbekommen?« Ich steckte mir eine *Overstolz* ins Gesicht und ließ die Pathologin erzählen.

»Nun, Herr Kommissar, es handelt sich eindeutig um ein weibliches Skelett. Vermutlich war es eine Frau, als es noch lebte. Zu Herkunft, Haarfarbe und Blutgruppe lässt sich aber leider nichts mehr sagen.«

»Schade«, brummte ich und riss ein Streichholz an.

»Und der Schädel stinkt fies«, führte Doktor Anna Lühse ihre Analyse weiter aus.

»Das ist doch völlig normal.«

»Geschenkt«, fuhr die Pathologin am anderen Ende der Leitung fort. »Was allerdings verwunderlich ist, ist die Tatsache, dass die Tote zwar in der Erde unter dem Marktplatz gefunden wurde, aber laut der H_2O-Werte im Knochenmark einige Zeit im Wasser verbracht haben muss.«

»Wasser? Wow, das ist ja interessant, liebe Anna«, stieß ich aufgeregt hervor, »sogar sehr interessant!« Das Herz bollerte mir plötzlich bis zum Hals, und ich sog mehrmals aufgeregt an meiner Fluppe. »Und wann, meinen Sie, ist der Tod des Skeletts eingetreten?«

»Nun, Kommissar Engelmann, alles deutet darauf hin, dass es lange her ist. Vielleicht sogar sehr lange.«

Meine Augen leuchteten wie die eines Kindes, dem man eine Tüte Bonbons hinhält. Alles passte zusammen: Wenn die Frau damals noch gelebt hatte und jetzt ein Skelett war, dann ergab die immense Zeitdifferenz durchaus Sinn. »Unendlichen Dank, Frau Doktor«, lächelte ich aufgewühlt in den Hörer, »ich lege jetzt auf.« Das tat ich dann auch.

Polizeimeisterin Weppen sah mich überrascht an. Sie hatte langes, blondes Haar und war Mitte zwanzig. »Was geht ab, Chef? Haben Sie den Fall etwa schon aufgeklärt?

Ich grinste vor mich hin und gab keine Antwort.

»Wie kann das denn sein?« Liesels Gesichtsausdruck wurde zunehmend ratloser. »Am Marktplatz ist doch gar kein Wasser, nur Erdreich. Und wieso freut es Sie so, dass das Skelett wahrscheinlich schon lange tot ist? Das ist doch nur logisch, denn sonst wäre es ja kein Skelett …«

Die Worte meiner Assistentin schienen plötzlich in Watte gehüllt zu werden. Sie verschwammen und trieben davon wie unaufhaltsame Papierbötchen. Ich hörte auch längst den Regen nicht mehr, der erbarmungslos von draußen gegen die Scheiben trommelte. Für mich war es mit einem Mal ein sonniger Sommertag. Ein wunderschöner, warmer Tag im Juli, den es vor vielen, vielen Jahren einmal gegeben hatte. Der Tag, an dem das Unheil seinen Lauf nahm…

Kapitel 2

Es war ein Sommer, wie ihn sich Jungen nur wünschen konnten. Meine nackten Füße steckten im warmen Gras, und ich hörte den Hummeln zu, wie sie gemütlich von Blüte zu Blüte summten. Hans lag bäuchlings neben mir, auf dem kleinen Hügel oberhalb der alten Mühle, und kaute auf einem Grashalm herum. Die Luft roch nach Klatschmohn und Abenteuer.

Der Hans war mein bester Freund. Etwa einen Kopf größer als ich, dafür aber wenige Wochen jünger. Ich würde in drei Tagen meinen achten Geburtstag feiern. Mit selbst gemachter Zitronenlimonade, Negerkussbrötchen und frisch gebackenem Käsekuchen von Tante Thea. Wir würden Lampions im Garten aufhängen und bis spät in die Nacht hinter unserem Haus zusammensitzen. Opa Hubert und Oma Franziska. Und Onkel Ferdinand. Das würde ein Fest werden! Vielleicht würden wir sogar ein großes Lagerfeuer machen.

Hans und ich lagen da im Gras, während die Sonne immer schwerer wurde und nach und nach vom Himmel rutschte. Bald würde sie sich über den winzigen Kirchturm des Dorfs senken und aussehen wie eine Pampelmuse, die ganz langsam aufgespießt wird.

Diese Stelle war unser Lieblingsplatz. Nicht nur, weil es keinen anderen Ort gab, von dem man dem Sonnenuntergang besser zusehen konnte, von hier aus ließ sich auch die alte Mühle prima beobachten. Vielleicht passierte dort ja heute etwas Gruseliges?

Gedankenverloren nestelte ich die verbeulte Schachtel aus meinem Brustbeutel und steckte mir eine *Overstolz* zwischen die Lippen.

Hans spuckte den Grashalm aus und setzte sich auf. »Das ist ja irre, Heinz! Gibst du mir auch eine?«

»Na klar.«

Hans' Augen glitzerten wie Diamanten. »Mensch, wo haste die denn her?«

»Hab ich meinem Papa stibitzt«, grinste ich breit.

»Ha!«

Dann pafften wir schweigend unsere Zigaretten, bliesen den Rauch in die Luft wie Fernsehkommissare und husteten. In der Werbung sagte man, die Sonne Mazedoniens würde in jeder Schachtel *Overstolz* stecken, uns war das aber egal. Uns reichte die Sonne, die über uns war und immer pampelmusiger wurde. Außerdem hatten wir gar keine Ahnung, wo Mazedonien lag.

»Sollen wir nicht langsam heimgehen, Heinz?«, fragte Hans nach einer Weile und drückte seine halb gerauchte Kippe ins Gras.

»Hast du denn schon Gänsehaut?«, entgegnete ich und nahm noch einen letzten Zug von meiner *Overstolz*.

Mein Freund überprüfte sorgfältig seine Arme. »Nö.«

»Ist doch dufte, ich auch nicht. Dann lass uns noch bleiben«, grinste ich und sah hinunter zur alten Mühle.

Keiner der anderen Jungen aus dem Dorf traute sich in ihre Nähe. Und die Mädchen erst recht nicht. Man erzählte sich wahre Schauergeschichten über die schrecklichen Dinge, die angeblich in der abgelegenen Mühle geschahen, aber natürlich alle nicht stimmten. Schreie wollten einige Dorfbewohner gehört haben, und jemand hatte mal behauptet, er hätte ein Gespenst hinter den Fenstern herumhuschen gesehen.

Im Mittelalter sollte sogar mal eine Hexe in der alten Mühle gehaust haben. Alles Mumpitz, wenn man mich fragte.

Fest stand aber, dass Werner Müller, der dort mit seiner Frau Margot wohnte, ein unfreundlicher Klotz war. Er war um die Sechzig und immer schlecht gelaunt. Er verscheuchte immer alle, die auch nur in die Nähe seiner Mühle kamen, und wenn er im Dorf einkaufte, dann grüßte er keine Menschenseele. Den meisten Leuten, auch meinen Eltern, war Herr Müller nicht geheuer. Seine Frau Margot war eine berühmte Revuesängerin und sehr nett. Sie war viel auf Reisen. Sie war eine sehr hübsche Person, die tolle Glitzerkleider trug und in Unterhaltungslokalen auf der ganzen Welt auftrat. Sie sang sogar im Radio.

Welches Geheimnis die alte Mühle auch in sich bergen mochte, hier auf unserer Wiese, in sicherer Entfernung, konnte sie uns jedenfalls nichts anhaben.

Die letzten matten Tönungen der Sonne waren jetzt verschwunden, und die ersten Grillen begannen zu zirpen. Das Plätschern des Bachs, der unten hinter der Mühle entlang zum Dorf floss, war nun deutlicher zu hören.

Doch noch etwas anderes war zu hören. Eine Tür schlug zu, und wir sahen, wie Werner Müller aus dem Haus kam.

»Kopf runter!«, zischte ich. »Es ist besser, wenn er uns nicht sieht.«

Hans und ich legten uns ganz flach ins Gras, ließen aber unsere Blicke keine Sekunde von den Geschehnissen, die sich unten an der Mühle abspielten. Müller stieg hastig in seinen petrolfarbenen Horch 670, der neben der Mühle geparkt war. Dann schmiss er den Motor an, ließ alle zwölf Zylinder aufheulen und brauste davon.

Langsam hob ich wieder den Kopf.

»Komm!« Ich sprang vom Gras auf und zog meine Sandalen an.

Hans riss die Augen weit auf. »Du ... du willst zur Mühle?«, fragte er mit bibbernder Stimme.

»Klar«, sagte ich und lief voraus.

Mein Freund folgte zögernd. »Und was ist, wenn uns die Frau Müller erwischt?«

»Ich will wissen, warum er Hals über Kopf abgehauen ist!«

Am unteren Rand der Wiese verlief die schmale Straße, die nach Hiesig führte. Jenseits lag die alte Mühle, dahinter floss der Bach. Obwohl die einsetzende Dämmerung die Luft abgekühlt hatte, glühten unsere Wangen. Hans und ich schlichen um das Haus herum. Das große Mühlrad war aus dem Wasser gezogen worden und stand still.

Plötzlich riss mein Freund die Augen auf und stieß mich an. »Heinz!« Mit bebendem Zeigefinger deutete er auf etwas, das im Wasser schimmerte.

Am Rande des Bachs schwamm eine Federboa, die sich an einem Stein verfangen hatte. Die Strömung ließ sie flattern wie ein roter Zitteraal.

»Dieses Ding gehört Frau Müller«, kombinierte ich wie ein echter Detektiv. »Ich habe sie schon damit auf Konzertplakaten gesehen.«

»Sieh mal da!«, meinte Hans plötzlich und lief ein weiteres Stück neben dem Bach entlang. »Da ist noch was!«

Ich zuckte zusammen und konnte trotz der Dämmerung erkennen, wie mein Freund Margot Müllers Glitzerkleid aus dem Wasser fischte.

»Oh Gott!«, stieß Hans hervor. Er hatte die Augen weit aufgerissen wie auf einem Blitzlichtfoto. Dann warf er den glitzernden Stoff angeekelt ins Wasser zurück.

»Was ist los?«

»An dem Kleid … da ist Blut!«, stammelte mein Freund.

»Blut?!«

Meine Knie wurden butterweich und schwankend hockte ich mich ans Ufer. Was war hier nur geschehen? Hans und ich hatten den ganzen Tag oben auf der Wiese verbracht und die Mühle nicht aus den Augen gelassen. Und doch schien etwas Grausiges geschehen zu sein!

Mit fahrigem Griff holte ich einen kleinen Flachmann aus meinem Brustbeutel, denn jetzt brauchte ich erst mal einen Cognac.

»Das ist ja irre, Heinz! Gibst du mir auch einen Schluck?«

Ich ließ das famose Feuerwasser in meine Kehle laufen und reichte Hans dann den Flachmann.

Hans' Augen glommen in der Dämmerung wie die Schlussleuchte eines Güterzugs. Dann trank auch er. »Potzblitz, *Rémy Martin!* Wo haste denn den her?«

»Von meiner Mama stibitzt«, sagte ich und versuchte ein Lächeln, das aber misslang, weil mir ein mulmiges Gefühl in die Knochen schlich. Sollten sich hier an der alten Mühle tatsächlich gruselige Dinge zutragen?

»Was … was hast du vor?« Hans spuckte erschrocken ein Schlückchen Cognac aus, als er sah, dass ich aufgesprungen war und zur Vorderseite der Mühle rannte.

Dann rüttelte ich an der Tür. Sie war verschlossen, also hämmerte ich mit den Handflächen dagegen. »Frau Müller! Frau Müller, sind Sie zu Hause?«, schrie ich und pochte wieder mit aller Kraft gegen die massive Holztür.

»Frau Müller! Bitte machen Sie auf!«

Inzwischen war Hans zu mir gestoßen. »Und?«

»Nichts. Niemand da«, keuchte ich und rieb mir die brennenden Handflächen.

Mein Freund sah mich mit entsetzter Miene an. »Dann ist sie vielleicht ins Wasser gestürzt und von der Strömung davongerissen worden.« Hans hielt kurz inne, bevor er langsam weitersprach. »Oder sie wurde gestoßen!«

Dieser schauderhafte Gedanke war mir auch schon gekommen, ich hatte mich nur nicht getraut, ihn auszusprechen.

»Mach mal Räuberleiter«, sagte ich. »Ich will mal versuchen, in eins der Fenster zu spicken.«

Doch gerade als sich Hans unter einem der Fenster postierte, schien eine eiskalte Hand nach unseren Herzen zu greifen. Das Geräusch eines Automotors bohrte sich plötzlich durch die Stille und wurde immer lauter!

»Horch mal, der Horch!«, stieß ich mit erstickter Stimme hervor. »Der Müller kommt zurück!«

Wie von der Tarantel gestochen schlugen wir uns neben der alten Mühle in die Büsche, die die schmale Straße säumten. Das Knattern des Wagens kam näher und näher.

»Und was jetzt, Heinz?«, flüsterte Hans, während wir zitternd im Gestrüpp kauerten und keine Regung von uns gaben.

Meine Gedanken hingegen überschlugen sich. »Wir müssen zur Polizei«, zischte ich Hans ins Ohr und sah im selben Augenblick, wie Herr Müllers petrolfarbener Horch auf uns zurollte.

Wir hielten den Atem an.

Ohne uns zu entdecken, fuhr Werner Müller an uns vorbei und parkte seine Mühle neben der Mühle. Wir beobachteten gebannt, wie er ausstieg, sichtlich zufrieden die Holztür aufschloss und im Haus verschwand.

Dann rannten wir ins Dorf …

* * *

Hiesig war nicht nur ein verschlafenes Kaff, das vor sich hinträumte, es lag regelrecht im Koma. Der fast volle Mond beschien die menschenleeren Sträßchen, und zahlreiche Sterne hatten sich zum rabenschwarzen Himmelszelt gesellt. Wir hatten die vier Kilometer Fußmarsch bis zum Dorf in Windeseile zurückgelegt und hofften, dass das hiesige Polizeipräsidium zu dieser späten Stunde noch geöffnet hatte. Wir waren parallel zu der schmalen Straße am Bach entlanggelaufen, der eigentlich keinen Namen hatte und von allen einfach nur Dingensbach genannt wurde, weil er von Dingenskirchen an der Mühle vorbei nach Hiesig floss.

Hans und ich standen jetzt vor dem Präsidium und mir fiel ein Stein vom Herzen, denn im ersten Stock brannte noch Licht. Just als wir die Treppen zum Eingang hinaufspringen wollten, kam eine brünette Frau aus dem Gebäude. Ich erkannte sie sofort. Es war Lotte Osnabrück, die attraktive Assistentin von Kommissar Günther Neutze, dem Leiter der hiesigen Mordkommission.

»Hallo Jungs«, lächelte sie.

»Guten Abend, Frau Osnabrück«, begann ich aufgeregt. »Sagen Sie, ist der Herr Kommissar noch da?«

»Oh ja«, entgegnete die hübsche Polizeimeisterin freundlich. »Er ist noch oben in seinem Büro.«

»Danke!«, riefen Hans und ich wie aus einem Mund und rannten ins Präsidium. Im ersten Stock angelangt, hämmerten wir an die Tür der Mordkommission.

»Herein!« Kommissar Günther Neutze saß an seinem Schreibtisch, hämmerte Buchstaben in seine Schreibmaschine und sah kurz auf, als wir eintraten. Er war ein Mann Mitte fünfzig und trug einen knittrigen Trenchcoat sowie einen Hut auf dem Kopf. »Hallo Jungs«, murmelte er, dann tippte er weiter. Einige der Buchstaben schienen sich auf der Tastatur gut versteckt zu haben, denn er suchte sehr lange nach ihnen.

»Wir sind gekommen, um Ihnen etwas Schlimmes zu melden«, sagte ich zögerlich und trat unruhig auf der Stelle.

»Ich bin gleich soweit«, brummte der Kommissar. »Setzt euch doch, Jungs.«

Hans zog zwei Stühle heran, und gerade als wir uns pflanzten, gab der Kripochef endlich seine nervtötende Tipperei dran.

»Also Jungs«, begann er, »dann fangen wir mal ganz vorne an. Falls es nicht bekannt ist, ich bin Kommissar Günther Neutze und ich bin Leiter der hiesigen Mordkommission.« Offenbar hatte er seinen Dienstausweis verschludert, denn was er uns entgegenhielt, war sein Führerschein. »Und wenn mich nicht alles täuscht, dann seid ihr Engelmanns Heinz und der Söhnker Hans?«

»Jawohl, Herr Kommissar«, stimmte Hans zu.

Neutze sah uns eindringlich an.

»Müsst ihr nicht längst im Bettchen sein? Ihr beide seid doch gerade mal sechs oder sieben.«

»Ich werde in drei Tagen schon acht!«

»Alle Achtung«, nickte der Kommissar. »Aber Jungs, das ist doch sicher kein Grund, nach Schnaps und Zigaretten zu stinken.«

Verdammte Hacke! Zu blöd, dass ich meine Pfefferminzbonbons daheim vergessen hatte. »Das ist doch jetzt nicht wichtig, Herr Kommissar«, lenkte ich ab. »Es ist nämlich was mit Frau Müller, der bekannten Revuesängerin, die in der alten Mühle wohnt. Die ist nämlich wahrscheinlich ermordet worden und den Bach runtergegangen!«

Anstatt geschockt dreinzublicken, fummelte Kommissar Neutze ganz gelassen eine Zigarette aus seiner Manteltasche und steckte sich die würzige *Roth-Händle* an. »Ach, da kann ich euch beruhigen, Jungs«, grinste Neutze und blies den Rauch durch sein gelbstichiges Büro. »Margot Müller ist nicht tot, geschweige den ermordet, sie wird vorerst nur vermisst.« Lässig nahm der Kripobeamte einen Schluck Kirschwasser aus der Flasche, die neben der Schreibmaschine beim

Telefon am Aschenbecher stand. »Wie kommt ihr Hobbydetektive darauf, dass die Margot ermordet wurde. Werner Müller war vorhin hier, weil in der Mühle kein Telefon ist und hat Vermisstenmeldung gemacht. Er sagte mir, dass er heute unterwegs gewesen ist und als er nach Hause kam, seine Frau vergeblich suchte. Er meinte, es könne Ärger geben, weil seine Frau morgen ein ausverkauftes Konzert in Leipzig geben soll.«

Mein Blutdruck schlug Alarm. »Herr Müller hat Ihnen erzählt, dass er heute nicht zu Hause war?«, fauchte ich. »Wo will er denn angeblich gewesen sein?«

»Er war geschäftlich in Frankfurt am Main.«

Hans und ich wussten genau, dass das gelogen war. Sozusagen ein Frankfurt-am-Main-Eid.

Der Kommissar nahm noch einen tiefen Zug von seiner *Roth-Händle* und grinste uns überheblich an. »Die Margot wird vermisst und damit basta. Tot ist hier keiner! Ich muss es ja wissen, Jungs, ich habe schließlich gerade eben den Bericht über den Fall getippt.«

»Aber wir haben Frau Müllers Glitzerkleid und auch ihre Federboa hinter der Mühle im Bach gefunden«, beteuerte ich fassungslos und fiel dabei fast vom Stuhl.

»Und das Kleid war nass und voller Blut!«, ergänzte Hans.

Der Kommissar schüttelte den Kopf und drückte seine Kippe im Aschenbecher aus. »Das ist doch wirklich ein Unding! Ihr solltet doch wissen, dass ihr Lausejungs auf anderer Leute Grund und Boden nichts verloren habt«, maulte Neutze. »Und jetzt macht euch vom Acker und wacker ab in die Heia!«

Niedergeschlagen und bis auf die Knochen gedemütigt trat ich mit Hans in die frische Sommernacht hinaus, die sich rund um das hiesige Polizeipräsidium ausgebreitet hatte.

Der Mond über uns war Zeuge, als Hans und ich uns fest in die Augen sahen und wir beide wussten, dass wir für alle Zeit die besten Freunde bleiben würden. Dann trotteten wir durch menschenleere Sträßchen nach Hause, und insgeheim schwor ich mir in dieser Nacht, eines Tages Kriminalkommissar Heinz Engelmann zu werden und den Fall Margot Müller aufzuklären.

Kapitel 3

Noch immer peitschte Regen gegen die Fenster meines Büros.

»Tja, liebe Liesel«, schloss ich heiser meine Erzählung, »das alles ist jetzt ganze achtunddreißig Sommer her.«

Polizeimeisterin Weppen schluckte. »Ungeheuerlich, Chef«, staunte sie. »Und der Fall wurde nie aufgeklärt?«

Ich schob meinen noch immer feuchten Hut zurecht und wurde grantig. »Nein, verflixt noch mal! Kommissar Neutze ging wenig später in Rente und das war's. Akte zu, Affe tot.« Mein Herz raste, und ich musste mir jetzt wirklich dringend den einen oder anderen Cognac ins Gesicht stellen.

»Und Werner Müller?«

»Dem Aas hat man nichts nachweisen können«, knurrte ich zerknirscht und schüttete mein Büroglas randvoll. »Ich glaube aber nach wie vor, dass der Lump seine Frau damals umgebracht hat!«

»Und Margot Müller ist nie wieder aufgetaucht?«, fragte Liesel, während ich mir den Viertelliter Cognac hinter die Binde kippte.

»All die Jahre nicht, liebe Liesel. Bis heute!«

Liesel stutze. »Aber Kommissar Engelmann, Sie meinen …«

Ihr hübscher Mund blieb einfach offen stehen.

»Was glauben Sie, warum ich Ihnen die ganze Klamotte erzählt habe? Bei dem Skelett, auf das der arme Baggerfahrer heute gestoßen ist, handelt es sich um die Überreste von Margot Müller.«

Mein kriminalistischer Spürsinn sagte mir, dass Liesel gewisse Zweifel hegte.

»Und wie erklären Sie sich die erhöhten H_2O-Werte im Knochenmark, Chef?«, fragte sie auch prompt. »Unter dem Marktplatz ist doch gar kein Wasser.«

»Mittlerweile nicht mehr, liebe Liesel«, entgegnete ich und steckte mir lässig eine leckere *Overstolz* an. »Aber bis vor einigen Jahren floss der Dingensbach quer durch Hiesig und ganz besonders auch dort entlang, wo heutzutage der Marktplatz ist.«

»Ach, war der Markt nicht schon immer da?«, staunte meine Assistentin.

»Nein, der entstand erst im Rahmen der großen Einbetonierung von ´67. Bei der Gelegenheit wurde der Bach dann umgeleitet.«

»Verstehe, Chef«, lächelte Liesel Weppen, denn sie ahnte natürlich volle Kanne, was ich vorhatte. »Und jetzt wollen Sie den Fall Margot Müller wieder aufrollen!«

Statt eines Jas sog ich vielsagend an meiner *Overstolz*.

»Gibt es denn noch die Akten von damals?«

»Die müssten da hinten im Schrank sein«, mutmaßte ich. »Das hier ist ja Kommissar Neutzes ehemaliges Büro.«

Liesel zog die Lamellen hoch und störte dabei vermutlich ganze Holzwurmvölker beim Knabbern. »Und diese Frau Müller war wirklich eine bekannte Sängerin, sagen Sie?«, fragte Liesel, während sie den fingerdicken Staub von den Aktenordnern blies.

»Oh ja. Und eine gute noch dazu.«

Kurzerhand setzte ich mich an das alte Klavier, das gegenüber dem Aktenschrank neben dem Garderobenständer in der Ecke stand, und haute spontan einen von Margots Schlagern in die Tasten.

Komm mit mir zum Lago Amore
Zeig mir, wie heiß das Feuer in dir brennt

Komm mit mir zum Lago Amore, Seniore
den man nicht umsonst den See der Liebe nennt

Meine Gefühle hatten sich komplett verfahr'n
Mein Kompass fand das Glück nicht mehr
doch als die Emotionslampen in mir aus war'n,
kamst du aus dem Nebel zu mir her
(und riefst)

Komm mit mir zum Lago Amore
Zeig mir, wie heiß das Feuer in dir brennt
Komm mit mir zum Lago Amore, Seniore
den man nicht umsonst den See der Liebe nennt

Mein Herz war voller Sackgassen,
mein Verlangen trieb umher ohne Plan
doch ich hab die Leinen einfach losgelassen,
und sprang zu dir auf den Kahn
(und sagte)

Komm mit mir zum Lago Amore
Zeig mir, wie heiß das Feuer in dir brennt
Komm mit mir zum Lago Amore, Seniore
den man nicht umsonst den See der Liebe nennt
Komm mit mir zum Lago Amore
Zeig mir, wie heiß das Feuer in dir brennt
küss mich in der warmen Bucht der Sehnsucht
durch die mein Herz für immer barfuss rennt

»Ach«, seufzte ich, nachdem ich den Schlussakkord gesetzt hatte, »ich habe damals oft zusammen mit Hans in meinem Zimmer gesessen und verzaubert zugehört, wenn Margot in meinem selbst gebastelten Transistorradio sang. Sie war so eine tolle Frau«, schwärmte ich und streichelte dabei gedankenverloren über die Klaviertasten. »Wir liebten *Lago Amore* und ihre anderen Hits. Kennen Sie vielleicht *Trau dich, sprich mich an*?«

Liesel schüttelte den Kopf, und ich ließ mich selbstverständlich nicht zweimal bitten, den fetzigen Country-Boogie anzustimmen.

»Na, dann one, two, three, suck it to me!«

Es ist mal wieder Samstagabend
Ich bin allein, alle anderen haben Spaß,
ich gehe in die Kneipe an der Ecke,
bestell 'nen Whisky und starre in mein Glas

Du lehnst den ganzen Abend an der Musikbox
Und spielst zum zigsten Mal dein Lieblingsstück
Und dann schaust du zu mir rüber
Und ich seh ein Glitzern in deinem Blick

Trau dich – sprich mich an
Ich bin eine Wucht und du ein einsamer Mann
Trau dich – komm zu mir
Und wir riskier'n, was heut Nacht noch so passiert

Ich könnte mich sofort in dich verlieben
Vielleicht ist es ja auch schon längst gescheh'n
Dein Lächeln hat mich einfach umgehauen
Und um mich rum fängt sich alles an zu dreh'n

Und das liegt ganz bestimmt nicht am Whisky,
nein, der Grund dafür bist nur du

du wirfst noch eine Münze in die Jukebox
und dann kommst du endlich auf mich zu

Trau dich – sprich mich an
Ich bin eine Wucht und du ein einsamer Mann
Trau dich – komm zu mir
Und wir riskier'n, was heut Nacht noch so passiert
Was so passiert
Was passiert

»Verdammte Hacke!«, grinste ich, »Klasse, die alten Müllermelodien, was?«

»Wow, Chef, wenn Sie loslegen, kann Jacques Brel ja nach Hause gehen!«, staunte Liesel und klopfte sich den Aktenordnerstaub aus der blonden Haarpracht. »Aber sagen Sie, was wurde denn eigentlich aus Ihrem Freund Hans?«

Ich klappte das Klavier zu und sah zu Boden. »Nun ... um ehrlich zu sein, ich weiß es nicht.« Mir wurde plötzlich ganz flau. »Den restlichen Sommer und auch die nächsten Sommer nach Margots Verschwinden gingen wir nicht mehr zu unserem Lieblingsplatz oben auf der Wiese. Wir hatten Angst, der Müller würde uns entdecken und fertigmachen. Irgendwann haben wir uns dann aus den Augen verloren. Ich glaube, er ist mit seinen Eltern damals weggezogen. Aber wenn ich drüber nachdenke, dann ist er immer noch mein bester Freund. Und mein einziger.«

Jetzt wo sich die kolossale Staubwolke endlich gelegt hatte, gab sie wieder den Blick auf den Aktenschrank frei, und Liesel griff einen Ordner mit der Aufschrift *M.* Sie blätterte durch die Unterlagen zum Fall Margot Müller, dann sah sie auf. »Kommissar Engelmann, steht eigentlich die alte Mühle noch?«

Nachdenklich kratzte ich mich am rechten Ohrläppchen.

»Ich glaube schon. Nur, dass sie jetzt noch älter ist. Wieso fragen Sie, Liesel?«

Meine attraktive Assistentin mit dem staubigen Haar schob die Akte in den Schrank zurück und ein keckes Lächeln auf ihre Gesichtszüge.

»Nun, wenn ein Baggerfahrer eine achtunddreißig Jahre lang vermisst geglaubte Leiche entdecken kann, dann können wir doch bestimmt auch die eine oder andere Spur bei der alten Mühle finden, oder?«

* * *

Die Regenwolken hatten sich verzogen. Stattdessen tanzte jetzt eine blasse Nachmittagssonne durch die Baumwipfel, während ich meinen rosaroten Panda auf der schmalen Straße am Dingensbach entlanglenkte. Zum ersten Mal nach achtunddreißig Jahren war ich wieder hier. Eine Woge aus Sentimentalität schwappte durch meine Pumpe, als ich mein Auto neben dem Haus zum Stehen brachte, genau an der Stelle, wo Werner Müller damals stets den petrolfarbenen Horch 670 geparkt hatte.

Liesel und ich stiegen aus dem Panda, von irgendwo war leise das Tuckern eines Traktors zu hören. Die alte Mühle döste im Schatten der Bäume. Oder vielmehr das, was von ihr übrig geblieben war. Im Laufe der Jahre hatte sich die Natur dieses Fleckchen Erde mit wehenden Fahnen zurückerobert.

Langsam ging ich um das Haus herum. Die Büsche, in denen Hans und ich uns damals vor Herrn Müller versteckt hatten, ragten nun bis zum ersten Stock empor. Fast alle Fensterscheiben waren zersplittert und zahlreiche Dachziegel waren heruntergestürzt. Auf der Rückseite der Mühle war alles von Brombeersträuchern überwuchert, die ein Durchkommen zum Bachlauf fast unmöglich machten. Von dem Mühlrad war nicht mehr viel zu erkennen, die meisten Holzschaufeln waren morsch und abgefallen. Die großen Schrauben waren verrottet und der Rest einfach weggefault. Auch hier lagen zerbrochene Dachziegel rum, das Unkraut stand kniehoch. Ich verharrte für einen Moment und lauschte. Nur das Rauschen des Bachs schien nach all der Zeit unverändert.

Als Polizeimeisterin Weppen von hinten an mich herantrat, knisterte zersplittertes Glas unter ihren Schuhen. »Da vorne haben Sie und Hans damals Margots Kleid und die Federboa entdeckt?«, fragte sie und rückte ihre staubige Schirmmütze gerade.

»Genau, Liesel, ich glaube allerdings nicht, dass wir noch irgendwelche Spuren finden«, seufzte ich und kramte eine *Overstolz* aus meiner Manteltasche. »Das ist ja der reinste Brombeerdschungel hier.«

»Schöne Scheiße!«, zischte Liesel. »Vielleicht sollten wir dann mal im Haus …« Meine bezaubernde Assistentin hielt inne und war plötzlich kreidebleich. »Haben Sie das auch gehört, Chef?«, wisperte sie.

»Was denn?«

»Ein dumpfes Geräusch. Es kam aus dem Inneren der Mühle!«

»Vermutlich Ratten«, schlussfolgerte ich achselzuckend und zündete meinen köstlichen Glimmstängel an. »Aber Sie haben recht, Liesel, wir sollten uns im Haus umsehen.«

Also schlugen wir uns wieder durch die Wildnis zur Vorderseite der Mühle. Als ich den Türknauf drehte, um die morsche Tür zu öffnen, fiel er sofort ab. Der Geruch von Moder und Fäulnis drang mir in die Nasenflügel.

»Herr Kommissar, haben Sie was dagegen, wenn ich nicht mit reinkomme? Dieser Ort ist mir nicht ganz geheuer.«

»Schon gut, Liesel«, nickte ich und betrat das alte Gemäuer.

Bei jedem meiner Schritte knirschten die glitschigen Dielenböden gefährlich und klangen wie das Gähnen von greisen Gespenstern. Ich hoffte inständig, sie würden nicht nachgeben. Auch hier drinnen lagen reichlich Glassplitter und Dachziegel. Reingeregnet hatte es auch. Ein beklemmendes Gefühl stieg in mir auf, als ich mich umsah.

Das Treppengeländer war nur noch zu erahnen. Die Spinnennetze erinnerten mich an Zuckerwatte, und so manche Stufe, die in den ersten Stock hinaufführte, war entweder voller Moos oder eingebrochen. Mein Atem stockte. Die *Overstolz* glitt mir aus den Fingern und erlosch zischend in einer Pfütze. Ohne Zweifel hatte ich gerade ein dumpfes Pochen gehört! War es von oben gekommen? Das war definitiv keine Ratte gewesen. Ich merkte, wie meine Knie weich wurden, genau wie vor achtunddreißig Jahren, als Hans und ich am Bach den schauerlichen Fund gemacht hatten.

Instinktiv drehte ich mich auf dem Absatz um und glaubte für einen kurzen Moment, auf der Treppe etwas aufblitzen zu sehen. Doch ich achtete nicht weiter darauf, ich war viel mehr damit beschäftigt, schnell ins Freie zu kommen.

Draußen reichte mir Liesel direkt die Reservepulle Cognac an, die ich stets im Handschuhfach meines rosaroten Pandas mitführte, und ich spülte mir mit ein paar ordentlichen Schlucken das Unbehagen aus den Knochen.

Dann blinzelte ich die Wiese gegenüber der Mühle empor. *Unsere Wiese.* Ich tat einen Seufzer, der sich gewaschen hatte, und bemerkte den Traktor erst, als er neben uns zum Stehen kam.

Auf dem Bock saß Jochen Bauer. »Hallo, Kommissar Engelmann!«, krächzte er freundlich, und seine Zahnlücke funkelte dabei in der Nachmittagssonne. »Dachte ich mir schon, dass Sie auch hier an der alten Mühle rumturnen, um zu ermitteln.«

Ich nickte. »Ja, Herr Bauer, und es ist so, wie ich schon vermutet hatte, als ich sieben war. Die Margot Müller ist nicht vermisst, sondern mausetot!«

»Ach Gottchen, es ist eine wahre Schande, Herr Kommissar«, knarzte Bauer, »aber mir war all die Jahre klar, dass Sie den Fall irgendwann aufklären würden. Und wenn nicht jetzt, wann dann? Wissen Sie, die Margot war so eine faszinierende Frau, daheim hab ich noch alle ihre Schallplatten.« Er hielt kurz inne, als müsste er uralte Tränen runterschlucken. »Auch die ausländischen Pressungen. Dolle Raritäten dabei. Kennt ihr beide zum Beispiel Margots großen französischen Erfolg *Je nais parfait ce soir*?«

Liesel und ich schüttelten die Köpfe.

»Nicht? Na, dann halten Sie sich fest!«

Und dann begann Jochen zu singen und der Trecker tuckerte im Takt.

Je nais parfait ce soir
Je nais parfait ce soir
D'accord, mon chère,
Jète, mon chère
Et manger, mon chère
Avec de toi
Je nais parfait ce soir

Je nais parfait ce soir
Je nais parfait ce soir
Oh, mon cœur
Avec liqueur et beurre
Voulez-vous d'amour
Milord, liberté tu jour
Je nais parfait ce soir

Liesel und ich waren schwer beeindruckt von Jochen Bauers einfühlsamer Darbietung und klatschen begeistert Beifall. Liesel überlegte sogar kurz, so wollte es mir scheinen, ob sie ihren Büstenhalter Richtung Traktor werfen sollte, tat es dann aber doch nicht. Sie war ja im Dienst.

»Sagen Sie, Monsieur«, nahm ich dann aber schnell und mit ernster Miene die Ermittlungen wieder auf, »wissen Sie, ob aktuell jemand in der Mühle wohnt? Wir haben nämlich vorhin Geräusche gehört.«

Bauer kratzte sich am Kinn. »Da ist keiner drin, höchstens ein paar Ratten.«

»Wie lange steht denn die Mühle eigentlich schon leer?«, schaltete sich Liesel ein.

»Hmm«, machte Jochen und sah aus, als würde er nachdenken. »Keine Ahnung«, sagte er nach einer Weile, »da müssen Sie schon den Werner Müller selber fragen.«

Ich glaubte, meine Kinnlade würde bis auf die Straße runterklappen. »Der lebt noch???!!!«

»Logo, Herr Kommissar!«, griente Bauer.

»Aber ... der Müller war doch damals schon alt«, hakte Liesel ungläubig nach.

»Ja und jetzt ist er so um die hundert«, krächzte der zahnbelückte Bauer. »Er wohnt im Dingenskirchener Altersheim, Zimmer dreiundzwanzig, zweiter Stock!«

»Super!«, rief ich, weil mir echt nichts Besseres einfiel.

»Also dann Petri Heil, angeln Sie sich den Ganoven!«; rief Jochen Bauer uns noch zu, bevor er winkend mit seinem Traktor davontuckerte.

Polizeimeisterin Weppen winkte zurück – und ich brauchte dringend einen Cognac.

Kapitel 4

Das Altersheim war einer jener typischen Nachkriegskästen. Quadratisch, praktisch, gut. Und steril wie Sau. Die Flure waren bis auf ein paar vollgestaubte Plastikpalmen blank geputzt und stanken nach Desinfektionsmittel.

Ein Fahrstuhl brachte mich in den zweiten Stock.

Ich war ohne Liesel Weppen nach Dingenskirchen gefahren und hatte meine Assistentin gebeten, im Polizeipräsidium die Stellung zu halten. Das hier musste ich alleine erledigen.

Nummer dreiundzwanzig lag ganz am Ende des Korridors.

Entschlossen, mit Werner Müller kurzen Prozess zu machen, holte ich mein Megafon hervor und richtete es auf die Zimmertür. »Achtung, Achtung!«, brüllte ich in meine Flüstertüte, »Hier spricht die Polizei! Ich bin Kommissar Heinz Engelmann von der hiesigen Kripo und kein kleines Kind mehr! Achtung, Achtung, Sie sind verhaftet, aber ich komme jetzt erst mal auf 'nen Sprung rein!« Dann steckte ich das Megafon weg und trat die Tür aus den Angeln.

Müller grüßte mich nicht, als ich mit einem Satz in sein Zimmerchen sprang, doch ich hatte nichts anderes erwartet. Der Greis hockte zusammengesunken auf seiner Bettkante und glotzte den PVC-Boden unfreundlich an. Die Falten, die sich während der letzten achtunddreißig Jahre in seinem eingefallenen Gesicht angesammelt hatten, konnten locker als Regenrinnen durchgehen. Hier kam jede Anti-Aging-Creme zu spät.

Wie dem auch sei, während Werner reglos wie ein hundertjähriges Playmobilmännchen mit glasigen Augen auf den grauen Boden starrte, sah ich mich staunend in seinem Zimmer um. Die Wände waren bis unter die Decke plakatiert mit Konzertpostern von Margots unzähligen Auftritten rund um den Globus: Margot Müller in New York, Margot Müller in Paris und Las Vegas, Margot Müller in Venedig, Wien und Wacken. Und auf fast allen Plakaten trug sie ihr Glitzerkleid und die rote Federboa, so wie ich es in Erinnerung hatte. Über Werners Nachttisch an der Wand prangte zudem ein ganz besonderes Kleinod: Die gerahmte goldene Schallplatte für *Je nais parfait ce soir!*

Einerseits war ich völlig von den Socken, andererseits raffte ich das nicht. Wieso brachte dieser Kerl erst seine Frau um und kleisterte dann sein Zimmer mit ihrem Andenken zu?

Noch immer schien Werner Müller meine Gegenwart nicht bemerkt zu haben. Ich hatte jedoch jetzt die Faxen dicke und zog professionell meine Dienstwaffe aus dem gut getrockneten Trenchcoat. »Hände hoch!«, schrie ich aus vollem Hals, doch der Greis zeigte nach wie vor keine Reaktion. Ich überlegte, ob er vielleicht taub war wie eine Fledermaus. In seinem Alter ja nicht unüblich.

»Fledermäuse sind *blind*, du Lausejunge!«, blaffte Müller, plötzlich zum Leben erwacht und knirschte mit den dritten Zähnen. Offenbar hörte er nicht nur einwandfrei, er wusste sogar genau, was ich dachte. »Du Nichtsnutz kannst also die alten Geschichten partout nicht ruhen lassen, was?«

»Nein, das kann ich nicht«, raunte ich. »Man hat nämlich unter dem hiesigen Marktplatz Ihre Ex-Frau als blankes Skelett gefunden. Also gestehen Sie bitte endlich!«

Ich wedelte mit meiner Mauser PPK, und der uralte Werner Müller holte tief Luft.

»Damit du Ruhe gibst, sollst du die Wahrheit erfahren, verfluchter Bengel.«

»Na, dann mal raus mit der Sprache!«, jauchzte ich. »Sie kriegen zwar lebenslänglich für den Mist, den Sie gebaut haben, aber in Ihrem Fall sind das ja nicht mehr als ein, zwei Jahre.«

»Nun mal langsam, Heinz, ich kann meine Frau überhaupt nicht umgebracht haben …«

»Ach nee?«

»Nee, weil ich nämlich nie eine Frau hatte!«

»Wie bitte?«

»Ich selbst war Margot!«

Ich fühlte, wie mir der PVC-Boden unter den Füßen weggezogen wurde, und ich ließ meine Dienstwaffe langsam sinken. »Sie … selbst?!«

»Da staunste, was? Tagsüber mahlte ich Schrot und Korn in der Mühle, und abends habe ich Make-up aufgelegt, bin in Glitzerkleid und Federboa geschlüpft und durch die Revuelokale und Konzertsäle getingelt. Nur so konnte ich mein zweites Ich ausleben, denn damals war die Welt einfach noch nicht reif für einen Müller in Frauenklamotten.«

Mein Rachen war mittlerweile trocken wie fünf Quadratkilometer Wüste. »Das leuchtet ein«, räumte ich ein. »Also erfanden Sie Margot, die singende Ehefrau, und konnten einerseits der bodenständige, unfreundliche Müller bleiben, andererseits aber auch der glamouröse Weltstar sein, der rund um den Globus verehrt wurde!«

»Alles lief rund und meine Lieder schlugen überall ein wie Granaten«, grummelte Werner weiter. »Bis eines Tages mein Vater, der ja auch gleichzeitig mein Schwiegervater war, dahinterkam und drohte, mich zu enterben.«

»Aha.« Ich suchte in meiner Manteltasche nach den Zigaretten, fand sie aber nicht. »Und das wollten Sie natürlich nicht riskieren, also haben Sie die Bühnenkleidung in den

Dingesbach geschmissen, Ihre Frau als vermisst gemeldet und Ihr Doppelleben aufgegeben.«

»Genau, du Lausebengel, und so wurde ein für alle Mal aus Margot Werner.«

Für einige Augenblicke breitete sich eine unheilschwangere Stille in dem plakatierten Altersheimzimmer aus.

Äußerlich blieb ich der abgebrühte Leiter der hiesigen Mordkommission, aber innerlich schäumte ich vor Wut. »Soll das etwas heißen, dass Sie Ihre Margot gar nicht abgemurkst haben und ich nicht nur diesen Mordfall nicht aufgeklärt habe, sondern auch ganz umsonst Kripobeamter geworden bin?!«, explodierte ich schließlich.

»Scheint so, du Lausebengel«, meinte Müller, nun wieder ganz der unfreundliche Müller.

Kurzerhand ging ich zum Fenster, riss den Rollladengurt aus der Verankerung und zurrte den grinsenden Greis damit an sein Bettgestell. »Ich fessele Sie wegen Irreführung der Menschheit und noch dazu wegen Frankfurt-am-Main-Eid vor achtunddreißig Jahren!«, knurrte ich und zog den Gurt stramm. Irgendwo in ihm drin knackte ein Knochen, aber das war mir egal. Von alten Knochen hatte ich endgültig die Schnauze voll!

Dann stampfte ich aus dem Zimmer, ohne Tschüss zu sagen. Stattdessen sagte ich: »Alles was Sie jetzt sagen, Herr Müller, kann vor Gericht gegen Sie verwendet werden, und ich will es nicht hören!«

Sollten sich doch die Kollegen von der Dingenskirchener Polizei an diesem Lump die Finger schmutzig machen, dachte ich und verließ mit *Je nais parfait ce soir* im Ohr das Altersheim.

* * *

Liesel bekam Nummer vierundvierzig und ich die Nummer sechzehn. Feng Shui mit Reis und scharfer Soße. Ich hatte meine Assistentin auf der Rückfahrt von Dingenskirchen aus einer gelben Telefonzelle angerufen, und wir hatten uns im *Lotus King* verabredet, um über die niederschmetternden Ereignisse zu sprechen.

Außerdem musste ich jetzt dringend etwas futtern. Und da ich eh am hiesigen Marktplatz vorbei musste, um dem Baumeister zu sagen, er könne jetzt wieder aus seinem Bagger kommen, lag Ching Chang Chongs Schnellrestaurant natürlich nahe. Liesel und ich saßen in einer der Nischen, umgeben von allerlei exotischem Schnickschnack, mit dem so ein Chinarestaurant vollgestopft ist. Natürlich gab es auch an jedem Kopfende ein Aquarium, das vor sich hingluckerte, während wir die dampfenden Speisen in uns reinschaufelten.

Wem zum Kuckuck gehörte bloß das Skelett, wenn nicht Margot Müller, die es ja gar nicht gab. Und wie sollte ich das jemals herausfinden? Doch das war ja nicht das Schlimmste. Ich war achtunddreißig Jahre lang einem Mörder auf der Spur gewesen, der überhaupt keiner war! Das saß mir ganz schön in den Knochen. Ach, verdammte Hacke, warum dachte ich immer nur Knochen? Knochen hier, Knochen da, Knochen in Südafrika!

Verärgert über mich selber, flog mir glatt eine Morchel vom Stäbchen.

»Ah, Herr Kommissar. Gut, dass ich Sie endlich finde!«

Ich schreckte auf. Die mittelalte Frau, die an unseren Tisch gewetzt kam, hatte ein hochrotes Gesicht und wirkte, als wäre sie einmal um ganz Hiesig gejoggt.

»Hallo, Frau Doktor, wo brennt denn der Schuh?«, fragte ich, schnappte mir die abtrünnige Morchel und schob sie in meine Kauleiste.

Die Pathologin zog sich keuchend einen Stuhl heran und setzte sich zu uns.

»Kommissar Engelmann, kennen Sie das hier vielleicht?«, hechelte die Anna Lühse erwartungsvoll und knallte einen komischen Gegenstand auf den Tisch.

»Nein, Frau Doktor.« Ich schüttelte den Kopf. »Ich kenne mich leider mit diesem neumodischen Kram nicht aus.«

»Aber Chef«, schaltete sich Liesel ein. »Das ist doch eine Digitaluhr.«

»Bingo«, nickte die aparte Gerichtsmedizinerin. »Die rutschte doch tatsächlich vorhin vom linken Handgelenk des Skeletts, als ich es gerade entsorgen wollte!«

»Sachen gibt's!«, staunte ich und schob meinen Teller beiseite.

»Dumm gelaufen!«, meinte Liesel und leckte sich betrübt eine letzte Nudel von den süßsauren Lippen. »Hätten wir das früher gewusst, dann wäre längst klar gewesen, dass die Leiche keine achtunddreißig Jahre alt ist, denn Digitaluhren waren ja damals noch technisch undenkbar.«

»Jawollja, Fräulein Weppen!«, nickte die Gerichtsmedizinerin. »So undenkbar wie ein Bonanzarad oder der Zauberwürfel.«

Ich rollte so doll mit den Augen, dass mein Blick zufällig auf das Fischbecken fiel, vor dem Liesel saß. Genauer gesagt, auf etwas darin, das nicht dahin zu gehören schien.

»Was ist das da eigentlich in dem Aquarium?«

Die Damen drehten sich fragend um.

»Da! Zwischen dem Grünzeug und der kleinen Schatztruhe.« Kurzerhand griff ich ins Becken und fischte das Ding heraus.

»Aber das ist ja … stammelte Liesel, wurde aber von Doktor Lühse unterbrochen, die jetzt meinen nassen Arm gepackt hatte und gierig daran schnüffelte.

»Bah!«, verzog sie das Gesicht, »Mein lieber Scholli, genau so fies hat der Schädel des Skeletts aus dem Hals gemüffelt, als ich ihn pathologisiert habe!«

»Tatsächlich?«, fragte ich und leckte neugierig an meinem Arm. Der Geschmack kam mir total bekannt vor und die Spur eines Lächelns huschte über meine pikanten Lippen, an denen noch immer etwas scharfe Feng-Shui-Soße klebte. Sollte ich diesen Fall eventuell doch noch bravourös aufklären können? Mein gewiefter Blick wanderte durch das Schnellrestaurant. »Sagt mal, Mädels, fällt euch was auf?«, grinste ich in die Runde und hatte nun endgültig das Gefühl, als würden sich die Ereignisse überschlagen.

»Was denn, Chef?«

»In allen Aquarien hier sind glotzende Goldfische, wie man das von Chinalokalen kennt«, erklärte ich. »Aber in dem, in das ich gerade reingepackt habe, paddeln ganz andere Viecher!«

Die Damen starrten erstaunt in besagtes Becken, die Fische starrten zurück.

»Und Sie, liebe Anna«, fuhr ich fort, »Sie sagten mir doch heute Mittag am Telefon, dass das Skelett im Wasser gelegen haben muss!«

»Leck mich fett!«, entfuhr es da der Frau Doktor. »Sie meinen, dass …«

Irgendwie sprachen heute alle ihre Sätze nicht zu Ende, doch bevor ich das zur Sprache bringen konnte, unterbrach mich Ching Chang Chong, der zu uns an den Tisch kam. »Hatte schmeckt alle zusammen?«

»Oh ja, sehr lecker«, lächelte Liesel.

»Möchte die Hellschaften noch ein gebackene Banane fül Tisch danach?«

Als ich Chings Fahne roch, wurde mir schlagartig klar, wonach mein Arm schmeckte.

»Chong gut, danke, ich habe nur eine Frage«, leitete ich ein.
»Bitte, Hell Kommissal?«

»Wo waren Sie gestern?«

Seine Augen wurden so rund wie es ging. »Gesteln Luhetag, Hell Kommissal. *Lotus King* dicht.«

»Aha«, brummte ich, ergriff sein schmales, schwarzes Krawattchen und riss ihn runter auf die Tischplatte.

»Dass Sie schon den ganzen Tag nach Pflaumenschnaps stinken, hätte mich gleich stutzig machen sollen!«, pflaumte ich ihn an.

»Wil Chinesen saufe ständig Plaumeschnaps, Hell Kommissal«, stammelte er.

»Geschenkt. Und wer ist Sabrina Losheim?«, zischte ich.

Chong schnappte auf einmal nach Luft wie ein glotzender Goldfisch auf Landurlaub.

»Kenne keine Sablina.«

»Und was ist das hier?«, schnaubte ich und warf das Ding auf den Tisch, das ich vorhin aus dem Becken gefischt hatte.

Er starrte auf das Namensschildchen, auf dem das Emblem der Firma *Matratzen Comfort* prangte und das ohne Zweifel einer gewissen Sabrina Losheim gehörte.

»Die müssen Sie kennen. Die war nämlich hier bei Ihnen im Aquarium!«

»Ja?«

»Ja!«

»Ich kann mil nicht alle Gäste melken«, japste der Chinese.

Das Schlitzohr wollte sich losreißen, doch ich zog Chong wieder mit lautem Klong auf die Tischplatte zurück. »Schön hier geblieben, Freundchen.«, knurrte ich. »Und jetzt raus mit der Sprache!«

»Diese Sablina kam gesteln nach Hiesig auf den Malktplatz«, wimmerte Chong. »Sie ist Filialleitelin von dem neuen

Matlatzemalkt und wollte sich ein Bild machen von Baualbeiten. Doch Matlatzemalkt ist del Tod fül die kleine Geschäfte hiel und die ganze hiesige Innestadt! Also habe wil die Flau Losheim dann gesteln Abend hielhin auf viel Pflaumeschnaps eingeladen.«

»Wer ist ›wil‹?«, hakte jetzt meine attraktive Assistentin nach.

»Das ist doch logisch, liebe Liesel«, erklärte ich, »Herr Chong, Erna Fadenstrick und Jochen Bauer.«

Der Chinese nickte mit dem Kopf auf der Tischplatte.

»Dann haben die drei die Filialleiterin mit Pflaumenschnaps abgefüllt, blutig geschlagen und sie dann hier in dieses Fischbecken gedrückt«, kombinierte ich weiter, »da sind nämlich Piranhas drin.«

Anna Lühse bekam große Augen. »Ach, und dann haben die Tierchen die arme Sabrina nach und nach bis auf die Knochen blank genagt?«

Erneut schabte Ching Chang Chongs Schallplattenfrisur bejahend auf dem Tischtuch hin und her.

»Und nachdem der Baggerfahrer gestern angefangen hatte, das Loch draußen auf dem Platz zu graben, war der teuflische Plan perfekt«, schlussfolgerte Liesel.

»Lichtig«, keuchte Herr Chong resignierend, »Elna, Jochen und ich wussten ja, dass del Dingensbach hiel mal helfloss und del Hell Kommissal seit einel Ewigkeit den Fall Malgot Müllel aufklälen will.«

Da konnte ich doch nur müde lächeln. »Und ihr drei Ladenhüter dachtet, dass ich jedes dahergelaufene Skelett mit Digitaluhr für die Leiche von Margot Müller halten würde?«

»Klal, Hell Kommissal!«

»Tja, euer Pech, dass es Margot Müller nie gegeben hat.«

Ich ließ Ching Chang Chongs Krawatte los und sah dabei zu, wie der Chinese durch das halbe Restaurant flog.

»Abfühlen!«

»Jawohl, Chef«, nickte Liesel, stand vom Tisch auf und holte die Handschellen hervor, während ich mir eine wohl verdiente *Overstolz* ins Gesicht klemmte.

Kapitel 5

Am nächsten Morgen ging ich nicht zum Dienst. Nachdem Liesel Weppen am Vorabend Ching Chang Chong ins hiesige Gefängnis gesteckt hatte, war sie bei Erna Fadenstrick und Jochen Bauer vorbeigegangen und hatte die beiden auch noch eingelocht. Akte zu, Affe tot und das Präsidium würde auch mal einen Tag ohne mich auskommen.

Also frühstückte ich zu Hause eine *Overstolz* mit Cognac, stieg dann in meinen rosaroten Panda und fuhr zum hiesigen Bahnhof. Ich schwatzte Alfons vom Bahnhofskiosk die beste und einzige Flasche *Rémy Martin* ab, die er hatte, und ließ sie in Geschenkpapier einwickeln. Dann sprang ich wieder in meinen Wagen und bemerkte im Rückspiegel den breit grinsenden Leiter der hiesigen Mordkommission.

Vor lauter Vorfreude spielte mein rechter Fuß mit dem Gaspedal, und ich jagte den Panda mit 46 km/h kaffauswärts. Die Schmetterlinge in meinem Bauch hatten Probleme zu folgen. Die Sonne, die durch die Windschutzscheibe prasselte, schien geradewegs in mein Herz hinein. Ich kurbelte das Fenster herunter, ließ den Fahrtwind meinen Hut verrücken und hatte längst nicht mehr das Gefühl, in meinem Auto zu sein. Ich saß in einer Zeitmaschine.

Nach etwa fünf Minuten bog ich auf die schmale Straße ab, die am Bach entlang und zur alten Mühle führte. Ich wusste, dass es ein schöner Tag werden würde. Und jetzt wusste ich auch, was ich tags zuvor am Nachmittag in der Mühle gesehen hatte, was das Glitzern auf den moosbedeckten Treppenstufen gewesen war! Ein wohliges Gefühl breitete sich in mir aus wie Honig.

Der rosarote Panda kam vor dem Haus zum Stehen. Ich stieg aus und sah, wie sich die Holztür öffnete. Der Mann, der aus der Mühle ins Sonnenlicht kam, glich einem Landstreicher. Er trug eine eingerissene, alte Lederjacke und eine zerschlissene Cordhose. In seinem Gesicht wucherte ein leicht angegrauter Vollbart, doch ich erkannte ihn sofort. Wir gingen aufeinander zu und fielen uns in die Arme. Seine Klamotten trugen den gleichen Modergeruch, wie das Innere der verfallenen Mühle, doch ich ließ ihn eine ganze Weile nicht los.

»Ich wusste, dass du zurückkommen würdest, Heinz«, sagte der Mann schließlich und grinste. »Kein Mensch außer dir raucht *Overstolz*, also war mir gleich klar, dass es deine Kippe sein musste, die in der Pfütze lag.«

»Und ich wusste, dass du hier bist«, entgegnete ich und rückte meinen verrückten Hut zurecht.

»Woher denn?«

»Du hattest meinen Flachmann auf der Treppe verloren, als du nach oben geflüchtet bist.«

Er sah zu Boden. »Stimmt, den habe ich dir nie zurückgegeben.«

Ich nickte. »Bin froh, dass du ihn behalten hast.«

»Und du bist tatsächlich bei der Polente gelandet. Mit Trenchcoat und Hut, so wie damals der Neutze.«

»Nur keine Beleidigungen«, lachte ich und zog die Flasche *Rémy Martin* unter meinem Mantel hervor.

Hans staunte nicht schlecht. »Das ist ja irre, Heinz! Ist die für mich?«

»Na klar.«

Seine Augen glitzerten wie Diamanten. »Mensch, wo haste die denn her?«

»Am Bahnhofsbüdchen gekauft.«

»Haha!«

Wir kletterten die Wiese hinauf, zu unserem Lieblingsplatz, wie zwei Schuljungen, die sich aufmachten, die Welt zu erkunden. Das Bachrauschen begleitete uns, und wir hörten die Hummeln von Blüte zu Blüte summen.

Hans erzählte mir von seinen Reisen und von Ländern, die ich gar nicht kannte. So wie ich vor achtunddreißig Jahren nicht wusste, wo Mazedonien lag. Ich plauderte von den ganzen Kriminalfällen, die ich im Laufe der Zeit aufgeklärt hatte, und zwischendurch rauchten wir *Overstolz* und nahmen ein Schlückchen Cognac. Wir tranken auf Margot Müller, auf unsere Freundschaft und prosteten der alten Mühle zu.

Für den Rest des Tages würden wir hier an unserem Lieblingsplatz bleiben, ausgestreckt im duftenden Gras, und der Sonne dabei zusehen, wie sie immer pampelmusiger und schwerer wurde, so schwer, dass sie langsam vom Himmel rutschen und schließlich vom hiesigen Kirchturm aufgespießt werden würde.

Und für einen klitzekleinen Augenblick war es wieder so, als würde ich in drei Tagen meinen achten Geburtstag feiern.

Tot ist tot, und Schnaps ist Schnaps!

»Auf alle Fälle ist dies die hochprozentige Titelstory, in der ich einiges schlucken musste, eine aufreibende Verfolgungsjagd überlebte und mir sogar die Haare schön machte! Dieser berauschende Fall ging ab wie eine Rakete, ich bekam es mit fiesem Fusel, Schalldämpfern und Windpocken zu tun und hatte bis zur streng geheimen Auflösung keinen blassen Dunst, ob man mir reinen Wein einschenkte …«

Kapitel 1

Peter Alexander lächelte mich an. Doch die Litfaßsäule, an der sein Konterfei im Großformat klebte, bot ums Verrecken nicht genügend Schutz. Wieder fauchte ein schallgedämpfter Schuss durch die Gegend und wieder genau in meine Richtung. Flink machte ich einen Satz zur Seite, riss den Kopf herum und sah dem Geschoss dabei zu, wie es neben mir in die Litfaßsäule pfefferte.

Ich schlug geistesgegenwärtig den Rest meines Mantelkragens hoch und humpelte, so schnell es meine aufgerissenen Schuhspitzen erlaubten, die Straße hinauf.

Wieder ein Schuss, der mir um Haaresbreite den Hut vom Schädel gepustet hätte, den ich mir gerade gerade gerückt hatte. Man merkte, dass der Lump ein guter Schütze war, ich hingegen war Steinbock.

In letzter Sekunde hechtete ich in eine Toreinfahrt und kam mit wehendem Trenchcoat und einem ordentlichen Scheppern zwischen den Ascheneimern zum Liegen, die in einer Ecke des Hinterhofs scharenweise herumstanden. Im Fallen riss ich mir die Schulter des Mantelstoffs an einem der Metalldeckel auf, doch das machte mir nichts mehr aus, war ich doch ohnehin durch den langen Ritt über den Asphalt bis auf die Knochen aufgescheuert. Meine gute Manchesterhose auch.

Keuchend fummelte ich in der Tasche nach meiner Waffe, um dem Halunken demnächst auch mal eins auf den Pelz zu brennen, fand jedoch nur meine Zigaretten. Auch gut.

Untertauchen und rauchen.

Und zum Feierabend möglichst nicht tot sein!

Während ich mir also mit geducktem Mund eine leckere *Overstolz* zwischen die Lippen klemmte, hoffte ich inständig, dass mich das Knistern der Zigarettenschachtel nicht verraten würde. Oder die Schnapswolke, die von mir ausging.

Ich nahm einen tiefen Zug und sog den aromatischen Rauch meiner köstlichen *Overstolz* ein. Ich verzog mich tiefer ins hinterhöfische Dickicht der Mülleimer, gab mir Feuer und nahm ein paar tiefe Züge von der Zigarette, deren Rauch man anmerkte, dass im Geschmack der Genuss lag.

Verdammte Hacke! Obwohl ich ein ausgefuchster Hase war, hatte ich einen Fall wie diesen noch nie erlebt. Innerhalb der letzten paar Stunden war ich niedergeschlagen, beraubt und gehörig verarscht worden. Ich war Zeuge eines Mordes geworden, von dem ich nichts mitbekommen hatte, und nun sollte ich auch noch zur Leiche gemacht werden!

Eigentlich war ich nur in diesen Fall geraten, weil die kleine Evi die Windpocken hatte. Das klingt natürlich jetzt komisch, ist aber so. Hätte Evi nämlich keine Windpocken, dann wäre sie in den Kindergarten gegangen. Mit Windpocken keine Chance. Also musste ihre Mama, die Edeltraut, zu Hause bleiben und auf sie aufpassen. Da Edeltraut aber vormittags immer in der hiesigen Änderungsschneiderei aushalf, konnte sie sich verständlicherweise nicht um Evi kümmern und hatte ihre Schwester Bärbel angerufen. Doch die Bärbel lag mit Magendarm im Bett und hatte am Telefon ganz schön schlapp geklungen. Also musste Edeltraut ihren Schwager Alfons bitten, sich zumindest am Vormittag um die kleine Evi zu kümmern, was Alfons dann auch gerne tat. Das wäre an sich alles nichts Schlimmes, würde Alfons nicht der hiesige Bahnhofskiosk gehören. Dieser blieb aufgrund der Ereignisse nämlich an diesem Vormittag geschlossen, weil der Alfons so kurzfristig keine Vertretung hatte auftreiben können.

Das alles hatte ungefähr so auf dem Pappschild im Fenster des Bahnhofsbüdchens gestanden. Fassungslos hatte ich an der Tür gerappelt, doch Alfons' Laden war wirklich dicht gewesen. Dabei hatte ich doch dringend eine neue Flasche Cognac für im Büro gebraucht! Als Leiter der hiesigen Mordkommission war ich stets so zeitig im Polizeipräsidium, dass es für Kaffee oft viel zu früh war. Heute früh war plötzlich meine sonst so volle Pulle leer gewesen und ich hatte Nachschub gebraucht, um ermittlungstechnisch adäquat in den Tag starten zu können. Klar, hätte Evi keine Windpocken, dann hätte Alfons in seinem Büdchen gestanden und mir wie immer eine Flasche Cognac verkauft, ich wäre wieder in mein Büro zurückgetigert und nie zur Schnapsbrennerei gefahren. Einen verbeulten, blutigen Hinterkopf hätte ich ebenfalls nicht. Meine Hände würden nicht nach Kunststofflack, meine Klamotten nicht nach Abgasen und Schnaps stinken und sähen auch keinesfalls aus wie ein ausgelutschtes Scheuertuch. Und vermutlich wäre Frau Börner jetzt sogar noch am Leben.

Ich stieß einen Seufzer aus und überlegte. Wo war ich stehen geblieben?

Ach ja, ich lag qualmend zwischen den Ascheneimern, das Herz schlug mir bis zum Hals und ich spürte, wie das Blut in meinen Adern Karneval feierte. Mein malträtiertes Kreuz tat mittlerweile höllisch weh und war so krumm und verbogen, dass ich mich in diesem Augenblick weniger als Kriminalkommissar fühlte, eher als Schief-Inspektor.

Ich lauschte und der Geruch von alten Spaghettiresten, vergammeltem Spitzkohl und Knoblauchfleischwurststanniolpapier stach mir in die Nase. Gewürzt mit einer Prise Katzenpipi. Jippie.

Ich hielt den Atem an und hoffte nach wie vor, von diesem gemeingefährlichen Rabauken nicht entdeckt zu werden, als plötzlich über mir ein Schatten auftauchte und sich ein Hauch von Kölnisch Wasser in den Abfallgestank schmuggelte.

»Feuer, Herr Kommissar?«

Ich zuckte zusammen und rechnete mit dem Schlimmsten. Und das zu Recht, denn anstelle eines Streichholzes hielt mir der Schmandlappen im Zweireiher den Stutzen seines Schalldämpfers unter den Riechkolben. Solche Situationen könnte ich hassen! Während ich Ihnen die ganzen Zusammenhänge erläuterte, hatte sich der Halunke doch glatt unbemerkt von hinten an die Mülleimer herangeschlichen, wie eine Katze auf dem heißen Blechdach.

»Tut mir leid, Bulle, aber ich fürchte, Sie wissen einfach zu viel!«, grinste mich der aalglatte Killer hämisch an und spannte genüsslich den Hahn.

In diesem Augenblick knisterte die Spannung in dem Hinterhof gehörig, aber es ist wohl am besten, wenn ich den ganzen Fall ganz von vorne erzähle …

* * *

Die Sonne glitt am Horizont empor und begrüßte den jungen Tag, der gerade außerhalb des hiesigen Polizeipräsidiums anbrach. In wenigen Augenblicken würde die Turmuhr zwanzig nach sieben schlagen.

Ich saß am Schreibtisch in meinem Büro und blinzelte in das fahle Licht, das die schmierigen Fensterscheiben von der Morgensonne übrig ließen. Meine attraktive Assistentin, Polizeimeisterin Liesel Weppen, mit der ich gemeinsam die hiesige Mordkommission bildete, war Mitte fünfundzwanzig und hatte langes, blondes Haar. Aber um diese Uhrzeit war sie noch nicht im Büro.

Eigentlich hatte ich heute Morgen zu Hause frühstücken wollen, zog aber erst jetzt meine Zigarettenschachtel aus dem Trenchcoat und steckte mir eine gute *Overstolz* an. Sie schmeckte reif und würzig. Während der qualitativ hochwertige Qualm zur vergilbten Bürodecke aufstieg, griff ich nach der Cognacflasche, die stets auf meinem Schreibtisch neben dem Aschenbecher beim Telefon stand, denn für Kaffee war es noch viel zu früh. Während ich so goss und goss, merkte ich, dass die Flasche leer war. Außer warmer Büroluft befand sich auch nach einer Weile nichts im Glas. Verdammte Hacke, der Tag ging ja gut los. Aber als gewiefter Kriminalkommissar wusste ich mir natürlich auch in solchen Notsituationen zu helfen, sprang vom Schreibtisch auf und verließ nicht nur mein Büro, sondern gleich das ganze Präsidium. Schnurstracks ging ich zu dem Alfons seinem Bahnhofsbüdchen, das quasi um die Ecke lag, so wie hier alles quasi um die Ecke lag, da Hiesig ja, wie erwähnt, ein kleines Nest war. Bei Alfons kaufte ich mir immer mein Leibgetränk, wenn es sein musste auch mehrmals am Tag. Mit einem Liedchen auf den Lippen und Cognacschmacht im Blut gelangte ich nach halbminütigem Fußmarsch zum Kiosk.

Sofort fiel mir das Pappschild auf, das in eines der kleinen Fenster geklemmt war. Darauf stand:

Liebe Kunden,
Evi hat Windpocken.
Da sie so nicht in den Kindergarten gehen kann und ihre Mama Edeltraut nicht auf sie aufpassen kann, weil sie in der Änderungsschneiderei arbeiteten muss, und ihre Schwester Bärbel, die gerne bei Evi bleiben würde, leider mit Magendarm flachliegt, wurde ich von Edeltraut, die übrigens meine Schwägerin ist, gebeten, mich – zumindest heute Vormittag – um

die Kleine zu kümmern. Das tue ich natürlich gerne.
Da ich so kurzfristig allerdings keine Vertretung auftreiben konnte, muss mein Bahnhofsbüdchen vorübergehend geschlossen bleiben.

Ihr und euer Alfons vom Bahnhofsbüdchen

Das Liedchen auf meinen Lippen hatte von Dur in eine mollige Tonart gewechselt, und ich drehte mich enttäuscht auf dem Absatz um. Mein kriminalistischer Spürsinn sagte mir, dass ich dringend etwas unternehmen musste! Mit Windpocken war nicht zu spaßen. Und ohne was Vernünftiges im Magen konnte ich schlecht im Büro sitzen und auf einen Mordfall warten.

Als ich nach etwa vierzig Sekunden wieder am Polizeipräsidium angelangt war, hatte ich aber einen todsicheren Plan geschmiedet, um an Cognac zu kommen – ich war ja nicht umsonst ein ausgebuffter Kripobeamter. Also fischte ich meinen Autoschlüssel aus der Manteltasche und ging zu meinem Dienstwagen, der gleichzeitig mein Privatauto war, und am Bordstein vor dem Präsidium parkte.

Nun wieder gut gelaunt, kletterte ich in den rosaroten Panda und bretterte mit 23 km/h und quietschenden Reifen davon. Der Fall »leere Cognacflasche« war schon so gut wie gelöst!

Kapitel 2

Das große, rote Backsteingebäude glitzerte in der Morgensonne. Um dreizehn Minuten nach acht brachte ich den Panda davor zum Stehen und stieg aus. Rings um das Haus wiegten sich ein paar Kiefern schlaftrunken im Wind.

Ich drückte auf die Klingel neben der Tür, über der in großen Lettern *Schnapsbrennerei Börner & Börner* geschrieben stand. Das Gleiche stand auch auf dem grünen Lieferwagen, doch der war gerade nicht da.

Die Börnerei der Börners lag etwas außerhalb von Hiesig, mitten im Grünen. Hier wurden seit Generationen allerlei leckere Schweinereien hergestellt und dann in alle Welt exportiert. Korn- und Obstschnäpse, edle Likörchen und was weiß ich noch alles. Hauptsache es hatte zig Umdrehungen und veranstaltete ordentlich Rambazamba in den Blutgefäßen. Hier würde man mir bestimmt mit einem Literchen Cognac aushelfen können.

Ich klingelte noch einmal, und dann drehte sich drinnen ein Schlüssel im Schloss, und die Tür wurde geöffnet.

Die Frau, die im Rahmen erschien, war zwar die Hausherrin, optisch war sie allerdings nicht gerade der Burner. Anfang fünfzig, mit hennaroter Kurzhaardackelfrisur sah sie ein bisschen aus wie Günter Strack, wenn der eine Frau gewesen wäre.

Ein Blick in ihr Gesicht, und ich konnte meinen Hintern gleich besser leiden. »Guten Morgen«, grüßte ich und tippte zum Gruß an meinen Hut.

Frau Sieglinde Börner war zwei Köpfe größer als ich, trug hauptsächlich ein geblümtes Schürzenkleid und duftete verführerisch nach Schnaps. Seit ihr Mann an einer Alkoholvergiftung gestorben war, führte sie das Geschäft alleine weiter. »Ach, Sie sind doch der Kommissar aus der Stadt, gelle?«, freute sie sich. »Das ist ja eine Überraschung!«

»Ganz genau, ich bin Kommissar Heinz Engelmann, Chef der hiesigen Mordkommission.«

»Aber hier ist doch gar kein Mord passiert, Herr Kommissar.«

Dass das nur noch eine Frage der Zeit sein würde, konnte ich natürlich in diesem Moment noch nicht ahnen. »Ich weiß, Frau Börner, ich bin auch nicht dienstlich hier, ich habe Durst.«

»Das ist ja nett«, meinte die Schnapsbrennerin und blickte sichtlich erfreut auf meinen rosaroten Panda. »Und Ihr schönes Auto haben Sie auch mitgebracht.«

»Na klar, oder glauben Sie, ich latsche die acht Kilometer von Hiesig bis hierher?«

Mit einem Grinsen, das ich nicht recht zu deuten wusste, winkte sie mich ins Haus. »Dann mal rein in die gute Stube.« Der Hennadackel machte eine 180-Grad-Drehung und tippelte vorweg durch den Korridor.

»Es wäre schön, wenn Sie ein Tröpfchen Cognac für mich hätten, denn die kleine Evi hat die Windpocken.«

»Mit Windpocken ist nicht zu spaßen! Aber nö, Herr Kommissar, Cognac ham wir nicht, aber kommen Sie doch mal mit.«

Wie bitte? Kein Cognac?

Niedergeschlagen folgte ich der Börner in die Maischehalle. Hier stapelten sich Gerstenmalzbeutel und Kartoffelsäcke, während allerlei Obst und Früchte in Holzstiegen darauf warteten, durch den Schnapswolf geknödelt zu werden. Mehrere Destillen aus Glas und Messing, in deren Innerem es munter vor sich hinblubberte, standen herum. Ebenso ein mannshoher Brennkessel, aus dem es fröhlich dampfte. Diese Apparate ließen garantiert kein Korn auf dem anderen.

»Hier stellen wir das ganze scharfe Zeugs her, Herr Kommissar«, schwärmte Sieglinde Börner jetzt mit glasigen Augen. »Alles vom Allerfeinsten und nach streng geheimen Familienrezepten. Da kann Ihre heißgeliebte Cognacplörre echt nach Hause gehen.« Sie fing an, mit den Händen vor ihrem stupsigen Schnapsnäschen herumzufächern. »Hmmmm, das duftet, gelle?«

Meine Fresse, allein die Spritschwaden, die im Raum hingen, machten einen ja schon völlig knülle. Kein Wunder, dass es Herrn Börner dahingerafft hatte. Hier drin wäre ich auch gerne mal an einer Alkoholvergiftung gestorben.

Im hinteren Teil der Brennerei thronten fünf Fässer an der Wand, die vom Boden bis zur Decke reichten. Ganz schöne Oschis waren das.

Sieglinde griff ein Glas aus einem Regal und wedelte damit herum. »Nun, Herr Kommissar Engelmann, was darf ich Ihnen denn zur Verkostung kredenzen?«, fragte sie erwartungsvoll. »Sie möchten doch bestimmt mal ein Schlückchen *Schwarzen Rachen-Börner* kosten, gelle? Aus Johannisbeeren. Oder unser *Flammendes Kirschinferno*? *Börners Lendenfeuer* aus hiesigen Schlehen kann ich selbstverständlich auch empfehlen. Knallt hervorragend, ist allerdings sehr süß. Eher was für Mädchen. Von dem *Lendenfeuer* ist übrigens mein Männlein abgekratzt.«

»Wie genau ist das eigentlich geschehen, Frau Börner?«, fragte ich, denn das wollte ich natürlich immer schon wissen.

»Ach, der Arme hat beim Etikettieren der Pullen einfach ein paar Mal zu tief eingeatmet.«

»Eine Tragödie«, seufzte ich, »Wie lange ist das jetzt eigentlich her, Frau Börner?«

»Das war letzten Dienstag.«

»Aha. Und Sie haben wirklich keinen Cognac da?«

Sieglinde schüttelte ihren struppigen Streichholzkopf. »Aber, Herr Kommissar, ich kann Sie bestimmt für den Star unter unseren Spezialitäten begeistern, *Börners Schnurzwurz*!«

»Was für'n Gerät?«

»Der *Schnurzwurz* ist nicht nur unser Verkaufsschlager, sondern auch so lecker, dass er eigentlich die Zutaten nicht verdient, die in ihn reinkommen. Und die darf ich Ihnen natürlich nicht verraten, Kommissar Engelmann. Hat auch nur knapp sechzig Umdrehungen, das Zeug. Mehr als ihr rosaroter Panda da draußen. Und die ausgewogene Verbindung aus Alkohol, wertvollen Kräutern und Alkohol sorgt für des *Schnurzwurzes* charaktervollen Geschmack.« Die Börner lächelte stolz wie Oskar und fuhr wie ein wandelnder Werbespot munter fort. »Außerdem brennt der im Hals wie Sau, da werden Sie garantiert gleich Feuer fangen!«

»So?« Mir wurde angst und bange, und ich sehnte mich nach einem ganz gewöhnlichen Cognäcchen.

Doch Sieglinde Börner war anscheinend immer noch nicht fertig mit ihrer Wurzgeschichte. »Da unser *Schnurzwurz* auf Kräuterbasis angerührt wird, nimmt man ihn übrigens auch gerne bei Darmproblemen als Medizin ein, denn er entfaltet beim Stuhlgang seine ganze Wirkung«, lächelte sie und wedelte weiterhin gefährlich mit dem Schnapspinnchen.

»Verstehe, das Zeug ist ein Afterbörner«, schlussfolgerte ich und schluckte.

Sieglinde strahlte. »Apropos Stuhlgang, setzen Sie sich doch, Herr Kommissar.« Sie deutete auf einen klapprigen Holzstuhl, trat dann an die riesigen Fässer heran und klopfte dagegen, so wie man alten Kumpels beim Wiedersehen auf die Schulter patscht. Die Fässer antworteten mit tiefem Gluckern. Offenbar waren sie randvoll. »Oder möchten Sie sich einfach mal durchprobieren? Hier ein Schlückchen, da ein Schlückchen?«

Meine Geschmacksknospen machten ein trauriges Gesicht. Jeder billige Fusel war mir lieber als so ein dreifach gebrannter Rittberger.

Frau Börner bückte sich und befüllte das Schnapsglas unter einem der Zapfhähne. »Kommen Sie, Herr Kommissar, Sie probieren jetzt einfach mal unsere Spezialität. Ist lecker, gesund und löscht den Durst!«

Ich glaubte ihr kein Wort.

Die hässliche Brennereibesitzerin ließ keinen Zweifel aufkommen, dass sie mich unbedingt einer Schnurzwurzelbehandlung unterziehen wollte. Da ich nicht nur ein cleverer Kriminalist, sondern auch ein wohlerzogener Bursche war, machte ich ihr die Freude und nahm das Glas, in dem das durchsichtige Nass hochprozentig hin und her schwappte. Allein das Bouquet klappte mir die Zehennägel auf links. Doch ich roch plötzlich auch noch etwas anderes. War das Kölnisch Wasser?

Im selben Augenblick traf mich eine Häuserzeile am Hinterkopf, und irgendwer knipste das Licht aus.

* * *

Als ich die Augen wieder aufschlug, sah ich die Backsteindecke. Bedeutete also, dass ich auf dem Rücken lag. Ich entschied, dass ich mich nach wie vor in der Schnapsbrennerei befand. Wölkchen aus Destillationsdunst trieben an meinem inneren und äußeren Auge vorbei. Ein Rechteck aus Tageslicht hing an der Wand wie ein Gemälde, und bis auf das Brummen in meinem Schädel hörte ich nichts. Ich räusperte mich, um sicherzugehen, dass ich noch existierte, und dabei fiel mir mein Gedächtnis wieder ein. Und mit ihm kam auch die Erinnerung:

Meine leere Cognacpulle im Präsidium.

Der geschlossene Bahnhofskiosk.

Meine Fahrt zur Börnerei *Börner & Börner*.

Frau Börners Kurzhaardackelgrinsen, als sie mir den *Schnurzwurz* in die Hand drückte.

Dann plötzlich ein Hauch von Kölnisch Wasser und der Schlag auf den Kopf.

Ich knurrte wie ein Straßenköter, dem man den Knochen wegnimmt. Dieser ganze Schlamassel wäre absolut nicht passiert, wenn die kleine Evi keine Windpocken hätte! Ich atmete ein paar Mal vorsichtig durch, dann hatte ich genug Luft, um mir zwei Worte aus den schlappen Lungen zu kloppen. »Frau … Börner?«

Keine Antwort.

Absolute Stille in der Destille.

Instinktiv fasste ich mir an die Ohren, um zu gucken, ob sie noch da waren. Mein Verstand fuhr eine Runde Wildwasserbahn, und als ich meinen Hut zurechtrückte, bemerkte ich, dass das gute Stück verbeult und blutgetränkt war. Benommen rappelte ich mich auf und stieß dabei an den hölzernen Griff eines Vorschlaghammers, der neben mir lag. Wenn mich nicht alles täuschte, hatte das dunkle Zeug, das daran klebte, dieselbe Blutgruppe wie mein Hinterkopf.

Langsam kam ich auf den Knien zum Stehen und klopfte die Glasscherben von meinem Trenchcoat. Ich war stocksauer. Die Löcher, die der *Schnurzwurz* in den Mantel gefressen hatte, würden nie wieder rausgehen!

Benommen vom Dunst der Schnapspfütze, in der ich gelegen hatte, schaute ich auf meine Armbanduhr. Die Zeiger formten eine Uhrzeit, die viel zu spät war. Zwanzig nach neun! Das war doch nicht möglich. Nach Adam Riese musste ich also über eine Dreiviertelstunde hier auf dem kalten Steinboden herumgelungert haben. Was war nur geschehen? Und warum? Und wer hatte mir den Hammer auf den Deez geballert? Es schien, als hätte mir mein Dickschädel mal wieder das Leben gerettet, doch wo war nur Frau Börner abgeblieben?

Langsam gelang es mir, meinen Blick wieder scharfzustellen, und ich sah mich um. Und dabei fand ich auch Sieglinde Börner. Doch von ihr eine Erklärung für die seltsamen Vorkommnisse zu bekommen, musste ich mir wohl aus dem lecken Kopf schlagen. Ihre hennarote Birne badete in einer Likörlache vor einem der großen Fässer, und die drei schwarz gebrannten Löcher, die in ihr klafften, lüfteten ihren Rücken gut durch. Ich kombinierte blitzschnell, dass sie unmöglich von einer Alkoholvergiftung dahingerafft worden war.

In meiner Kehle herrschte absolute Ebbe, und ich musste mir dringend was Feuchtes hinters Gebiss jubeln. Ich nahm meine ganze Kraft zusammen, wankte um Frau Börners Schnapsleiche herum und stolperte rumpelnd gegen eines der großen Schnapsfässer. Sofort bemerkte ich, dass das Glucksen ausblieb.

Mein Gesichtsausdruck war mit einem Schlag perplex, und es hätte sich bestimmt eine Gedankenblase mit fettem Fragezeichen darin über mir aufgetan, wenn dies ein Comic wäre. Grummelnd bückte ich mich und drehte am Zapfhahn. Doch nur ein hohles Gurgeln ertönte, das klang wie ein Karpfen, den man aus dem Wasser zieht und in ein trockenes Abflussrohr schiebt. Dann war es wieder still.

Wie konnte das sein?

Meine grauen Zellen waren zwar vom Destillationsdunst ziemlich ausgefranst, aber ich erinnerte mich genau, dass das Fass vorhin noch voller Feuerwasser gewesen war! Kopfschüttelnd probierte ich das nächste. Und dann noch eins und noch eins. Doch weder das *Lendeninferno,* noch *Böser Rachendrachen* oder *Schnurzikowski* wollte aus den Zapfhähnen plätschern.

Verdammte Hacke ... Die Fässer waren alle rappelleer!

Fassungslos wollte ich meine Kippenschachtel aus der Manteltasche fischen, um mir in dieser dramatischen Situation wenigstens eine tröstende *Overstolz* durch die Kiemen zu löten, da durchfuhr mich ein eiskalter Schauder. Mein Autoschlüssel war weg!

Spätestens jetzt wusste ich wirklich nicht mehr, was abging.

Dieser Fall schien wirklich kompliziert zu sein: Erst ein tödlicher Mord, dann fehlte der Schnaps, und jetzt waren auch noch meine Schlüssel futsch!

Ich kam aus dem Zusammenzucken gar nicht mehr heraus, denn plötzlich gab es ein Geräusch! Es klang wie ein Wagen, der draußen vor der Schnapsbrennerei angelassen wurde, und das Schnurren der zahnriemenbetriebenen Nockenwelle war unverkennbar: Da draußen stahl gerade jemand meinen rosaroten Panda mit meinem geklauten Autoschlüssel!

Haste was kannste nahm ich meine Gebeine unter den Arm und rannte aus der dunstigen Maischehalle und durch den Korridor ins Freie. Die klare Herbstluft schlug mir mit frischer Faust ins Gesicht und machte mich sofort hellwach. Wer auch immer in meiner Karre saß, hatte zurückgesetzt, gewendet und gab gerade gehörig Gas.

»Achtung, Achtung, hier spricht die Polizei!«, brüllte ich aus allen Rohren in das Megafon, das ich stets bei mir trug, »stehen bleiben!!!«

Die Auspuffwolke, die mir ins Gesicht wehte, erinnerte mich daran, dass ich lange keine mehr geraucht hatte. Dann quietschten die Reifen des rosaroten Pandas wie in einem Film mit Steve McQueen. Geistesgegenwärtig schob ich meinen blutigen Hut in die Stirn, steckte das Megafon weg, knotete den Trenchcoat fest zu und setzte zum Sprung an wie in einem Film mit James Bond.

Mein rosaroter Panda schoss mit Karacho nach vorne und in letzter Sekunde bekam ich die hintere Stoßstange zu fassen.

Kapitel 3

Während ich so am Heck meines Autos hing und mit gefühlten 46 km/h über den staubigen Feldweg geschleift wurde, vergeudete ich keine Zeit und kombinierte mir die Seele aus dem Leib. Wer auch immer da vorne am Steuer saß, hatte Sieglinde Börner abgemurkst und noch dazu meinem Hinterkopf mit dem Hammer einen Vorschlag gemacht! Hatte der Bösewicht etwa auch den ganzen Schnaps geklaut? Oder war es eine Bösewichtin? Jedenfalls war diese unmögliche Person jetzt mit mir im Schlepptau auf der Flucht. Wollte sich der Täter ursprünglich nur den Schnaps unter den Nagel reißen und hatte Frau Börner eiskalt drei Schüsse auf den Pelz gebörnt, als sie das verhindern wollte? Oder war der Fusel einfach vor Schreck verdunstet, als die Schüsse fielen?

Ich fragte mich auch kurzzeitig, warum ich das Geballer nicht gehört hatte, schrieb das aber dann doch meiner zum Zeitpunkt des Mordes vorherrschenden Bewusstlosigkeit zu.

Doch zurück zu den Fässern. Da waren ja insgesamt mindestens sechstausend Liter drin gewesen. Was für eine Schnapsidee, so viel Stoff zu stibitzen. Und das in einer knappen Dreiviertelstunde. Und wohin zum Teufel war das Zeug spurlos verschwunden?! Der Halunke oder die Halunkin musste doch einen Komplizen haben. Besser noch, einen Komplizen mit Tankwagen, denn so viele Literchen Fusel sind ja schließlich kein Feierabendbierchen.

Meine Gedanken hielten kurz inne. An dem veränderten Schleifgeräusch unter mir erkannte ich, dass wir gerade vom Feldweg auf die asphaltierte Landstraße abgebogen waren, die parallel zum Dingensbach verlief und Richtung Hiesig führte. Zudem musste der Fahrer den Panda auf 55 km/h hochgejagt haben, denn aus der Gürtelschnalle meines Trenchcoats stoben nun Funken. Ich musste die Fingernägel fest in den Kunststofflack der Stoßstange schlagen, um den Halt nicht zu verlieren. Dann hing ich wieder meinen Gedanken nach.

Ich musste dringend meine Assistentin Liesel Weppen kontaktieren, damit sie eine Fahndung nach circa sechstausend Litern Schnaps und meinem rosaroten Panda einleiten konnte. Ich würde ihr auch das Kennzeichen des Pandas durchgeben, denn das hintere Nummernschild konnte ich von hier aus prima lesen! Zudem müsste ich natürlich die Pathologie zum Tatort bestellen.

Doch wie sollte ich Liesel informieren? Ich hatte keine Hand frei. Und gerade keine Zeit! Außerdem spürte ich in meinen schmerzenden Schultern deutlich, wie die langen Arme des Gesetzes immer länger wurden. Noch immer spie meine Gürtelschnalle Feuer und ein Kanaldeckel kitzelte mich an der linken Fußspitze. Vor lauter Lachen lockerte ich meinen Griff, doch biss ich mir auf die Lippen und hielt mich bei der Stange.

Dann ging der Panda plötzlich in die Eisen! Das fiel mir einerseits dadurch auf, dass die Bäume und Sträucher auf einmal weniger schnell vorbeifegten, andererseits knallte ich mit dem Schädel gegen die Heckklappe. Potztausend, jetzt blutete ich also nicht nur am Hinterkopf, sondern auch noch vorne. Ich konnte nur hoffen, dass wer auch immer am Steuer saß, den Rumms nicht gehört hatte.

Warum hielten wir denn überhaupt auf offener Strecke an?

Prompt bekam ich die Antwort, als ich aus dem linken Augenwinkel am Straßenrand etwas Gelbes schimmern sah.

Die Wagentür schlug. Schritte überquerten die einsame Landstraße und bewegten sich dann zu der Telefonzelle hinüber. Ich hingegen blieb sicherheitshalber am Wagenheck hängen, zog meine abgehobelten Schienbeine an und schmiegte mich mit der Wange ganz dicht ans Nummernschild, da ich auf jeden Fall vermeiden wollte, dass man mich entdeckte.

Ich konnte so dummerweise nichts sehen. Aber ich hörte, wie jemand versuchte, die Telefonzellentür hinter sich zuzuziehen, diese aber wohl klemmte und daher eine Handbreit geöffnet blieb. Zwei Münzen wurden in den Apparat geworfen, und die Wählscheibe ratterte viermal. Also ein Ortsgespräch und keine lange Leitung.

Gebannt lauschte ich den Ereignissen, die sich nur etwa fünf Meter von mir entfernt abspielten, und wusste als erfahrener Kripobeamter, dass es jetzt spannend wurde!

»Bitte geben Sie mir den General.« Die Stimme klang tief und fest und gehörte ganz klar einem Mann. Und irgendetwas darin klang wie ein leichter Akzent. Vielleicht kroatisch oder spanisch oder dänisch.

Offenbar hatte der Kerl nun den General am Rohr, denn er sprach weiter. »Guten Morgen, General Strike. Alles in bester Butter, und ich habe die Ware dabei.« Er machte eine kurze Pause. »Ein Auto habe ich auch. Den hat mir so ein blöder Bulle überlassen, aber keine Sorge, der schläft jetzt tief und fest in der Brennerei. Ja, General, ich habe die Sache schlagartig geregelt.«

Meine Hände krampften sich fester um die Stoßstange, und mein verwundeter Hinterkopf pulsierte.

»Wann treffen wir uns?« Kurze Pause. »Okay, General Strike. Heute wenn es dunkel ist. Und wo?«

Meine Güte, was hielt ich den Atem an!

»Level 42, ich habe verstanden. Und Sie vergessen auch nicht, die Piepen mitzubringen?« Wieder ein kleines Päuschen. »Zwei Millionen Dollar, wie abgemacht.« Der Mann mit dem leichten Akzent hielt kurz inne. »Gut. Woran Sie mich erkennen, General? Nun, ich werde einen anthrazitfarbenen Zweireiher tragen, den ich auch jetzt schon anhabe. Und mein Haar ist streng zurückgegelt.«

Ich schluckte, denn mir wurde klar, dass diese Beschreibung nur auf einen passen konnte! Auf einen der fiesesten Strolche unserer Zeitrechnung.

»Ganz genau, General, zurückgegelt wie bei Marlon Brando in *Der Pate*. Also dann bis später.«

Der Kerl legte auf und kam aus der Telefonzelle. Dann sprang er wieder in meinen Wagen, warf die Zündung an und wie gehabt quietschten die Reifen wie bekloppt. Eine gesalzene Abgaswolke knallte mir in die Fresse und weiter ging die rasante Verfolgungsjagd!

Lunge, komm bald wieder summte ich dabei vor mich hin und sehnte mich nach einer *Overstolz*.

Hätte ich nicht vielleicht doch besser vorhin die Stoßstange loslassen, aufspringen, meine Mauser PPK zücken und den Lump dingfest machen sollen? Einerseits schabte ich jetzt erneut mit 55 km/h über den Asphalt und sprühte Funken, andererseits war ich inkognito und völlig akronym geblieben, was bei Ermittlungen in einem Mordfall durchaus hilfreich sein konnte. Nein, es hatte schon alles seine Richtigkeit. So blieb ich dem Verbrecher nicht nur dicht auf den Fersen, er konnte mir auf diese Weise auch garantiert nicht entkommen!

Im Windschatten meines rosaroten Pandas huschte ein Lächeln über meine Lippen, und ich begann aufs Neue, meine kriminologischen Gedanken zu sortieren.

Der Halunke hatte offenbar mit dem Militär gesprochen. Doch handelte es sich tatsächlich um den Halunken, den ich vermutete? Die Personenbeschreibung, die er am Telefon von sich selbst geliefert hatte, ließ eigentlich keinen Zweifel zu. Und sein Akzent passte auch ins Bild. Mensch, das war ja ein dickes Ding! Aber, verdammte Hacke, von welcher Ware hatte er gesprochen?! Was konnte er dabei haben, das zwei Millionen Eier wert war? Der Schnaps konnte es ja unmöglich sein, denn der passte ja wohl kaum in mein Auto.

Ich musste zugeben, dass dieser Fall immer undurchsichtiger wurde.

Nachdenklich starrte ich die platten Mücken auf meinem Nummernschild an und fragte mich, warum sich einige Mücken die Mühe machten, extra um das Auto herumzufliegen, um dann am *hinteren* Nummernschild zu zerschellen, wo doch das vordere so schön auf dem Weg lag.

Doch zurück zu meinem Fall. Was könnte das Militär bloß mit dem grausamen Mord an einer Schnapsbrennerin zu tun haben? Und welche Rolle spielte dieser General Strike? Aus dem rechten Augenwinkel sah ich jetzt das hiesige Ortseingangsschild an uns vorbeizischen. Jetzt war ich aber mal gespannt, wohin unsere Reise ging.

Kurz vor der Metzgerei bei der Kirche, deren Turmglocke just viertel nach zehn schlug, bogen wir nach links ab. Was hatte der fahrende Fiesling vor? Noch würde es längst nicht dunkel sein, und soweit ich informiert war, gab es in Hiesig auch überhaupt kein Militär.

Es blieb also verdammt spannend.

Meine Karre hatte nun nur noch etwa 22 km/h drauf, und ich sah Herrn Kachelmann, den hiesigen Fliesenleger, wie er den Bürgersteig vor seinem Häuschen fegte. Kachelmann sah auf, als mein rosaroter Panda vorbeifuhr, und ich nickte ihm im Vorbeifahren zu. Winken ging ja nicht.

Der Wagen bog in eine Seitenstraße, schleifte mich noch etwa vierhundert Meter weiter und kam dann am Bordstein vor der Pension *Luxemburg* zum Stehen. Ich kannte die Stelle nur zu gut, denn direkt neben der Pension befand sich Hiesigs einziger Zigarettenautomat.

Der Mann im anthrazitfarbenen Zweireiher mit den stramm zurückgegelten Haaren stieg aus dem Panda. Wieder zog ich die blutigen Beine an und kauerte mich hinter den Wagen, um von dem Gauner nicht erspäht zu werden. Eine sanfte Brise Kölnisch Wasser wehte leicht zeitversetzt zu mir herüber. Der Mann sprang die drei Stufen zum Eingang der Pension hinauf. Durch die Heckscheibe beobachtete ich vorsichtig, wie er ins Haus verschwand. Ohne Zweifel war das exakt der Mann, mit dem ich gerechnet hatte! Na, das konnte ja heiter werden.

Ich atmete tief durch, ließ dann endlich die Stoßstange los und knibbelte mir unzählige Lackbrösel von den schweißnassen Patschehändchen. Dann klopfte ich mir den ganzen Rollsplitt aus den offenen Kniescheiben und schüttelte die Stoffreste von den Stoffresten der Stoffreste meiner Manchesterhose.

Ich spürte ein leichtes Kratzen im Hals. So wenig Cognac war ich nicht gewohnt. Seit dem Vorabend hatte ich keinen Schluck gehabt, und so langsam wurde die Lage brenzlig. Es gab also nur eine Lösung: Ich musste an die Reserveflasche kommen, die ich stets für Notfälle im Handschuhfach meines Pandas aufbewahrte!

Ich blickte mich um und sah, dass die Luft rein war. Die Pension *Luxemburg* aalte sich in der Vormittagssonne und konnte kein Wässerchen trüben. Also humpelte ich zur Fahrertür, rüttelte am Griff und konnte es nicht fassen! Hatte dieses Aas doch tatsächlich abgeschlossen!

Meine Kehle war mittlerweile so trocken, dass ich den Eindruck hatte, mein Speichel sei würfelförmig.

Tolle Wurst. So ganz nebenbei hatte ich natürlich auch vorgehabt, mich bequem auf dem Rücksitz zu verstecken und abzuwarten. Früher oder später würde der Mann im Zweireiher nämlich zu diesem ominösen Level 42 fahren und einen gewissen General Strike treffen. Und wenn er das tat, wollte ich mal lecker dabei sein!

Aber nun blieb mir nichts anderes übrig, als mich irgendwo anders zu verkriechen, bis es Abend wurde und die Kanaille zum Militär düste. Und wenn er das tat, dann würde ich mich wieder an die vertraute Stoßstange heften! Oder zumindest an die Spitze des Auspuffs.

Mein geschulter Kripoblick schwiff umher. Die Litfaßsäule auf der anderen Straßenseite schien das beste Versteck herzugeben, also überquerte ich die Fahrbahn und wollte mich gerade verschanzen, als plötzlich ein hässliches Zischen genau *die* Luft zerschnitt, die ich gerade einzuatmen gedachte!

Natürlich erschrak ich volle Lotte, sprang geistesgegenwärtig hinter die rettende Säule und merkte plötzlich, dass mich jemand anlächelte. Ich fuhr herum und sah, dass es Peter Alexander war. Er war flach wie eine Flunder, machte Werbung für seine neue Langspielplatte und war an die Litfaßsäule plakatiert.

Keine drei Atemzüge später fauchte ein weiterer Schuss durch die Stille der idyllischen Seitenstraße und schlug direkt neben meiner Schulter in Peters rechtem Nasenloch ein! Ich riss den Kopf herum. Auf den Stufen vor der Pension *Luxemburg* stand der anthrazitfarbene Zweireiher und spannte erneut den Hahn seiner schallgedämpften Knarre.

Ich überlegte nur für den Bruchteil einer halben Sekunde, dann humpelte ich los, so schnell ich konnte. Das war nicht besonders schnell, denn nicht nur war ich ja schwer aufgeschürft, ich hatte ohnehin mit Sport wenig am Hut. Lediglich als Jugendlicher hatte ich zwei, drei Spielzeiten beim TUS Nelda als Linksaußen gekickt. Der Fahrtwind, der mir bei meinem Lauftempo entgegenwehte, war also maximal als laues Lüftchen zu bezeichnen. Nichtsdestotrotz schaffte ich es, dem einen oder anderen Schuss auszuweichen und ein Stück die Straße hoch in einen Hinterhof zu hechten. Dann folgte mein actiongeladener Sprung zwischen die Ascheneimer, den ich Ihnen, liebe Leser, bereits eingangs dieses Krimis beschrieb.

Für ein paar Augenblicke hatte ich mich in Sicherheit gefühlt, mir sogar eine *Overstolz* in den Mund geklemmt, als dann plötzlich ein Schatten über mir aufgetaucht war.

»Feuer, Herr Kommissar?«

Ich war so doll zusammengezuckt, wie es in meiner Lage eben ging.

»Tut mir leid, Bulle, aber ich fürchte, Sie wissen einfach zu viel!«, hatte mich der aalglatte Killer hämisch angegrinst und genüsslich den Hahn seiner Bleispritze gespannt.

Ich war auch gespannt! Ein ganzes Kölnisch Wasserballett tanzte mir um die Nasenflügel.

»Verfluchter Polyp, glaubten Sie wirklich, ich hätte nicht gemerkt, dass Sie mich von der Schnapsbrennerei bis hierher verfolgt haben?«, fragte er, und ich nickte so doll, dass mir die *Overstolz* glatt aus dem Gesicht glitt.

»Ja sicher, Gino«, keuchte ich heiser und eine gehörige Portion Erstaunen mischte sich in sein überhebliches Grinsen.

»Ach, Sie kennen mich, Herr Kommissar?«

»Wer kennt Sie nicht?«, grunzte ich. »Anthrazitfarbener Zweireiher und zurückgegeltes Haar wie Marlon Brando in

Der Pate. Sie sind Gino Lollobrigida! Ein mieser Mörder, Gauner und Playboy, der von Bad Neuenahr bis Monte Carlo ebenso gesucht wird, wie von Rio bis Shanghai.«

»Und auf Bali und Hawaii!«, ergänzte er und stellte eiskalt einen seiner teerglatten Lacktreter auf meinem Brustkorb ab. Die roten, bremsspurartigen Striemen darauf meldeten sich augenblicklich und brannten wie Zunder unter seinen Sohlen.

Ginos Augen funkelten jetzt böse.

»Dann wissen Sie wirklich *viel* zu viel, Sie Schnüffler«, pfiff er durch die Zähne, beugte sich zu mir herunter und presste den Schalldämpfer fest gegen meinen Zinken. »Sag arrivederci, Bulle«, zischte er, und sein zuckender Zeigefinger zappelte am Abzug. »Jetzt ist Feierabend!«

Doch mir war noch nicht nach Feierabend. Wir hatten nämlich noch nicht mal Mittag. »Einen Moment noch, junger Mann«, sagte ich und riss erschrocken die Glubscher auf.

»Was haben Sie denn?« Ginos Augen folgten verunsichert meinen Blick.

»Kumma, da hinten, ein Ufo!«, rief ich und zeigte in den leicht bewölkten Himmel empor.

»Wo?« Gino nahm den Schuh von meiner Brust und richtete sich auf.

»Da!«, kreischte ich und wies ganz gezielt auf einen ganz bestimmten Punkt über uns im Sonnensystem, an dem sich natürlich nichts aber auch rein gar nichts befand.

»Ein Ufo, sagen Sie?« Der Gangster hatte mir nun den Rücken zugekehrt und suchte aufgeregt den Himmel ab. »Ich seh nix! Wo soll ein Ufo sein?«

Mein Handkantenschlag war schneller als Lucky Lukes Schatten und traf Gino bretthart im Nacken. Die Luft wich aus seinem Körper und er sackte neben mir zwischen die Mülltonnen wie ein altes, nach Kölnisch Wasser müffelndes Akkordeon.

Kapitel 4

Es musste gegen elf gewesen sein, als ich meinen rosaroten Panda vor meinem Stammlokal gegenüber dem Polizeipräsidium parkte. Dieser verflixte Fall war so was von gar nicht geklärt, aber ich hatte erst mal die Faxen dicke und brauchte endlich dringend einen Cognac.

Vielleicht sogar fünf.

Also kletterte ich aus meinem Wagen (der übrigens innen bestialisch nach Kölnisch Wasser stank) und wankte schmerzenden Schrittes ins *Café Inkontinental.* Hier drin war es stets etwas dämmrig, was durch die dunkelbraune Holzvertäfelung an den Wänden noch untermauert wurde, und der Duft von hausgemachter Sachertorte hing rund um die Uhr bleischwer in der Luft. Ein paar Leutchen saßen herum, kauten auf ihrem Schweineöhrchen, nippten an ihrem Tässchen Kaffee und lasen das *Hiesige Käseblatt.* Ich grüßte in die Runde und nahm auf meinem angestammten Platz Platz, einem hart gefederten Plüschsessel, zu dem sich ein Tisch mit gehäkelter Decke gesellte.

Von meinem Trenchcoat war nicht viel übrig geblieben, aber die Taschen waren noch da. Also griff ich in eine davon und zog eine gute *Overstolz* heraus, die ich mir genüsslich zwischen die Lippen schob. Zeit, mir die ganzen Auspuffgase aus den Lungenflügeln zu brutzeln, dachte ich und gab mir Feuer. Ich zupfte den Rest vom Mantelkragen gerade und rückte mein geraspeltes Netzhemd zurecht.

Mit dem ganzen getrockneten Blut am Kopf musste ich aussehen wie ein Zombie aus einem Niedrigbudgetfilm, denn Herbert Kellner, der Ober im *Café Inkontinental*, schaute nicht ganz so sonnig drein wie sonst. »Kommissar Engelmann?«

»Ja, Ober Kellner, ich bin's wirklich«, seufzte ich und ließ den aromatischen Qualm aus meinem Mund strömen. »Hab schon ganz schön was erlebt heute Morgen. Am besten, Sie bringen mir erst mal das Übliche und dazu die Speisekarte.«

Kellner nickte. »Ein Kripogedeck. Jawoll, kommt sofort.«

Er wollte sich aus dem Staub machen, doch ich hielt ihn zurück.

»Ach, noch was. Bitte rufen Sie doch drüben im Präsidium an und sagen Fräulein Weppen, sie möchte rüberkommen, ja?«

»Alles klar, Herr Kommissar«, flötete er, jetzt wieder lockerer, und flitzte in Richtung Theke davon.

Wenige Minuten später stellte er mir das Kripogedeck hin und drückte mir die Speisekarte in die Hand. Ich kannte sie auswendig, dennoch warf ich einen Blick hinein. Sollte ich mein Leibgericht bestellen oder heute lieber mal den Strammen Max? Oder eher die lauwarmen Mettwürste im Schlafrock? Vielleicht waren ja auch die vier Eier im Glas mit drei Scheiben Toast dabei jetzt genau das Richtige? Nach reiflicher Überlegung beschloss ich dann aber doch, mir wieder das hausgemachte Ragout Fin in Blätterteig mit reichlich Worchestersoße kommen zu lassen.

»Und direkt noch ein Kripodeck zum Nachspülen, bitte«, rief ich Kellner hinterher, der bereits unterwegs zur Küche war.

In diesem Moment kam auch schon meine Assistentin ins *Café Inkontinental*.

Ich winkte Polizeimeisterin Liesel Weppen zu und nippte dann an meinem Gedeck, das aus einem Cognac und einem Klaren bestand. »Liesel, ich glaub, ich bin da einer ganz heißen Sache auf der Spur!«, trompetete ich ihr entgegen und streifte mir endlich die noch immer leicht qualmenden Trenchcoatreste ab.

»Das sehe ich, Chef!« Der Gestank von versengter Baumwolle mischte sich kurzzeitig in die Sachertortenschwaden, die durch das Café geisterten. »Sie sind ja ganz schön durch den Wolf geknödelt!«, meinte meine bildhübsche Assistentin besorgt und setzte sich zu mir an den Tisch.

»Tja, liebe Liesel, so ein Mordfall ist keine Krabbelgruppe.«

»Mordfall?«, fragte Polizeimeisterin Weppen und rückte sich verdutzt die Schirmmütze gerade.

»Aber hallo!«, nickte ich, sog herzhaft an meiner *Overstolz* und erzählte ihr von dem haarsträubenden Abenteuer, das ich an diesem Morgen erlebt hatte.

Als ich fertig war, war Liesel total von den Socken. »Sie haben völlig recht, Herr Kommissar«, meinte sie schließlich, »Wenn die kleine Evi keine Windpocken hätte, wäre das sicher alles nicht passiert!«

»Meine Rede.«

»Und dieser Gino Lollobrigida steckt jetzt in Ihrem Kofferraum?«

»Jau, bewusstlos und gut verschnürt mit dem Starthilfekabel.« Ich nahm von Ober Kellner das nächste Gedeck entgegen.

»Haben Sie denn aus Gino rauskriegen können, warum er Frau Börner so kaltblütig umgenietet hat, Chef?«

»Ging nicht«, entgegnete ich, »er war sofort bewusstlos.«

Wie bei einem Kripogedeck üblich, schüttete ich den Klaren zum Cognac ins Glas und kippte mir die Abfüllschorle hinter die Binde.

»Na, dann warten wir doch einfach, bis Gino wieder wach wird, und fragen ihn«, schlug Liesel vor. »Dann ist der Fall doch ruckzuck gelöst, Chef!«

»Nicht ganz, liebe Liesel«, bremste ich meine Assistentin und zerquetschte meine Kippe im Aschenbecher. »Bleibt immer noch die Sache mit der sogenannten Ware, die Lollobrigida angeblich dabei haben will, um sie für ein Schweinegeld zu verkaufen.«

»Ach, stimmt ja«, murrte Liesel Weppen enttäuscht und warf ihre blonde Mähne in den Nacken. »Aber was könnte das sein?«

Ich zuckte mit den Achseln und befreite eine neue *Overstolz* aus meiner Schachtel. »Ich habe den Panda von oben bis unten durchsucht und da ist absolut nichts Wertvolles drin. Nur das Übliche. Wagenheber, Eiskratzer und so. Und den Lenkradfellüberzug hab ich für zwei Mark vom Flohmarkt«, erklärte ich und ließ ein Streichholz aufflammen. »Und natürlich hab ich auch Ginos Zweireiher-Innentaschen auf links gedreht, aber außer seiner Knarre samt Schalldämpfer, einem klebrigen Kamm, seiner Kunstlederbrieftasche, einer Packung *Eckstein* und einem abgelaufenen Raider-Riegel ist nichts herausgefallen. Ach so, ja doch, meine Autoschlüssel natürlich.« Ich schüttelte ratlos den Kopf und füllte meine Lungen erneut mit würzigem Qualm, der geschmackstechnisch keine Wünsche offen ließ. »Null Ahnung, was der Halunke für happige zwei Millionen verscherbeln will.«

»Die verschwundenen sechstausend Liter Schnaps könnten es nicht sein, Chef?«

»Wie denn? Die sind ja nicht da!«

»Das schlägt doch echt dem Fass den Boden unter den Füßen weg«, schmollte Liesel. »So eine Menge Fusel kann sich doch nicht einfach in Luft auflösen …«

»Anscheinend ja doch«, brummte ich unzufrieden wie ein Hund, der in seinem Körbchen nicht die richtige Lage findet.

»Ach, Scheibenkleister!«, fluchte Liesel, fing sich aber schnell wieder. »Aber noch mal zurück zu der Telefonzelle,

Kommissar Engelmann. Es war garantiert ein Ortsgespräch, das dieser Gino geführt hat?!«

»Die Wählscheibe hat sich nur viermal gedreht.« Ich blies den Rauch durchs Café und drückte dann die *Overstolz* zu der anderen in den Ascher. »Und da ist noch etwas«, merkte ich an. »Am Rappeln konnte ich hören, dass es sich viermal um die *gleiche* Zahl handelte.«

»Ha!«, stieß Liesel begeistert hervor, »eine Schnapszahl!«

»Witzig«, sagte ich ernst und nuckelte nüchtern an meinem leeren Cognacglas.

»Sie sind aber sicher, dass Gino beim Militär angerufen hat, Chef?«

»Ganz sicher. Er hat mit einem gewissen General Strike gequatscht.«

Meine attraktive Assistentin zauberte jetzt ein Lächeln hervor. »Dann kann er eigentlich nur mit der amerikanischen Raketenbasis telefoniert haben!«

»Raketenbasis?«

»Klar. Die liegt in der Senke, gleich hinter Dingenskirchen. Da sind die Telefonnummern auch vierstellig, genau wie die hiesigen!«

Sicher doch! Diese Raketenbasis war so geheim, dass sie einem nicht immer gleich einfiel. »Yeah!«, rief ich begeistert aus, und Freudenschweiß sammelte sich in meinen Achselhöhlen. »Angeblich arbeitet man dort an einem streng vertraulichen Projekt. Eine neuartige Weitstreckenmondrakete soll dort entwickelt, gebaut und getestet werden.«

Polizeimeisterin Weppen grinste breit. »Ja Chef, das Projekt *Rocket Santa Cruz*!«

Jetzt grinste auch ich und rückte meinen verkrusteten Hinterkopf unter dem Hut zurecht. »Bravo Liesel, Sie werden es noch weit bringen …«

In diesem Moment tauchte der Ober neben meinem Ellbogen auf und stellte den Teller mit dem Blätterteig, der randvoll mit dampfenden Ragout Fin gefüllt war, vor mir auf die gehäkelte Tischdecke. Es duftete phantastisch, und ich langte zu. Doch vorher bestellte ich zur Feier des Tages noch drei Cognacs für mich – und für Liesel ein Gläschen Protschesko.

Dann grub ich die Gabel in das köstliche Ragout, auf dem sich ein Tümpelchen aus Worchestersoße räkelte.

»Wissen Sie, Liesel«, setzte ich dann unsere Unterhaltung mümmelnd fort, »schon als Kind wollte ich immer mal eine Mondrakete aus der Nähe betrachten.«

Liesel machte schöne, große Augen und sah mich fragend damit an. »Aber Herr Kommissar, Sie haben doch nicht etwa vor …«

»Hab ich!«, unterbrach ich sie und hebelte Blätterteig in meine Fressluke. »Wie sollen wir denn sonst bei diesem Fall den Sack zumachen? Geschweige denn herauskriegen, worum es überhaupt geht?«

»Aber die Raketenbasis ist, wie erwähnt, streng geheim und wird total super abgeriegelt. Mit Strom auf dem Zaun und allem Schnickschnack. Da kommt keiner rein, Chef!«

Ich blieb ganz locker und schob lässig Ragout Fin nach. »Wenn ich mir Ginos anthrazitfarbenen Zweireiher überwerfe und mir die Haare streng nach hinten schmiere wie Marlon Brando in *Der Pate*, dann doch.

»Aber Sie haben doch gar keine Haare, Herr Kommissar.«

»Da werd ich mir schon was einfallen lassen, liebe Liesel.«

Sie guckte wie ein Auto, ich hingegen machte mein intelligentestes Gesicht.

Dann schaltete Polizeimeisterin Weppen und lachte ihr schönstes Lachen. »Genial, Chef!«

Die hiesige Kirchturmglocke bimmelte High Noon, als ich mit Liesel Weppen das *Café Inkontinental* verließ und an die frische Luft trat. Die Sonne tat gut auf meinem kaputten Körper, und der Wind strich sanft durch mein fragmentarisches Hemd.

Wir gingen an meinem rosaroten Panda vorbei über den Gehsteig. Für einen Moment glaubte ich, aus dem Kofferraum ein dumpfes Klopfen zu hören, doch ich war mir nicht sicher.

Liesel und ich machten einen Schlenker zum hiesigen Bahnhof, weil ich gucken wollte, ob der Alfons mittlerweile seinen Kiosk wieder aufgemacht hatte. Nach wie vor brauchte ich eine volle Pulle für im Büro. Außerdem hatten wir ja massig Zeit.

Es würde noch mindestens neun Stunden dauern, bis die Dunkelheit in voller Blüte stand und ich meine Verabredung mit General Strike hatte.

Kapitel 5

Der Soldat am Gatter guckte teilnahmslos aus der Uniform.

Ich kurbelte das Fenster runter, fuhr mir durch das ganz doll zurückgegelte Haar und setzte mein bestes Marlon-Brando-Lächeln auf. »'n Abend. Ich bin mit General Strike auf Level 42 verabredet.«

Der Soldat gab irgendein geheimes Zeichen und der surrende Elektrozaun schwang wie von Geisterhand zur Seite. »Geradeaus und dann links, Sir, eins hinter Level 41.«

»Danke«, sagte ich mit leichtem Akzent. Dann ließ ich den rosaroten Panda mit 12 km/h auf die streng geheime Raketenbasis rollen.

Kapitel 6

Ich lenkte meinen Wagen in die gigantische Halle, die einem Flugzeughangar glich und auf deren Metalltor *Level 42* geschrieben stand. In der Mitte der Halle war eine Rakete aufgebockt. Das musste die Weitstreckenmondrakete *Rocket Santa Cruz* sein. Und darüber, in ungefähr fünfundvierzig Metern Höhe, baumelte eine Glühbirne und brach ihr Licht in dem blank polierten Blech des imposanten Weltraumgefährts.

Ich parkte den rosaroten Panda daneben, schaltete den Motor ab und war just am Aussteigen am dran am sein, als auch schon zwei Uniformierte militärisch auf mich zuschritten.

»Guten Abend, Mr. Lollobrigida.«

»Genau der bin ich«, entgegnete ich freundlich und schüttelte mit meiner klebrigen Gelhand die Pranke des hochdekorierten Soldaten.

»Hab Sie gleich erkannt«, sagte er mit sonorer Stimme. »Allein schon wegen der Frisur. Ich bin General Strike.«

»Hallöchen.«

»Und das hier ist mein geheimer Mitarbeiter, Corporal Identity«, stellte mir Strike den Mann vor, der neben ihm stand und wesentlich weniger Anstecker auf der Brust trug. Der Corporal trug einen Aktenkoffer bei sich. Wahrscheinlich waren da die Moneten drin.

Ich tippte zum Gruß an das Gel in meinem Haar.

»Ich muss Sie darauf hinweisen, Mr. Lollobrigida«, fuhr der General sonor fort, »dass unser Treffen hier auf Level 42 die Vertraulichkeitsstufe XXL hat.«

Mir sagte das nichts.

»Das ist richtig hoch!«, erklärte daraufhin Corporal Identity, der zwar lispelte, aber ansonsten, genau wie sein Vorgesetzter, lupenreines Deutsch sprach.

Ich nickte mein coolstes Marlon-Brando-Nicken. »Sehr gut, meine Herren. Muss ja keiner wissen, was wir hier treiben.«

Strike wiegte seinen runden Kopf leicht hin und her. »So könnte man es auch formulieren, Mr. Lollobrigida. Doch nun zum Geschäft. Haben Sie die Ware?«

Mein kriminalistischer Spürsinn verklickerte mir, dass ich nun keinen Fehler machen durfte.

»Das sagte ich Ihnen ja bereits von der Telefonzelle aus«, sagte ich ruhig und wie gehabt mit leichtem Akzent.

»Dann darf ich also bitten«, sagte Strike und blickte mir fest in die Augen.

»Sì, General, aber erst die Mäuse.«

Der General schüttelte den Kopf. Ich merkte, wie sich mein Nacken unter dem Kragen des anthrazitfarbenen Zweireihers anspannte.

»Ohne Ware nicht das Bare«, reimte nun der Corporal.

»Erst die Kohlen.«

»Mitnichten«, beharrte General Strike, »erst die Ware!«

»Nein, den Zaster!«

»Die Ware!«

»Die Piepen!«

»Die Ware!«

Leckomio, so kam ich ja echt keinen Schritt weiter. Was zum Kuckuck hatte der echte Gino Lollobrigida, das ich nicht hatte?! Ich musste es herausbekommen, und wenn ich schon als Gangster getarnt war, dann musste ich mich wohl auch entsprechend benehmen, sonst machte das keinen guten Eindruck. Also zog ich die schallgedämpfte Knarre aus der

Jackettasche und legte los. »Sie kommen jetzt mal schön mit den Kohlen rüber, verdammte Hacke!«, pflaumte ich die beiden Soldaten an und bedeutete Corporal Identity mit der freien Hand äußerst ganovenmäßig, mir gefälligst den Aktenkoffer zu reichen.

»Tun Sie, was er sagt«, brummte der General unzufrieden.

Ich grinste ein zufriedenes Marlon-Brando-Grinsen, als der Corporal mir das Köfferchen reichte. »So ist fein«, lobte ich und ließ mit der Hand, die nicht die Waffe hielt, die Schlösser des Aktenkoffers aufschnappen. Auf den ersten Blick sah ich, dass sich darin zwei Millionen Dollar in kleinen, nichtnummerierten Scheinchen befanden. Zufrieden drückte ich den Koffer wieder zu und wandte mich an General Strike. »Dann wollen die Herren jetzt bitte die Güte haben und mir verraten, was Sie für die ganzen Mäuse bekommen sollten.«

Der General hatte jetzt einen Blick drauf, gegen den man sich nur mit Frostschutzmittel schützen konnte. »Moment mal«, stieß er hervor, und man sah, dass es in seinem Köpfchen arbeitete. »Sie … sind ja gar nicht Gino Lollobrigida!«

»Kluges Kerlchen«, grinste ich und riss mir mit Schmackes die streng zurückgegelte Schmandperücke vom Kopf. »In Wirklichkeit bin ich Kommissar Heinz Engelmann, der Oberguru von der hiesigen Mordkommission!«

Beiden Soldaten fiel jetzt die ganze Mimik aus den hochroten Gesichtern.

»Tja, was man für bare Münze nimmt, kann halt manchmal Falschgeld sein«, philosophierte ich und umklammerte Ginos schallgedämpfte Wumme nun noch fester.

»Und äh … was haben Sie mit der ganzen Sache zu tun, Kommissar Engelmann?«

»Das wüsste ich auch gerne«, raunte ich und räusperte mir den letzten Rest Autoabgase aus den Lungenflügeln. Dann kramte ich eine von Ginos *Ecksteins* aus dem Zweireiher, steckte sie erst in den Mund und dann in Brand. »Die kleine Evi hat die Windpocken und daher bin ich nur durch Zufall in die Geschichte reingerutscht. Ihr Jungens müsst mir schon sagen, worum es hier geht.« Erwartungsvoll paffte ich den Rauch Richtung Rakete.

»Na, um den Sprit!«, bellte der General.

Sprit? Also doch! Da hatte dieser fiese Gino doch tatsächlich die Frau Börner abgeknallt und sechstausend Liter Schnaps aus der Börnerei geklaut, um sie ans Militär zu verschachern. Aber wo zum Teufel steckte das ganze Zeug? »Wo zum Teufel steckt das ganze Zeug?«, fragte ich entsprechend und biss gespannt auf die *Eckstein*.

Strike streikte und zuckte nur mit den Schultern.

Corporal Identity tat es ihm gleich. »Null Ahnung, aber sagen Sie mal, Herr Kommissar, wer hämmert da eigentlich schon die ganze Zeit von innen an die Hecklappe Ihres Autos?«

Ach du heiliger Strohsack! Ich hatte mich auch schon gewundert, was das für ein Radau war. Also schlenderte ich zu meinem rosaroten Panda hinüber und schloss die Hecklappe auf, während ich das ganze Militär mit keckem Knarrenwedeln in Schach hielt. Als ich den Kofferraumdeckel öffnete, schlug mir das Kölnisch Wasser seine Faust ins Gesicht. Der Gino wollte mir auch eine schmieren, aber die Starthilfekabel hielten ihn im Zaum.

»Das Spiel ist aus, Gino-Bambino! Wo ist der *Schnurzwurz* und das ganze andere Zeug?«

»Sag ich nicht, Bulle!«

»Aber ich hab dich komplett umstellt!«

Das hatte gesessen. Der Ganove ließ den zurückgegelten Kopf hängen. »Mist, Herr Kommissar«, seufzte er, »Unter diesen Umständen will ich Ihnen natürlich alles verraten.« Gino Lollobrigida schien jetzt schmutzige Wäsche waschen zu wollen, obwohl er lediglich eine Unterhose trug. »Nun«, begann er und holte tief Luft, »wenn Sie es unbedingt wissen wollen …«

Plötzlich ein hässliches Flirren in der Luft.

»Der Sprit ist in …«

Dann kam ein spitzer Gegenstand geflogen, durchbohrte mein Starthilfekabel und schraubte sich dann in Ginos wuschelige Flokatibrust.

»Argh!«, sagte der Halunke daraufhin nur noch, und bedröppelt guckte ich zu, wie Ginos Leiche leblos in meinem Kofferraum zusammensackte.

»Pech gehabt, Herr Kommissar!«, schrillte plötzlich eine Stimme durch die Raketenhalle, und vor Schreck ließ ich das Schießeisen fallen. Meine fast aufgerauchte *Eckstein* purzelte hinterher.

Ich fuhr herum und staunte nicht schlecht: Da marschierte doch tatsächlich die tote Sieglinde Börner quietschlebendig in die Raketenhalle.

The return of the Börner!

»Keine falsche Bewegung, sonst durchbohre ich auch Sie mit einem meiner Korkenzieher!«, giftete sie. Ihr hennarotes Kurzhaardackelhaar leuchtete diabolisch im Schein der hoch hängenden Glühbirne, genau wie ihre Schnapsnase.

»Holla, die Waldfee!«, rief ich verdutzt. »Da dachte ich doch tatsächlich, Sie wären ermordet worden, Frau Börner.«

Sieglinde guckte sehr pampig, und ein spitzer Gegenstand blitzte in ihrer Hand auf. »Der Mord an mir geschah doch nur, um Sie von unseren wahren Machenschaften abzulenken, Kommissar Engelmann. Sie sollten schön in meinem mysteriösen Mordfall ermitteln, während wir ganz in Ruhe den Sprit stibitzen und verscherbeln!« Dann stand sie direkt vor mir und piekste mir mit dem Korkenzieher gegen die Halsschlagader. »Tut mir echt leid, dass Ihr Kofferraum jetzt voller Blut und das Starthilfekabel im Arsch ist, aber natürlich konnte ich nicht zulassen, dass Gino alles ausplaudert«, grinste die Börner hämisch und führte dann ihre Lippen an mein rechtes Ohr. »Und jetzt her mit den zwei Milliönchen, Engelmann!«

Ihre Schnapsfahne wehte so scharf am Wind, dass die Haare auf meinen Ohrläppchen sofort abstarben und zu Boden segelten. Außerdem drückte sie den Korkenzieher jetzt so doll auf meinen Kehlkopf, dass ich glaubte, sie wollte meinen Adamsapfel entkitschen. Schweiß trat mir in den Nacken und lief von dort in den Kragen von Ginos Zweireiher.

»So ist brav, Herr Kommissar«, sagte die böse Börner, als ich ihr ganz langsam das Aktenköfferchen in die Hand drückte. Die spitze Spitze des Korkenziehers löste sich daraufhin von meinem Hals, und die fiese Frühfünfzigerin machte einen Schritt zurück.

»Sie und Gino steckten also unter einer Decke?«, fragte ich heiser und schluckte, froh darüber, dass das überhaupt noch ging.

»Ja, Sie Schlaumeier, seit letztem Donnerstag war er mein Lover. Gino bekam natürlich sofort mit, dass es mit der Schnapsbrennerei nach dem Tod meines Mannes den Bach runterging. Gestern hat der Gerichtsvollzieher sogar den grünen Lieferwagen gepfändet.«

»So was ist immer Kacke«, pflichtete ich der Schnapsbrennerin bei und suchte nach den *Ecksteins* in der Jacketttasche des Mannes, der tot in meinem Kofferraum lag, die ich aber anhatte.

»Allerdings«, nickte Frau Börner und zielte weiterhin mit dem Korkenzieher auf mich. »Da Gino aber mal ein paar Semester Chemie in Rom studiert hat, kam ihm gleich eine Idee, wie man den Saftladen wieder auf Vordermann bringen und mit dem Schnaps was wesentlich Ertragreicheres veranstalten könnte.«

»Verstehe«, murmelte ich und ließ meinen Blick über die imposante Mondrakete an meiner Seite schweifen. In diesem Moment überschlugen sich meine kriminalistischen Gedanken nicht nur, sie drehten sogar ein paar Runden im Rhönrad. Wie aus dem Nichts fiel mir dabei ein Satz ein, den Liesel am Vormittag im *Café Inkontinental* gesagt hatte …

So eine Menge Fusel kann sich doch nicht einfach in Luft auflösen.

BINGO!

»Na, dann ist der Fall jetzt für mich klar!«, zählte ich innerlich eins und eins zusammen und hatte die Lösung!

»Unmöglich!«, fauchte hingegen die Börner skeptisch, doch ich ließ mich nicht bekloppt machen und zündete mir ganz in Ruhe die nächste *Eckstein* an.

»Nachdem Ihr grüner Lieferwagen gepfändet worden war und Sie keinen fahrbaren Untersatz hatten, wollten Sie und Gino Ihren Plan schon fast wieder aufgeben. Doch dann tauchte ich mit meinem Panda auf, den Sie ja auch noch ausdrücklich lobten, weil Sie ja händeringend ein Gefährt brauchten, um den Schnaps aus der Brennerei zu schaffen. Ich sollte davon selbstverständlich nichts mitbekommen, also hat Ihr schnuckeliger Gino mich mit dem Vorschlaghammer außer Gefecht gesetzt.«

»Gar nicht schlecht bis hierhin, Kommissar Engelmann«, bekundete Frau Börner, blieb aber grantig und schwang ihren Samuraikorkenzieher.

»Tja, und als ich wieder erwachte, sollte ich Sie für tot halten, denn eine Leiche ist in einem Mordfall meistens nicht verdächtig.«

»Genau!«

»Aber, liebe Sieglinde, gelinde gesagt hätte Ihnen doch von Anfang an klar sein sollen, dass ich, der ausgebuffte Kommissar Engelmann, diesen Fall lösen werde, oder heißt dieses Buch etwa *Tot ist tot, und Schnaps ist Schnaps – Frau Börners spannendste Fälle*?

»Nö.«

»Na, sehen Sie«, machte ich gut gelaunt weiter. »Und da Sie ja noch leben, ist es auch logisch, dass Sie Ihre tödlichen Einschusslöcher mit billigen Scherzartikelaufklebern vorgetäuscht hatten. Das mache ich zu Karneval auch oft.«

Frau Börners Augen verengten sich. »Aber Sie wissen immer noch nicht, wo der Schnaps ist!«

»Natürlich weiß ich das!«, lachte ich und sog genüsslich an der *Eckstein*, obwohl sie schmeckte wie eingeschlafene Käsefüße.

»Unmöglich!«, platzte die Börner sofort heraus. »Da kann man doch gar nicht drauf kommen!«

»Sie haben mir *selbst* die Lösung auf dem heißen Blechdach serviert, werte Frau Börner.«

»Hä?!«

»Erwähnten Sie nicht, dass Gino Chemie studiert hat?«

Sie blickte nicht mehr durch. »Ja und wie jetzt?«

»Na, dann dürfte es doch für Ihr Schätzelein überhaupt kein Problem gewesen sein, Ethanol in Ethan umzuwandeln, gelle?«

Sieglindes Günter-Strack-Gesicht lief wutrot an. »Sie verflixter Klugscheißer, Engelmann!«

»Für Sie immer noch Kommissar Engelmann.«, fletschte ich freundlich die Zähne und lief zur vollen Fahrt auf. »Ich möchte jetzt natürlich nicht zu sehr ins Detail gehen, aber Ihr Latinloverboy hat das ganze Ethanol, das in dem scharf geschnurzten Wurz und dem anderen Feuerwasser enthalten war, einfach durch Verkürzung der C-Kette schwuppdiwupp in Ethan umgewandelt. Für einen Chemiker ist das Pillepups und dadurch wurde der Aggregatzustand des Alkohols von flüssig in gasförmig geändert …«

»Grrrrrrrr!«, meinte Frau Börner dazu und ihre rote Rübe geriet langsam aber sicher zu einem sehr hässlichen roten Heißluftballon. Offenbar hatte ich einen wunden Siedepunkt getroffen.

»In gasförmigem Zustand passten die ganzen sechstausend Liter natürlich ganz bequem dahin, wo sie keine Sau vermuten würde …«

Frau Börners Kopfhaut spannte sich weiter und weiter.

»Nämlich in dem rosaroten Panda seine Autoreifen!«

Das Rot ging langsam ins Glutrote über, doch ich gab keine Ruh.

»Die Soldaten konnten das Zeug natürlich super gebrauchen. Saufen mochten die das genauso wenig wie ich, die wollten *Schnurzwurz* und Co. als Treibstoff für ihre *Rocket Santa Cruz*!«

Sieglinde Börners Heißluftballon war nun startklar und kurz vorm Abheben.

»Der Plan an sich war nicht von Pappe, das muss ich zugeben«, fuhr ich anerkennend fort, »Raketentreibstoff nach Familienrezept. Und die zwei Millionen wären Ihnen sicher auch nicht ungelegen gekommen … Sie und Ihr Ginolein verkloppen die Börnerei und führen ein Lotterleben in Nizza, Cannes oder Rio. Vielleicht sogar am Lago Amore oder auf den Barrikaden. Tja, daraus wird jetzt wohl leider nichts.«

Sieglindes hochroter Heißluftschädel machte sich nun auf den Weg, wie in Jules Vernes *Fünf Wochen im Ballon*. »Sie wissen echt viel zu viel, Engelmann!!!«, tobte sie und stürmte mitsamt dem Killerkorkenzieher auf mich los, drängte mich gegen die Motorhaube des rosaroten Pandas und beugte sich, die spitze Waffe im Anschlag, wie eine feuerrote Furie über mich. Doch gerade als die Börner mich brutal entkorken wollte, da hielt sie ganz plötzlich mitten in der Bewegung inne und bretterte steif wie eine Schaufensterpuppe neben dem Auto auf den Betonboden.

Ich hatte offenbar den Schuss nicht gehört, erblickte aber jetzt jenseits des zurückweichenden Pulverdampfes Liesel Weppen, die gerade ihren rauchenden Colt in die Halterung ihrer eng sitzenden Diensthose zurückgleiten ließ.

Ich wollte mich gerade herzlich bei meiner attraktiven Assistentin für die Rettungsaktion bedanken, da hörte ich ein zischelndes Pfeifen, so als würde irgendwo Gas entweichen. Offenbar hatte Liesel nicht nur die Frau Börner getroffen, sondern auch … ich hatte den Satz noch nicht zu Ende gedacht, da war ich besoffener als zwei Jahre zuvor beim hiesigen Feuerwehrfest. In milchige Nebelschleier getunkt, drehte sich der ganze Level 42 um mich herum, meine aufgeraspelten Beine hatten die Konsistenz von hausgemachter Mayonnaise. Verschwommen sah ich noch den platten linken Vorderreifen meines Pandas, dann kullerte ich blinder als Stevie Wonder zu Boden und hatte die Lampen so sehr an, dass das Licht ausging.

* * *

Als ich vier Tage später gut erholt aus dem Schnapskoma erwachte, stand Liesel lächelnd an meinem Bett im hiesigen Krankenhaus. Sie warf ihre blonde Mähne in den Nacken und ließ den Korken der Cognacflasche knallen.

Kurze Zeit später hielt ich ein prall gefülltes Glas in der einen und eine brennende *Overstolz* in der anderen Hand.

»Der Alfons hat sein Büdchen inzwischen wieder geöffnet. Da dachte ich, ich kauf mal was Schönes für Sie ein, Chef«, lachte meine Assistentin und ruckelte mir erst sorgfältig das Kopfkissen und dann den Hut zurecht.

»Danke Liesel«, lächelte ich und nahm einen tiefen Zug an meinem vorzüglichen Glimmstängel. Es wurde Zeit, dass ich endlich den schalen Teerfilm von Ginos ekeligen *Ecksteins* aus dem Mund bekam. Genüsslich pustete ich den Qualm durch mein Krankenzimmer, hatte dann aber doch noch eine Frage. »Wie sind *Sie* denn eigentlich in die Raketenbasis gekommen? Ich dachte, die wäre so ultra streng geheim …«

Liesel Weppen schenkte mir noch Cognac nach und setzte ihr kessestes Gesicht auf. »Genau so wie Sie in Kapitel 5, Chef.«

»Echt?«

»Ja, ich lag nämlich unter dem Leergut auf dem Rücksitz und bin mit Ihnen im Panda reingefahren!«

»Verdammte Hacke!«, grinste ich und prostete mir selbst zu.

»Aber eine Sache müssen Sie mir im Gegenzug auch noch verraten, Herr Kommissar …«

»Ja, was denn, Liesel?«

»Also, wo Nizza ist, weiß ich ja, und Cannes und Rio kenn ich auch, aber wo genau liegen denn eigentlich die Barrikaden?«

»Keinen Schimmer«, schmunzelte ich und drückte meine *Overstolz* am Bettpfosten aus, »als hätte ich Ahnung von Geometrie ...«

KBV KRIMINALROMAN

Petra Busch (Hg.)

MÖRDCHEN FÜRS ÖRTCHEN

Taschenbuch, 316 Seiten
ISBN 978-3-942446-09-9
9,90 EURO

Langeweile ist Scheiße. Auch bei der Klo-Lektüre.
Tödliche Sitzungen in Japan, anrüchige Geschäfte auf deutschen Autobahnen, mörderische Hinterlassenschaften auf der Luxusyacht, in römischen Latrinen, teuflischen Herzhäuschen und göttlichen Nachttöpfen, im Kaufhaus, Kuhstall, Dixi-Klo, in der Hundertwassertoilette, im Katzenklo, in der Zugtoilette des ICE zwischen Kassel-Wilhelmshöhe und Frankfurt Hbf, in der »Field Station«, dem sechssitzigen Plumpsklo der University of Pennsylvania, im japanischen Erlebinsklo in dem auch gleich Blutzucker- Alkoholgehalt gemessen werden …
Über vierzig deutschsprachige Krimigrößen setzen Beschwernissen und Peinlichkeiten nun endlich ein Ende: Rund ums Örtchen morden Susanne Mischke, Thomas Kastura, Gisbert Haefs, Jutta Profijt, Nina George, Gunter Gerlach, Tatjana Kruse, Uta-Maria Heim, Ralf Kramp, Regula Venske, Judith Merchant und viele mehr. Mal schreiben sie böse, mal witzig-skurril, die eine im Sitzen, der andere im Stehen – aber immer kurzweilig: Denn bekanntlich greift der geschäftige Leser gerade hinter verschlossenen Türen gern zur kleinen Spannungslektüre – zum »Mördchen fürs Örtchen.«

KBV KRIMINALROMAN

Klaus Stickelbroeck

AUF DIE HARTE TOUR

Taschenbuch, 268 Seiten
ISBN 978-3-942446-37-2
9,50 EURO

Hartmann steckt knietief in Schwierigkeiten. Der smarte Düsseldorfer Privatdetektiv muss diesmal einstecken. Aber so richtig! Eine von seinen raren Visitenkarten steckt in der Jackentasche der blonden Frau, die in einem Hinterhof erschossen aufgefunden wird. Hartmann kann sich vage erinnern, dass sie ihn in seinem Büro aufgesucht hat. An mehr kann er sich beim besten Willen nicht erinnern. Wer war die Frau? Hätte er ihr helfen können? Würde sie dann noch leben? Sein schlechtes Gewissen lässt ihm keine Ruhe, und als er sich auf die Suche nach den Hintergründen macht, ahnt er nicht, in was für ein Wespennest er dabei sticht. Dass ihm eine gemeinhin als recht gewalttätig bekannte Rockergruppe auf den Fersen ist, macht die Mörderjagd nicht einfacher.

Regenrinnen-Rita hält die Augen offen, der große, breite Jonny beweist sich wieder als schwarzer Fels in der Brandung, Drogenkumpel Angie steht kriminell-hilfreich zur Seite und zu Hartmanns Füßen knurrt ein Rottweiler namens Ozzy.

Hartmanns vierter Fall ist sein härtester. Und ob er ihn überlebt … ist noch nicht raus.

»Nach dem Muster der Screwball-Comedy Hollywoods hat Klaus Stickelbroeck mit »Fischfutter« einen turbulenten, witzigen und zugleich spannenden Kriminalroman geschaffen. … und mit seinem dritten Roman ein Meisterstück abgeliefert … Er schöpft aus dem prallen Leben und schreibt unter ständigem Augenzwinkern, ohne dem Humor die Spannung zu opfern. …«

(Focus-Online, Horst Eckert zu »Fischfutter«)